江戸漢詩の情景

――風雅と日常

揖斐 高
Takashi Ibi

JN052960

岩波新書
1940

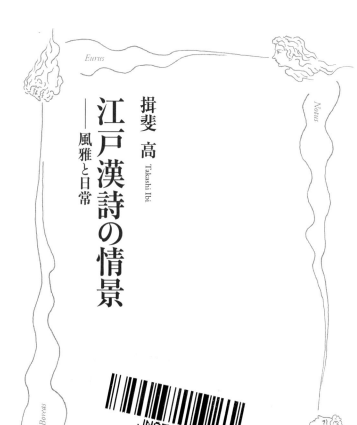

目次

目　次

I　風雅のありか

山紫水明

富岡鉄斎「山碧水明処図」

菅茶山《かんちゃざん》の『黄葉夕陽村舎詩《こうようせきようそんしゃし》』には瀬戸内地方の穏やかな風景を詠んだ叙景詩が多く収められている。後編・巻二の七言絶句「竹田路上《たけだろじょう》」もその一首であるが、板本のこの詩の欄外には、「備土《びど》の凡山凡水《ぼんざんぼんすい》」すなわち備後地方の平凡な山や川も、茶山先生の手にかかると素晴らしい詩になるという頼山陽《らいさんよう》の評言が刻まれている。「竹田」は茶山の住まいのあった備後国神辺《かんなべ》(現、広島県福山市神辺町)近くの地名である。かつて発作的な脱藩行動とその後の座敷牢での幽閉生活によって、故郷広島に居場所を失った山陽は、父頼春水の友人茶山の温情によって、茶山が神辺で営む廉塾《れんじゅく》の都講《とこう》に迎えられた。しかし、田舎の塾の先生として一生を終えるつもりのなかった山陽は、都会に出ておのれの学才をもって雄飛することを夢見ていた。そんな若き日の山陽にとって、備後国神辺周辺の穏やかな風景は「凡山凡水」でしかなかった。

廉塾の都講に迎えられて一年二か月後の文化八年(一八一一)閏二月六日、山陽は茶山の反対を押し切って上方《かみがた》へ向かった。時に山陽は三十二歳だった。京都に落ち着いた山陽は、洛中で何度か転居を重ねた後、四十三歳の文政五年(一八二二)に東三本木南町《ひがしさんぼんぎ》に居を構えた。鴨川の西岸に位置していたので、その住まいは水西荘《すいせいそう》と名づけられた。そして、その水西荘から眺望される東山と鴨川の景色にちなんで、山陽はその地を「鴨涯《おうがい》の山紫《さんし》水明《すいめい》の処《ところ》」(文政六年四月「題自画耶馬溪小図《じがやばけいしょうず》」)と称し、文政十一年に敷地内に増築した書斎にはそのまま「山紫水明処《さんしすいめいしょ》」という号をつけた。かつて鬱々たる思いにとらわれながら備後の風景を「凡山凡水」と罵った山陽は、志を遂げて生活の安定を得たのち、京都の寓居から眺められる風景を「山紫水明」と称美したのである。

山陽が京都の寓居から眺めた「山紫水明」とは、どのような景色だったのであろうか。現在のもっとも大部な国語辞典である『日本国語大辞典』では、「山紫水明」は「日に映じて、山は紫に、澄んだ水は清くはっきりと見えること。山水の景色の清らかで美しいこと」と語釈されている。またもっとも広く利用されている国語辞典の一つである『広辞苑』にも、「日に映じて山は紫に、澄んだ水ははっきりと見えること。山水の美しい景色の形容」とある。このほか現在、書店の棚に並んでいる『新明解国語辞典』、『三省堂国語辞典』、『岩波国語辞典』、『大辞林』、『学研現代新国語辞典』、『新選国語辞典』、『明鏡国語辞典』などを手に取って「山紫水明」の項目を引いてみても、いずれも語釈は『日本国語大辞典』『広辞苑』と大同小異であった。要するに「山紫水明」の意味するところは、山が紫色で水が清らかな風光明媚な景色だということである。

「山紫水明」は漢字四字の熟語である。国語辞典だけではなく、漢和辞典での説明も気になる。古くは簡野道明編の『字源』(大正十二年刊)では、「山水の景色の美くしき形容」と簡略に語釈されているが、現在のもっとも大部な漢和辞典である『大漢和辞典』では、「山色が紫で、流水が清い。山水の景色が清麗で、朝暮の眺望の殊によいこと」とやや詳しい語釈が施され、出典として頼山陽が文政九年に詠んだ「自画《じが》山水《さんすい》に題す」(『山陽先生遺稿』巻二)という詩の「黄《こう》樹青林小欄《じゅせいりんしょうらん》に対《たい》す、最《もっと》も佳《よ》し山紫《さんし》水明《すいめい》の間《かん》」という詩句が挙げられている。このほか書店の棚に並んでいる『広漢和辞典』、『漢字源』、『学研新漢和大字典』、『新漢和辞典』、『新字源』、『新明解現代漢和辞典』、『全訳漢辞海』、『岩波新漢語辞典』、『新漢語林』などでも、「山紫水明」の語釈はいずれも先の国語辞典類や『大漢和辞典』と大きな違いはない。

ただ漢和辞典類が国語辞典類と違う点は、さすがに漢和辞典らしく、出典として山陽の詩を挙げるものが多いことで、なかでも『新漢和辞典』や『新漢語林』では、「頼山陽が京都東山の紫色と鴨川の清らかなことをほめて言った語」という説明が付け加えられており、「山紫水明」という熟語の初出例が山陽の作に求められることが指摘されている。

つまり、「山紫水明」という熟語は江戸時代に日本で用いられ始めたものであって、もともと中国の詩文で用いられた熟語ではなかったということである。中国の古典詩文を読むための大部な辞典である『漢語大詞典』に「山紫水明」という項目は存在しない。また作詩のための大部な参考書である『佩文韻府《はいぶんいんぷ》』や『駢字類編《べんじるいへん》』などにも見出すことはできない。

この点について興味深いのは、『全訳漢辞海』の「山紫水明」に付されている、「中国では、「山明水秀」「山清水秀」のように、音韻が平平仄仄《ひょうひょうそくそく》になる四字句がふつう」という注記である。たしかに「山紫水明」の音韻は平仄仄平《ひょうそくそくひょう》になっている。このことは、「山紫水明」が正統的な四字句ではなく、江戸時代に頼山陽によって考案された四字句であったことを裏書きしていると言えるのかもしれない。

しかし、山陽は「山紫水明」という熟語を何もないところから思いついたわけではなかった。ヒントになったと思われる典拠はすでに指摘されている。坂本箕山《さかもときざん》の『頼山陽大観』(大正五年刊)は、山陽の書斎「山紫水明処」についての解説で、「山紫」は唐の王勃《おうぼつ》の「滕王閣序《とうおうかくじょ》」に「煙光凝《えんこうこ》りて暮山《ぼざん》紫《むらさき》なり」とあるのに拠り、「水明」は唐の杜甫の「月」詩に「四更山《しこうやま》は月《つき》を吐《は》き、残夜《ざんや》水《みず》は楼《ろう》を明《てら》す」とあるのに拠ったと指摘している。これ以外にも、『四字熟語ときあかし辞典』では、「山紫水明」は王安石《おうあんせき》の「寒山紫」「野水明」に拠るとされている。これは、宋の王安石の「董伯懿《とうはくい》に示す」詩の「長干里北寒山紫《ちょうかんりほくかんざんむらさき》に、白下《はっか》門西野水明《もんせいやすいあきら》かなり」が出典になっているというのである。山陽が「山紫水明」という熟語を考えついた時、右のような典拠が脳裏にちらついていたということはあったかもしれない。しかし、「山紫水明」は書物をもとに頭の中だけで考え出された熟語ではない。それは水西荘からの実際の眺望、すなわち実景を捉えた言葉であった。

　それでは山陽のいう山が紫色に見え、水が明るいとは、どのような景色なのか。風光明媚の形容ならば、山は翠（碧）に水は清らか、すなわち「山翠（碧）水清」とでも言えばよいのではなかろうか。木々の茂る緑色の山肌をいうのに「翠微」という言葉もあり、李白の「山中問答」詩には、「余《よ》に問《と》ふ何《なん》の意《い》ぞ碧山《へきざん》に棲《す》むと」とある。また、和製熟語ということならば、「山緑水澄」というのもあるかもしれない。なぜ山は紫で、水は明るいのか。

　実は山陽は手紙のなかで、「山紫水明」という言葉を何度か使っている。その一つめは、文政五年十一月十九日付け江馬細香《えまさいこう》・村瀬藤城《むらせとうじょう》宛の書簡に見られる、「蓊鬱間《おううつのかん》より東山隠見《ひがしやまいんけん》、鴨水は流二於庭際《ていさい》一候。……伊丹大樽《いたみのおおだる》を安置し、日々山紫水明之時には傾申候《かたむけもうしそうろう》」である。二つめは、文政六年九月二十七日付け小野桐陰《おのとういん》宛の書簡のなかの、「今日、七過頃《ななつすぎころ》に、御来話可レ被レ下候。……菟角《とかく》山紫水明の時でなければ、酒不レ可レ飲」である。三つめは、年時未詳の梁川《やながわ》星巌《せいがん》宛の書簡のなかの、「御一来同酔可レ仕候。雨裏不三必待二山紫水明之時一候」である。これら三例の「山紫水明」は、いずれも夕刻（晩酌時）に水西荘から眺められる景色を言っている。

日が傾いて東山の山肌はすでに紫色に翳っているが、鴨川の川面は夕陽の照り返しでまだ明るい、そういう景色を眺めながら晩酌をしたいというのである。日はかなり傾いてはいるものの、まだ完全に西の山の端に隠れてはいない、昼から夜に移り変わる夕暮れ時の短い間にだけ見られる、はかなくも美しい特別な景色、それが「山紫水明」なのである。山陽自身、文政十一年の「読書八首」(『山陽遺稿』巻三)その六に、

東山何靄靄　　東山《とうざん》　何《なん》ぞ靄靄《あいあい》たる
夕陽発紫色　　夕陽《せきよう》　紫色《ししょく》を発《はっ》す
鴨水収微瀾　　鴨水《おうすい》　微瀾《びらん》を収《おさ》め
縈回展白玉　　縈回《えいかい》　白玉《はくぎょく》を展《の》ぶ
(……)　　(……)
吾亦収吾書　　吾《われ》も亦《ま》た吾《わ》が書《しょ》を収《おさ》め
戒婦開尊醁　　婦《ふ》を戒《いまし》めて尊醁《そんろく》を開《ひら》く

と、そのような美しい夕景を前にした晩酌の喜びを詠んでいる。時刻を限定しない、一般的な

風光明媚な山水の景色を、山陽は「山紫水明」と言ったわけではない。

先の小野桐陰宛の山陽書簡を収める『頼山陽書翰集』上巻の当該書簡の解説は、「「山紫水明の時」は、昔の七つ時――今の午後四時ごろで、この時刻に於ける東山と鴨川の眺望が、山陽の大自慢であつた。その意味を取違へて、後には景色のよきところを山紫水明の地などゝいふ人が多い」とその誤った解釈を明確に批判し、さらに文政五年十一月十九日付け江馬細香・村瀬藤城宛の書簡の解説では、「後には、この言葉が、京都の山水を形容したものゝやうに、「京都は山紫水明の地なり」といふことになつてしまひ、つひに此の間発表された新鉄道唱歌にも、この誤りを襲《おそ》うてゐるのはいかにも、ばかばかしい。山が、いつも紫色であつたなら、美しいどころか、それは化物である」(『頼山陽書翰集』続編)と、「山紫水明」の語釈の誤りを揶揄するに至っている。

京都に馴染みのある人には、山紫水明の景色はいかにも京都らしい景色として納得されるかもしれない。しかし、山陽は京都の水西荘からの眺望としてではなく、瀬戸内海の景色として「山紫水明」(そのバリエーションとしての「山紫水白」)という表現を用いたことがあった。山陽がまだ広島にいた文化四年(一八〇七)九月、二十八歳の山陽は友人の石井儀卿《いしいぎけい》や尾道の平田玉蘊《ひらたぎょくうん》・玉葆《ぎょくほう》姉妹らと竹原の床《とこ》の浦《うら》に舟遊びをし、記念に「竹原舟遊記」を書いた。その中に「舟に至れば則ち日は已に入る。山は紫に水は白く、継いで蒼然の色を以てす。而して漁火出づ」(原漢文)という描写が見られる。「山紫水明」ではなく「山紫水白」であるが、瀬戸内海の夕暮れ時の短い時間だけに見ることのできた美しい景色の表現である。

また、三十五歳の文化十一年(一八一四)十月、備後鞆《とも》の津《つ》で田能村竹田《たのむらちくでん》の帰郷を見送った山陽は「対仙酔楼記《たいせんすいろうき》」という文章を書いたが、それには「文化甲戌《こうじゅつ》冬十月既望《きぼう》、山陽外史頼襄子成、鞆津の対仙酔楼上の山紫水明の処に撰し并びに書す」と署名されている。鞆の津の仙酔島と向かい合った対仙酔楼という高殿からの瀬戸内海の夕暮れ時の眺望を「山紫水明」と表現したのである。そして、この記の中には「晩来、之を望めば、西湾の霞《か》(夕焼け)孱顔《せんがん》に注射して、色の紫金を成す者は、山の暮酔なり」(原漢文)というような記述も見られる。山陽は京都の水西荘から眺望される景色の形容として用いる以前に、すでに瀬戸内海の夕景を「山紫水明(山紫水白)」と表現していた。山陽は後にそれを京都三本木の寓居水西荘から眺望される東山と鴨川の夕景の表現に用い、また後に水西荘内に建てた書斎を「山紫水明処」と名付けたのである。

ちなみに山陽の叔父杏坪《きょうへい》は、山陽に先んじて、杜甫の「月」詩の詩句に拠って、広島の屋敷内に建てた書斎を「(残夜)水明楼」と名付けていた。

しかし、ここで一つ気になるのは、富岡鉄斎の大正十年の自画賛に「山碧水明処図」(本章の扉図版参照)という作品があることである。この自画賛の由来について、鉄斎はみずから「桜井雪関の本に倣《なら》ふ。西宮の辰馬《たつま》悦叟《えつそう》老人は頼氏と交はりて善し。屢々《しばしば》醸す所の美酒を三樹子に贈る。子、報いるに其の父山陽翁の手刻の印章を以てす。文に曰く、「山碧水明」、篆法古雅にして愛す可きなり。……」(原漢文、『没後百五十年　頼山陽展』図録所載)と記している。「辰馬悦叟老人」というのは山陽のパトロンの一人で、灘の銘酒「白鹿」の蔵元である。「三樹子」というのは山陽の息子で後に安政の大獄で処刑された三樹《み き》三郎《さぶろう》(鴨厓《おうがい》)である。その三樹三郎から辰馬悦叟が山陽自刻の「山碧水明」の印を贈られたという。だとすれば、山陽は「山紫水明」を「山碧水明」とも称していたことになるが、山陽の印譜のなかに「山紫水明」印は収められているが、「山碧水明」印を見出すことはできない。山陽自刻の「山碧水明」印というのは、あるいは印文の読み違えか、または記憶違いだったのかもしれない。

それはともあれ、山陽によって夕景の美しさの表現として用いられ始めた「山紫水明」という熟語は、いつ頃から現在のような一般的な風光明媚の意味に用いられるようになったのであろうか。正岡子規の明治二十五年十月三日の河東秉五郎《かわひがしへいごろう》(碧梧桐《へきごどう》)宛の書簡(『子規全集』第十八巻所収)に、「鴫黒《しぎくろ》く不二紫《ふじむらさき》のゆふべ哉《かな》」という俳句が書き記されている。「山紫」ではないが、

「不二紫」というのは富士山の山肌が紫色になっているということであり、それが「ゆふべ」の山肌の色だというのである。また、子規の明治三十三年の「俳句稿」に、「洗《あら》ひ鯉《ごい》山紫《さんし》水明《すいめい》楼《ろう》の夕《ゆう》」(『子規全集』第三巻所収)という俳句があり、「山紫水明」を「夕」の景色として詠んでいる。さらに大町桂月《おおまちけいげつ》の「国府台」(明治四十一年)には、夕景としての「水明」が次のように詳細に解説されている。

小利根川、近く前を流る。冬の事とて、水落ち、洲出づ。見る〳〵、川が忽《たちま》ちぱつと明かになりぬ。斜陽が水を射る角度の具合にて、斯《か》く明かになる也。赤に非ず、黄に非ず、白に非ず、唯々《ただただ》明かといふより外なし。山紫水明とは、平生唯々文字上に知りて、晩方になれば、水があかるくなるならむ位に思ひたるが、今はじめて、実際見て、その妙趣を知りぬ。「水明」とは、言ひ得て妙なるかなと、ひそかに感歎す。

しかし、大正四〜八年刊の上田万年・松井簡治編『大日本国語辞典』では、「山紫水明」は「日に映じて山の翠は紫に、澄める水はさやかに見ゆること」と説明され、現在の国語辞典類や漢和辞典類と同様の語釈になっている。つまり、この時点ですでに夕暮れ時の景色ということが忘れられ、時間帯を限定しない、山水の美しさの一般的な形容として解釈されるようになっていたということである。ちなみに『大言海』（昭和八年刊）では「（紫トハ、山ノ翠色ノ、夕月ニ映ジテ、紫色ニ見ユル意）山水ノ景色、明美ナリ」とあり、「夕月ニ映ジテ」といささか苦し紛れの説明が加えられた曖昧な語釈になっている。

このほか、明治・大正・昭和にかけての文学者たちの著作に見られる「山紫水明」の用例を幾つか挙げてみよう。

○内田魯庵『社会百面相』「矮人巨人」（明治三十五年）「山紫水明の箱庭のやうな極楽郷」

○宮本百合子『日記』（大正五年十二月十二日）「戸のそとで、誰か人が来た。田辺氏の養子であった。山紫水明な京都の風物が、男の体へ女性の一部分を吹き込んで仕舞ったと云うような体つきをし、言葉をして居る。」

○石川三四郎「吾等の使命」（大正十五年）「山紫水明の勝地は傷ましくも悉く都会のブルジヨア、金持達の蹂躙する処となつて、万人の共楽を許さない。」

○北大路魯山人「味覚の美と芸術の美」（昭和十年）「山紫水明、あまつさえ四囲に青海をめぐらして、気候の調節的温和なること、地味の肥沃なること、いずれの点より見るも、これが生物によっては優れた自然天恵の日本であることが分る。」
○九鬼周造「外来語所感」(昭和十一年五月)「外来語は山紫水明の古都までも無遠慮に侵入してゐる。」
○横光利一「欧洲紀行」(昭和十一年六月)「山紫水明のミラノと云ふ。然しここには、水もなければ山もないおまけに樹木もない。」
○吉川英治『新・水滸伝』(昭和三十三年〜)「魯達が山紫水明な七宝村へ入ったのは次の日のことだった。」

これらの用例における「山紫水明」は、いずれも夕暮れ時に限定された景色ではなく、一般的な風光明媚の意味で用いられている。こうした用例が現行の国語辞典類や漢和辞典類の語釈の根拠になっていったのであろう。ここまで大っぴらに「山紫水明」という言葉が誤用されてくると、もはや誤用と言って済ますわけにはいかなくなる。ただし、そうした趨勢の中で、例外的に「山紫水明」を夕暮れ時の景色として用いた例がある。谷崎潤一郎『陰翳礼讃《いんえいらいさん》』(昭和八〜九年)の次のような用例である。

京都の都ホテルのロビーへ夏の晩に行つたことのある人は、私のこの説に同感してくれないであらうか。彼処は北向きの高台に拠つてゐて、比叡山や如意ヶ嶽や黒谷の塔や森や東山一帯の翠巒《すいらん》を一眸《いちぼう》のうちに集め、見るからすがすがしい気持のする眺めであるが、それだけになほ惜しい。夏のゆふがた、折角《せっかく》山紫水明に対して爽快の気分に浸《ひた》らうと思ひ、楼に満つる涼風を慕つて出かけてみると……。

ここでは「山紫水明」は夕暮れ時の景色として理解されている。さすがに光と陰に敏感な『陰翳礼讃』の著者ならではの感がする。

以上のような詮索を総括して、「山紫水明」の語義を国語辞典風に改めて記述してみると、次のようになろうか。

「さんし‐すいめい【山紫水明】①日が傾いて山肌が紫色に見え、水面が夕陽の照り返しで明るい夕暮れ時の美しい景色。頼山陽の造語で、山陽は東山の山肌が眺められ鴨川の川面に臨んでいる京都の書斎を山紫水明処と名づけた。〔頼山陽・文政五年十一月十九日付け江馬細香・村瀬藤城宛書簡〕伊丹大樽を安置し、日々山紫水明之時には傾申候。②右の原義から転じて、時間帯を限定しない、山水の風光明媚な形容。〔横光利一・欧洲紀行〕山紫水明のミラノと云ふ。然しここには、水もなければ山もないおまけに樹木もない。」

こんなところが結論だが、先ごろ「山紫水明」について触れた文章に遭遇した。『読売新聞』二〇二〇年六月十一日朝刊の「編集手帳」の次のような記事である。

何となく四字熟語辞典をめくっていて、誤植ではないかと思ったことがある。〈水紫山明〉とあった。おなじみの〈山紫水明〉と全く意は同じで、山が日の光で紫色にかすみ、川の水が清く澄んでいる景色を言う。どちらも正しいという。だが〈水紫山明〉の方は上から読んで、紫に染まる水を想像してしまった。水はやはり、何色にも染まらない景色が美しい。澄んだままでいてほしいと切に願う時節に入った。

これはこのコラムの前振りの文章で、ここから豪雨による水害の話という主題に入っていくが、そのことは今は問題ではない。このコラムの筆者は、「山紫水明」ならぬ「水紫山明」という表現に違和感を感じたというのである。そもそも「水紫山明」というのは本当に四字熟語辞典に記載されているのだろうか。それを確認したいと思って、近所の大型書店に駆けつけ、辞書の棚に並んでいた四字熟語辞典の幾つかを手に取って頁を繰ってみた。確かに永岡書店版の『四字熟語辞典』には「山紫水明」の類義語として「水紫山明」が挙げられており、三省堂版の『新明解四字熟語辞典』(第二版)には、「山紫水明」は「水紫山明」ともいうと解説されていた。ほかにも「水紫山明」を掲げる四字熟語辞典はあるのかもしれない。また、「水紫山明」という言葉の出典を掲げる四字熟語辞典もあるのかもしれないが、しかし、少なくとも永岡書店版『四字熟語辞典』にも、三省堂版『新明解四字熟語辞典』にも、「水紫山明」の出典は挙げられていない。

振り返ってみると私が生まれた北九州市の小倉には紫川という川が流れているが、その川の水は紫色すなわち「水紫」だったわけではない。私の少年の頃には、紫川は工場と家々からの排水でひどく濁っており、川底に溜ったヘドロからはブクブクとガスが湧いているような泥の川だった。今はすっかり浄化されて濁りの少ない水が流れており、時によっては川の水が紫色に見えるという瞬間もなくはないのかもしれない。しかし、「山紫水明」という言葉についてのこれまでの詮索からすれば、やはり「水紫山明」という表現には無理があるように思われる。

中国には「枕石漱流」(石に枕《まくら》し流れに漱《くちすす》ぐ)というべきところを「枕流漱石」(流れに枕し石に漱

ぐ)と言い間違っても、屁理屈を持ち出して間違っていないと言い張った孫楚《そんそ》という臍曲《へそま》がりで負けず嫌いだった人の話がある。夏目漱石の漱石という号の由来としてよく知られている故事である。いつの時点かは分からないけれども、「山紫水明」というべきところを、誰かがつい「水紫山明」と間違ってしまった。ところが、その誤りが誤りとして認識されないまま引き継がれて、「水紫山明」が四字熟語辞典に登録されるようになってしまったということではないだろうか。辞書というのは、誤りも含めて、先行する辞書からの影響を受けやすいものだからである。

I 風雅のありか

凧の揚がる空

葛飾北斎『冨嶽三十六景』「江都駿河町三井見世略図」

「たこ」を表わす漢字には、凧・紙鳶・風箏・紙老鴟・鳳巾などがある。現在の一般的な漢字表記は凧であるが、これは本来の漢字ではなく、峠《とうげ》や凩《こがらし》と同じような国字(和製漢字)である。この国字の「凧」は、風に風と巾という二文字を合わせて簡略化し、一字にしたのであろう。風に吹かれてひるがえりながら空に揚がる巾(布きれ)を想像させて、なかなかよくできている。

百科事典の解説によれば、凧はヨーロッパではすでに紀元前四世紀のギリシャに登場しており、中国でも紀元前三世紀の前漢時代には存在したという。中国の凧の起源として文献上でよく引用されるのは、宋代に成立した類書『事物紀原《じぶつきげん》』巻八の次のような記事である。

紙鳶《しえん》、俗に之を風箏《ふうそう》と謂ふ。古今相伝へて云ふ、韓信《かんしん》が作る所と。高祖の陳豨《ちんき》を征するや、信、中より起らんことを謀る。故に紙鳶を作りて之を放ち、以て未央宮《びおうきゅう》の遠近を量《はか》る。以て地に隧《すい》を穿《うが》ちて宮中に入らんと欲してなり。蓋《けだ》し昔伝は此の如し。理或は然らん。

韓信は前漢の高祖劉邦の武将で、紀元前一九六年没。その韓信が宮殿攻略の目的で作ったものだという。軍事用ドローンの先駆けといったところであろうか。同じように日本でも由井正雪が乱を起こした時、「風鳶《たこ》を造り、揚《あげ》て御城内を窺はんと為《せ》しと云《いう》」(『甲子夜話《かっしやわ》三篇』巻七十四)というように、凧を城中の偵察に用いようとしたという俗伝があったらしい。

日本には中国発祥の紙鳶が伝来したと考えられるが、文献としては平安時代中期の承平年間(九三一〜九三八)成立とされる辞書『倭名類聚抄《わみょうるいじゅうしょう》』巻四に初めて見え、「紙老鴟《しろうし》　辨色立成《べんしょくりっせい》に云ふ、紙老鴟(世間に云ふ、師労之《しろうし》)、紙を以て鴟《とび》の形に為し、風に乗りて能く飛ぶ。一に紙鳶と云ふ」という説明がなされている。

以後、中世にかけて凧が戦《いく》さに利用されたことは、小山田與清《おやまだともきよ》の『松屋筆記《まつのやひっき》』巻七十二などにも説かれている。その後、凧が文献に多く登場し、文学作品にも取り上げられるようになるのは江戸時代に入ってからである。凧は江戸時代には地域によってさまざまな名称で呼ばれていた。江戸時代中期の方言辞典『物類称呼《ぶつるいしょうこ》』(安永四年刊)には次のように解説されている。

いかのぼり○畿内にて、いかといふ。関東にて、たこといふ。西国にて、たつ、また、ふうりうといふ。唐津にては、たこといふ。長崎にて、はたといふ。上野および信州にて、たかといふ。越路にて、いか、また、いかことといふ。伊勢にて、はたといふ。奥州にて、てんぐばたといふ。土州にて、たこといふ。

鳶《とび》（鵈《とび》）や鳳《おおとり》という鳥が空を飛ぶのは自然だが、見立て好きな江戸人は空を海に見立て、そこに烏賊《いか》や章魚《たこ》が泳いでいると見たのであろうか。そうすると、凧と地上を繋ぐ凧糸は、釣糸ということになる。

春風や水なき空に凧《いかのぼり》　一三（俳諧洗濯物）

江戸時代において文学作品として凧が多く詠まれたのは何といっても俳諧においてである。凧は春の季語として、正岡子規の『分類俳句全集』には百五十五首もの凧を詠んだ江戸時代の句が収められている。凧は春の空には欠くことのできない景物だった。

形《かたち》無き風に目《め》鼻《はな》や凧《いかのぼり》　等躬《とうきゅう》（小弓俳諧集）
山路《やまじ》来て向ふ城下や凧《たこ》の数　太祇《たいぎ》（新五子稿）
きれ凧《だこ》の夕《ゆう》こえ行くやまつち山《やま》　蓼太《りょうた》（蓼太句集）

江戸の日本橋馬喰町で幼少期を過ごしたという淡島寒月《あわしまかんげつ》の「凧の話」(『梵雲庵《ぼんうんあん》雑話』)には、「その頃、男の子の春の遊びというと、玩具《おもちゃ》では纏《まとい》や鳶口《とびぐち》、外の遊びでは竹馬や独楽《こま》などであったが、第一は凧である。電線のない時分であるから、初春の江戸の空は狭きまで各種《いろいろ》の凧で飾られたものである」と回想されている。ここでは凧揚げは男の子の遊びとして紹介されているが、大凧を揚げることは大人たちも熱中する遊びだった。凧には角形のもののほか、奴凧《やっこだこ》や鳶凧《とんびだこ》や扇凧《おうぎだこ》などさまざまな意匠を凝らしたものがあり、形も大小さまざまであったが、ただ空に揚げて楽しむだけではなく、空で唸《うな》りが響くように竹片や鯨の鬚《ひげ》を付けたり、敵の凧に絡ませて凧糸を切るために「がんぎ」というものを付けたりする競技的な遊び方もあった(大田才次郎『日本児童遊戯集』)。

江戸時代になって凧が俳諧に多く詠まれるようになっても、なぜか和歌に凧が詠まれることはあまりなかった。しかし、漢詩では凧は時折り詠まれた。京都に住んでいた詩僧六如《りくにょ》に、「春寒、戯れに作る」(『六如庵詩鈔』二編・巻四)と題する次のような七言絶句がある。

幾欲尋梅怯剰寒　　幾《いく》たびか梅《うめ》を尋《たず》ねんと欲《ほっ》して　剰寒《じょうかん》を怯《おそ》る

残書在手擁爐眠　残書《ざんしょ》　手《て》に在《あ》りて　爐《ろ》を擁《よう》して眠《ねむ》る
侍童伺我齁齁作　侍童《じどう》　我《わ》が齁齁《こうこう》の作《おこ》るを伺《うかが》ひて
走向後園放紙鳶　走《はし》りて後園《こうえん》に向《お》いて紙鳶《しえん》を放《はな》つ

火鉢を抱え込むようにしてうたた寝をし始めた私が、やがて鼾《いびき》をかくようになったのを幸いに、側使いの小坊主は走って裏庭へ行き、凧揚げに興じているというのである。なんとも微笑ましい情景であるが、白河藩主になったばかりの松平定信が、天明五年(一七八五)に江戸に住む妹に白河から書き送った随想『関の秋風』のなかで、「わらんべのいかのぼりあげぬも又にくし」と記しているように、陸奥国白河の地では子供たちの凧揚げが見られないのが、江戸育ちの定信には物足りなかったようだ。

ほぼ同じ頃、幕府の小普請方大工棟梁《こぶしんかた》を勤め、江戸の市中に住んでいた柏木如亭《かしわぎじょてい》は、「春興」(『木工集』)と題する次のような七言絶句を詠んでいる。

遇花無酒又無銭　花《はな》に遇《あ》ひて　酒無《さけな》く又《ま》た銭無《ぜにな》し
坐着南簷尽日眠　南簷《なんえん》に坐着《ざちゃく》して尽日眠《じんじつねむ》る

識得群児鬧街口
風中紙破落庭鳶

識《し》り得《え》たり　群児《ぐんじ》の街口《がいこう》を鬧《さわが》すを
風中《ふうちゅう》　紙破《かみやぶ》れて　庭《にわ》に落《お》つる鳶《とび》

為すこともなく南向きの縁側で日がな一日うたた寝をしていた時、表通りで賑やかに凧揚げをしていた子供の紙鳶が風に破られ、我が家の小庭に舞い落ちてきたというのである。凧揚げに興じた無邪気な子供時代は追憶の彼方に去り、今や不如意な生活を余儀なくされて逼塞している青年詩人は、そこはかとない倦怠感に身を委ねている。明治三十一年、三十二歳の正岡子規も、病床に臥せりがちだった根岸の子規庵で、「忽然《こつぜん》と凧落《たこお》ち来《きた》る小庭哉《こにわかな》」という、如亭のこの詩と同じような情景の句を詠んでいる。

六如にはまた、みずからの子供時代の凧揚げを追憶する「春寒」（『六如庵詩鈔』初編・巻五）と題する七言絶句もある。

花信猶寒浛浛風
老年情味火籠中
揸頤乍憶童時楽

花信《かしん》　猶《な》ほ寒《さむ》し　浛浛《だんだん》の風《かぜ》
老年《ろうねん》の情味《じょうみ》　火籠《かろう》の中《なか》
頤《あご》を揸《ささ》へて乍《たちま》ち憶《おも》ふ　童時《どうじ》の楽《たの》しみ

何処鳶箏鳴遠空　　何《いず》れの処《ところ》の鳶箏《えんそう》か　遠空《えんくう》に鳴《な》る

まだ冷たい風が吹いている春先の一日、老いた私には炬燵《こたつ》の暖かさが心地よい。炬燵にあたってぬくぬくしていると、遠くの空に揚がっている凧の唸りが風に運ばれて聞こえてくる。炬燵に頬杖をついたまま、私の思いはたちまちのうちに少年の日の楽しかった凧揚げへと遡っていく。遠空に鳴る鳶箏《えんそう》(凧の唸り)が詩人の郷愁《ノスタルジー》を掻き立てるきっかけになったのである。

空に揚がっている凧には、現在を過去へと牽き戻す力があるのかもしれない。凧揚げが子供の好んだ遊びだったために、六如の詩のように、凧揚げが少年時代の思い出の情景として蘇るというのもその表われの一つであろうが、より根源的な感覚でいえば、一本の糸で地上と繋がって空に漂う凧の寄るべなさが、大きな時の流れのなかでの人間存在の頼りなさというものを感じさせるからかもしれない。『分類俳句全集』に収録される百五十五首の凧の句のうち、十四句は死者を悼む句である。

悼其角《きかく》

いつかへる空の名残を凧《いかのぼり》　　功悠《こうゆう》（類柑子）

追悼

紙鳶《たこ》きれて空の餘残《なごり》となりにけり　不角《ふかく》（蘆分船）

追福

うとふ声舞《こえま》ふ音《おと》も聞《きく》いかのぼり　沾写《せんしゃ》（父の恩）

右はその一部であるが、いずれの句でも、空に揚がる凧には今は亡き故人の面影が託されている。現在を過去へと遡及させ、永遠の時の流れというものを喚起する凧の姿を、もっとも的確に表現したのは、蕪村の次の一句である。

凧《いかのぼり》きのふの空の有り所《どころ》　（蕪村句集）

この句のモチーフが郷愁にあることを、強い共感とともに鋭く指摘したのは萩原朔太郎だった。朔太郎は『郷愁の詩人　與謝蕪村《よさぶそん》』において、まるで自作の詩を口ずさむかのように、この句を評釈する。

硝子《ガラス》のやうに冷たい青空。その青空の上に浮んで、昨日も今日も、さびしい一つの凧が揚つて居る。飄々《ひょうひょう》として唸りながら、無限に高く、穹窿《きゅうりゅう》の上で悲しみながら、いつも一つの遠い追憶が漂つて居る！

この句の持つ詩情の中には、蕪村の最も蕪村らしい郷愁とロマネスクが現はれて居る。

空に揚がる凧がノスタルジックな時間を喚起するという点で、江戸漢詩の世界と蕪村俳句の世界、そして詩人萩原朔太郎の世界とは繋がっている。

そして、凧は郷愁を招き寄せるだけでなく、また異国趣味《エキゾチシズム》とも結びついた。江戸時代、清やオランダとの貿易港であった長崎で凧はハタと呼ばれたが、呼び名が違うだけでなく、長崎の凧は京都や江戸の空に揚がる凧とは形状も違っていた。出島のオランダ人の従者としてやってきたジャワの人がもたらしたという長崎の凧は菱形をしており、それらは幾つも連結して揚げられ、ビードロ(ガラス)を砕いた粉を凧糸に塗りつけて相手の凧糸を切るという遊びにもなった。

長崎にも近い筑後柳川に生まれ育った北原白秋が、『思ひ出』において次のように回顧した凧である。

私の異国趣味は穉《おさな》い時既にわが手の中に操《あやつ》られた。菱形の西洋凧《だこ》を飛ばし、朱色の面《めん》（朱色人面の凧、Tonka John《トンカジョン》の持つてゐたのは直径一間半ほどあつた。）を裸の酒屋男七八人に揚げさせ、瀝青《チャン》を作り、幻燈を映し、さうして和蘭訛《オランダなまり》の小歌を歌つた。

そうした菱形の凧が遠く異国の空へと思いを導いたことを、芥川龍之介は「続野人生計事」（十三　長崎）において、次のように記している。

菱形《ひしがた》の凧《たこ》。サント・モンタニの空に揚《あが》つた凧《たこ》。うらうらと幾つも漂《ただよ》つた凧。……山の空にはやはり菱形《ひしがた》の凧。北原白秋《きたはらはくしゅう》の歌つた凧。うらうらと幾つも漂《ただよ》つた凧。

江戸時代、こうした菱形の凧が揚げられていた長崎の空に、ある時ロシアの凧が揚がったことがあった。文化元年（一八〇四）九月七日、ロシア皇帝の特使レザノフはクルーゼンシュテルン率いるロシア艦隊に乗船して長崎に来航した。レザノフは漂流民送還を口実に長崎港に入港し、主目的であったロシアとの通商許可を長崎奉行に迫った。この時、ロシア側から乗船を修復したいという申し出があり、幕府はロシア人一行の長崎上陸を認めた。ロシア人たちは市中の梅ヶ崎に設けられた「おろしや館」に居留することになった。

一行は特使レザノフ、船長クルーゼンシュテルン以下、漂流日本人四名を含めて総計八十五名だったという。長崎奉行はロシアが要求する通商を許可するかどうかの伺いを立てるため江戸へ使者を出したが、結局、通商拒絶との返答があり、半年後の文化二年三月十九日、ロシア人たちは梅ヶ崎の「おろしや館」を出て本船に戻り、長崎を離れることになった。

ちょうどその時期に長崎奉行所に勘定方《かんじょうかた》として赴任していたのが大田南畝《おおたなんぽ》である。南畝は長崎奉行の下役としてロシア側との折衝にも参加し、特使のレザノフとも応対している。大田南畝は長崎でのロシア側との交渉や、ロシアに関わる事柄を記録した『羅父風説《らふふうせつ》』（『大田南畝全集』第十八巻）という書留《かきとめ》を残した。その中に次のような凧の話が記録されている。

文化二年乙丑《いっちゅう》正月八日四ツ時比、梅ヶ崎より魯西亜人《ロシアじん》凧をあげしに、風つよく烟出《けむりいで》、糸焼切レしにや、本籠町《ほんかごまち》の人家の屋根に落る。

「四ツ時比」は午前十時頃である。この時、南畝が奉行所の上司に宛てた正月九日付けの報告書には、次のように記されている。

昨日、梅ヶ崎にて、魯西亜人共凧上げ候処、糸きれ本籠町へ落候由にて、町内大騒ぎいたし候由。此間も凧上げ候処、糸きれ候得共海上へ落候故沙汰も無レ之候由。昨日きれ候凧は立山《たてやま》へ御取上被レ成、火之用心等も如何に付、通事を以《もって》御叱り有レ之候由承及申候。右立山にて見《み》請《うけ》候凧、別紙之通に有レ之、御内々写入二御覧一申候。

これによれば、ロシア人による凧揚げは一回だけではなかったのである。「立山《たてやま》」というのは長崎奉行所の東役所である立山役所のことで、そこで南畝が見たというロシア凧の絵は『羅父風説』にも書き写されている。『羅父風説』に描かれている凧は、縦長で中空《ちゅうくう》の壺のような形をしており、その上部に「中ニ綿入樟脳《わたいれしょうのう》ヲツメ、火アリ、烟出ル」という壺皿《つぼざら》のようなものが設けられていたが、その火が凧糸に燃え移って糸が切れ、凧が市中に落下して大騒ぎになったのである。

このロシア凧の絵には、「長二間半程、幅一間余。江戸の五月幟の鯉のごとし。紙は長崎にある百田紙《ももたがみ》也。ドウサ引たるやうに見ゆ」という説明が付されている。長さ四・五メートル、幅は二メートル弱という大きな凧だった。この凧にはロシア皇帝の紋章である双頭の鷲と、「龍ノゴトキモノ」が描かれていた。注目されるのは、この凧の材料が「長崎にある百田紙《ももたがみ》」だったということである。つまり、この凧はロシアから持ってきたものではなく、竹矢来で囲まれた梅ヶ崎の居留地での退屈を紛らわすために、ロシア人たちの手で長崎で作られたものだった。

正月の長崎の空には子供たちの揚げる凧《はた》が浮かんでいたのであろう。それを見たロシア人たちは故郷ロシアでの凧揚げを懐かしく思い出し、地元で凧《はた》の材料として用いられていた百田紙を手に入れ、ロシア皇帝の紋章のついた大凧を作った。烟を棚引かせながら長崎の空に高く揚がったロシア凧には、長崎に留め置かれたロシア人たちの望郷の思いが託されていた。

I

風雅のありか　もう一つの詩仙堂

詩仙堂

石川丈山が洛北一乗寺村《いちじょうじむら》に凹凸窠《おうとつか》を開いて隠逸生活を始めたのは、五十九歳の寛永十八年(一六四一)春のことだった。丈山はその敷地内に方九尺の小さな建物を営み、中国の三十六人の詩仙の図像と詩を掲げた。これが今も京都の観光名所として人気のある詩仙堂の始まりである。豊臣秀吉の甥で歌人の木下長嘯子《ちょうしょうし》が、その頃すでに京都東山霊山《りょうぜん》の山荘に三十六歌仙を祀る歌仙堂を建てており、おそらく丈山はそれを意識して詩仙堂の建設を思い立ったのであろう。

そこで詩仙三十六人に誰を選ぶかを思案した丈山は、寛永十九年春、その初案を林羅山《はやしらざん》に送って意見を求めた(『羅山先生文集』巻七「石川丈山に示す」第三書)。当時、羅山は三代将軍徳川家光に仕えて江戸に住んでいたが、羅山と丈山とは天正十一年(一五八三)生まれの同い年で、古くからの友人同士だった。住む所は離れていても書簡のやり取りはしており、書簡を介して二人は詩を唱和したり、羅山が丈山の詩を批評したりするような仲であった(『羅山先生文集』巻六「石川丈山に示す」第十八書、『新編覆醤続集《ふしょうぞくしゅう》』巻十「林羅山に与ふ」第三書)。

羅山に伝えた丈山の詩仙選定案は、そのままの形では残ってない。ただ、それへの返簡と思われる「石川丈山に示す」第三書の羅山の文章からすると、三十六人の詩仙の名前は左右で対偶する形を取っていた。しかし、その一部について丈山は迷うところがあり、何人かの候補を挙げて羅山の意見を徴したのではないかと推測される。

丈山案のかなりの部分について羅山は賛意を示したが、一部については削除を進言したり、別の詩人の追加を提案したりもした。「石川丈山に示す」第三書において羅山が示した補正案の概要は、箇条書き風にすると次のようなものであった。

(1)あなたは陶潜《とうせん》と謝霊運《しゃれいうん》を対《つい》にして配置しているが、両者は詩の優劣も人品も甚だ異なっているので、蘇武《そぶ》と陶潜を対にし、鮑照《ほうしょう》と謝霊運を対にしたほうがよい。謝霊運を入れるならば謝眺《しゃちょう》を入れる必要はない。もし謝眺を入れるならば、謝恵連《しゃけいれん》を入れないわけにはいかないであろう。

(2)沈佺期《しんせんき》と宋之問《そうしもん》は「六朝《りくちょう》の流麗」を免れない詩人であり、沈・宋の佳句と称されるものは劉希夷《りゅうきい》の詩句に拠るものであるから、沈佺期と宋之問は除くべきであり、もしこの両人を入れるなら劉希夷も入れるべきである。

(3)王勃《おうぼつ》・盧照鄰《ろしょうりん》・楊烱《ようけい》・駱賓王《らくひんおう》は除くべきではない。かりに王勃・盧照鄰・楊烱を棄てることになっても、駱賓王は残すべきである。三十六人にするために彼らを棄てるとすれば、惜しいことである。

(4)陳子昂《ちんすごう》・杜審言《としんげん》・李白《りはく》・杜甫《とほ》・王維《おうい》・孟浩然《もうこうねん》・高適《こうせき》・岑参《しんしん》・韋応物《いおうぶつ》・劉長卿《りゅうちょうけい》はいずれも「李唐《りとう》の大家」なので、彼らを入れるという案に異論は無い。

(5)韓愈《かんゆ》は「文人」であって「詩仙」ではないと考え、除くべきかどうか迷っているようだが、韓愈の詩は「恢豪雄偉《かいごうゆうい》」と評される優れたものなので棄てるべきではなく、柳宗《りゅうそう》元《げん》と対にすべき詩人である。

(6)白居易《はくきょい》の詩は俗だと評されているので、白居易を入れるならば元稹《げんしん》も棄てがたいと迷っているようだが、両人の詩を同一視することはできない。その人間性において、白居易が「通達《つうたつ》」であるのに、元稹が「讒邪《ざんじゃ》」であることを考えれば、白居易は入れるべきだが、元稹は除くべきである。白居易は劉禹錫《りゅううしゃく》と対にすべきである。

(7)盧仝《ろどう》を李賀《りが》と対にするのは、それぞれ「奇奇怪怪」と「牛鬼邪神」を好み、その詩体が似ているからである。

(8)杜牧《とぼく》・李商隠《りしょういん》・寒山《かんざん》・霊徹《れいてつ》を選ぶのは同意する。

(9)魏野《ぎや》と林逋《りんぽ》を対にして入れたいと考え、梅堯臣《ばいぎょうしん》には対になる詩人がいないのを悩んでいるようだが、魏野は「真隠」ではないので林逋の対にすべきではなく、林逋の対には「儒中の韻士」である邵雍《しょうよう》を配すべきである。また梅堯臣の対には蘇舜欽《そしゅんきん》を置くべきである。

(10)欧陽脩《おうようしゅう》を取らないというのはどういうことであろうか。欧陽脩は蘇軾《そしょく》と同じで文名が詩名を覆ってはいるが、その詩は高く評価されているので棄てるべきではなく、もし欧陽脩を除くならば蘇軾も除くということになる。蘇軾を入れるなら欧陽脩も入れるべきである。

(11)王安石《おうあんせき》を取らないというのはどういうことであろうか。王安石の詩は欧陽脩・蘇軾以上である。それを取らないというのは、王安石の人間性が「執拗暴戾《しつようぼうれい》」だからということであろうか。しかし、孔子は「君子は人を以て言を廃《す》てず」と言われた。詩仙を選ぶというなら、王安石を入れて、蘇軾と対にすべきである。

(12)曾鞏《そうきょう》は世間では文人とみなして詩人の数には入れていない。曾鞏が詩に巧みでないことを彭淵材《ほうえんざい》は「五恨《ごこん》」の一つだと言ったという。しかし、これは妄言で、曾鞏は詩も巧みであり、欧陽脩と対にすべきである。

(13)杜甫以後、黄庭堅《こうていけん》・陳師道《ちんしどう》・陳與義《ちんよぎ》は「詩家の正法」と呼ばれている。したがって、

陳師道と黄庭堅を対にし、曾幾《そうき》と陳與義を対にして入れるべきである。

以上が三十六詩仙の選定についての羅山の意見の概要である。この羅山の補正案への丈山の返信とみられるのが、『新編覆醬続集』巻十一「林羅山に答ふ」第一書である。この返簡の中で、丈山は羅山の補正案中の二点について反論している。一点は、王安石を詩仙に入れるかどうかについてである。羅山は王安石の人間性に問題はあっても、「人を以て言を廃《す》てず」という『論語』衛霊公の孔子の言葉に拠って、優れた詩を詠んだ王安石は入れるべきであると主張した。これに対して丈山は、「介甫《かいほ》(王安石の字《あざな》)の如きに至つては、元悪大憝《げんあくだいたい》、何の小疵《しょうし》に比せん。蘇洵《そじゅん》が介甫を見ること、猶ほ孔休《こうきゅう》が王莽《おうもう》を見るがごとし。詐術《さじゅつ》、讒慝《ざんとく》、放辟《ほうへき》、邪侈《じゃし》、先知の察する所を逭《のが》れ難し。彼、一旦、其の暴戻を揜蔵《えんぞう》すと雖も、政を秉《と》り志を得るに臻《いた》れば、果して凶邪を引用し、忠直を排擯《はいひん》して、終《つい》に文学を以て人を殺し、国を乱る。禍《わざわ》ひ後世に及びて、天下をして壊亡《かいぼう》せ俾《し》む。罪の焉《これ》より大なるは無し」と口を極めて王安石を弾劾し、「其の人を堂宇《どうう》に図して以て朝夕に厥《そ》の状貌《じょうぼう》を看んことを欲せず」と譲らなかった。邪悪な王安石の肖像画を毎日見るようなことはしたくないと丈山は言うのである。

丈山が羅山に反論したもう一点は、曾鞏の評価である。羅山が曾鞏の詩を評価して入れるべきだとしたことについて、曾鞏の詩が巧みでないことは彭淵材が「五根《ごこん》」の一つだと言っただけでなく、陳師道の『后山詩話《こうざんしわ》』や秦観《しんかん》も指摘しているとして、「安石は其の詩を好《よみ》して其の人を好せず。故に元悪を以て之を餬《のぞ》く。子固(曾鞏の字)は其の人を好して、其の詩を好せず。故に五根を以て之を去る」と丈山は結論した。

このような三十六人の詩仙をめぐる書簡の応酬を経て、丈山は次のような最終案を決定した。

	〈左〉	〈右〉
1	蘇　武	陶　潜
2	謝霊運	鮑　照
3	杜審言	陳子昂
4	李　白	杜　甫
5	王　維	孟浩然
6	高　適	岑　参
7	儲光羲	王昌齢
8	韋応物	劉長卿

9	韓　愈	柳宗元
10	劉禹錫	白居易
11	李　賀	盧　仝
12	杜　牧	李商隠
13	寒　山	霊　徹
14	林　逋	邵　雍
15	梅堯臣	蘇舜欽
16	欧陽脩	蘇　軾
17	黄庭堅	陳師道
18	陳與義	曾　幾

1〜2は前漢〜六朝時代の詩人、3〜13は唐の詩人、14〜18は宋の詩人である。左右の対偶には、羅山の書簡にも見えているように、緩やかではあるが、詩人の身分や活動時期や人間性や作風などが考慮されている。丈山は羅山の補正案を多く取り入れたが、最終的に王安石と曾鞏については羅山の補正案には従わずに詩仙三十六人からは排除し、この二人の替わりに儲光《ちょこう》

羲《ぎ》と王昌齢《おうしょうれい》を選んだのである（『羅山先生文集』巻七「石川丈山に示す」第四書）。

丈山はこの案に基づいて各詩仙の肖像画を狩野探幽《かのうたんゆう》・尚信《なおのぶ》に依頼し、次いで肖像画とともに掲げる各詩仙の詩の選定を羅山に依頼した。羅山は詩仙三十六人の「詩題に其の首句を并せて書し」た書簡を寛永十九年九月十六日付けで丈山に発している（『羅山先生文集』巻七「石川丈山に示す」第四書）。そして、肖像画とともに掲げる詩の選定もまた、羅山と丈山との間に意見の応酬がなされた後に確定された（『羅山先生文集』巻七「石川丈山に示す」第五書）。翌寛永二十年冬、羅山は息子の鵞峰《がほう》とともに、後光明天皇即位のための上使に随行して上洛した。十月二十五日に鵞峰を同道して丈山を凹凸窠に訪ねた羅山は、丈山から「詩仙堂記」の撰文を依頼された。羅山は江戸に戻って、その年のうちに「詩仙堂記」を撰し、さらに凹凸窠十二景詩を賦して丈山に贈った（『羅山先生文集』巻七「石川丈山に示す」第七書、同巻十七「詩仙堂記」）。

以上が詩仙堂をめぐる丈山と羅山との応酬のおおよそであるが、実はこれには表には現われていない裏話があった。当時六十歳の羅山には二十五歳の春勝（後に鵞峰と号する）と十九歳の守勝（後に読耕斎《どっこうさい》と号する）という二人の息子がいた。兄の鵞峰は父羅山の見習としてすでに幕府の評定所に出仕していたが、弟の読耕斎は多忙な父を補佐する秘書としての役割を果たしていた。寛永十九年春、京都の丈山から詩仙三十六人の案について意見を求める書簡が届いた時、羅山は丈山への返書の原案を読耕斎に作るよう命じたらしい。東京国立博物館に読耕斎自筆の寛永十九年の漢文体日記『欽哉亭日録《きんさいていにちろく》』が収蔵されているが、その一月八日に次のような記事が見えている。書き下して紹介しよう。

　余、父の命を受け、厳君（父の敬称）に代りて石川丈山に答ふる書を裁す。……草藁《そうこう》に及ばず毫《ふで》を引きて書す。筆は停滞せず、一巻の書も考へず、亥の刻より丑の刻に至りて就《な》る。

そして、翌一月九日にも次のような記事が見出せる。

　余、丈山に答ふる書を厳君の目下に呈す。厳君、読み了りて曰く、「甚だ意に称《かな》へり」と。乃ち大いに之を称す。余が心衷の歓び、抃《べん》して言ふに及ばず。……厳君、玄碩（羅山の門人田原玄碩）を留めて石丈山に答ふる書を繕写せしむ。

　ここに見えている「石川丈山（石丈山）に答ふる書」というのが、先に紹介した『羅山先生文集』巻七「石川丈山に示す」第三書にあたるものと思われる。つまり羅山の丈山への返信「石川丈山に示す」第三書の草稿は息子の読耕斎が書いたものだったというのである。もちろん、丈山に送った返書は羅山による添削を経た後のものであろうが、詩仙三十六人選定についての意見の原案は、当時十九歳の読耕斎の考えるところだったということになる。

そして、三十六詩仙の肖像画に書き添える詩の選定に、羅山が関わったことも寛永十九年九月十六日付けの羅山書簡「石川丈山に示す」第五書から分かるとしたが、この詩の選定原案もまた読耕斎が考えたものだったことが、やはり『欽哉亭日録』の記事から判明する。九月十四日の記事にまず次のように見えている。

此日、石川丈山、京より書を阿爺（父親の意）に寄せて曰く、「詩仙三十六人の配偶、今春既に嘉誨《かかい》を受く。其の詠題する所、各々其の一首を抽《ぬ》きて□決せんと欲す。請ふ又た示諭を受けん」と。故に阿爺、余をして之を考へしむ。

そして、翌十五日の記事に読耕斎は次のように記している。

今日、余、庫《くら》の裏《うち》に入りて詩仙三十六人の詩を考ふ。

父羅山の命を受けた読耕斎は、詩仙三十六人の肖像画に書き添える詩を林家の書庫に入って選定したというのである。翌九月十六日には羅山は丈山への返書を書いているので、読耕斎の選定原案はおそらくそのまま羅山の認めるところになったのであろう。詩仙堂をめぐる丈山と羅山の書簡のやりとりの影武者は、羅山の当時十九歳の息子読耕斎だったのである。

さらに詩仙堂をめぐっては後日譚があった。丈山の「詩仙図像序」(『新編覆醬続集』巻九)に次のような文章が見えている。

是《ここ》に於いて中華の詩に工《たくみ》なる者三十六人を撰んで、左は蘇卿《そけい》(蘇武)に首《はじ》めて陳去非《ちんきょひ》(陳與義)に尾《お》へ、右は陶令《とうれい》(陶潜)に首めて曾吉父《そうきつふ》(曾幾)に尾ふ。諸《これ》を方版《ほうはん》に図して警絶《けいぜつ》を其の上に題し、壁間に排列して、扁して詩仙堂と名づく。事は其の記中に見えたり。自後《それよりのち》、東武の羅山も亦た余が一挙に狃《なら》ひて、詩仙を摹写《もしゃ》して、自ら小詩を為《つく》りて以て其の側に記す。其の余も復た武仙・儒仙・祖仙・道仙・女仙等の数条有り。是れ皆な吾が矉《ひそみ》に效《なら》へる者なり。

丈山の詩仙堂に倣って羅山も同じように詩仙堂を営み、さらには詩仙三十六人に止まらず、羅山は武仙・儒仙・祖仙・道仙・女仙のそれぞれ三十六人を定めたというが、後日譚としてここで問題にしたいのは、羅山が丈山に倣って詩仙堂を営んだということである。

羅山が江戸上野の別荘の敷地に、ここにいう詩仙堂を営んだのは、丈山の詩仙堂ができてから三年ほど後の正保二年(一六四五)閏五月頃のことだった。『羅山林先生詩集』巻六十九には、「六六《ろくろく》詩人図中の二十二人、別墅《べっしょ》の壁画に、正保二年閏五月に之が賛を為《つく》る。其の余十四人は春斎《しゅんさい》(鵞峰)・函三《かんさん》(読耕斎)をして之を作ら使《し》む」という詩題で、羅山が二十二名の詩仙を題にして詠んだ各一首の五言絶句が収められている。また、これについては『読耕斎全集』詩集巻六にも、「家君、詩仙堂を上野の別荘に営み、詩仙三十六人の小画像を其の中に掲ぐ。凡そ八板なり。一板に或は四人或は五人。各《おのお》の題詠有り。余と阿兄と同じく各《おのお》の七首を題す」という詩題で、読耕斎が詠んだ七人の詩仙を題とした五言絶句が収められている。

つまり三十六人の詩仙のうち二十二人を父羅山が、残り十四人を子の鵞峰と読耕斎の兄弟が半分ずつ分担して、五言絶句に詠んだというのである。ここで注目されるのは、江戸の上野に営まれた詩仙堂における詩仙三十六人の顔ぶれである。先に見たように丈山の京都詩仙堂の詩人選定に際しては、王安石と曾鞏を入れるべきだとした羅山の意見に丈山は同意せず、かわりに丈山は儲光羲と王昌齢を採用して対にした。ところが、この羅山の江戸上野の詩仙堂においては、王安石と曾鞏が採用されて、曾鞏は欧陽脩と対にされ、王安石は蘇軾と対にされた。これにともない、羅山は人数を三十六人に収めるために、丈山の詩仙堂には選定されていた儲光羲と王昌齢の対を削除した。江戸上野の詩仙堂の営みそのものは丈山に倣うものであったが、羅山はその詩人の選定については、改めて自説に固執したのである。

江戸上野の詩仙堂に掲げられた三十六人の詩仙の題詩の担当は次の通りである。羅山は蘇武・陶潜・謝霊運・鮑照・杜審言・陳子昂・李白・杜甫・王維・孟浩然・高適・劉長卿・韓愈・白居易・盧仝・李商隠・林逋・邵雍・欧陽脩・蘇軾・黄庭堅・曾幾の二十二人、鵞峰は岑参・柳宗元・杜牧・霊徹・蘇舜欽・曾鞏・陳與義の七人、読耕斎は韋応物・劉禹錫・李賀・寒山・梅堯臣・王安石・陳師道の七人である。いずれもその詩人の生涯や人間性や詩風などを評する絶句が詠まれている。羅山と丈山との間で採用すべきかどうか問題になった王安石は読耕斎が、曾鞏は鵞峰がそれぞれ題詩を担当し、羅山は担当から外れている。

鵞峰は、正保三年十月の石川丈山宛の書簡（『鵞峰先生文集』巻二十八「石丈山に寄す」）において、江戸上野の詩仙堂について次のように報告している。

夫《そ》れ本朝歌仙の数有ること既に久し。寥寥乎《りょうりょうこ》として之に擬する者無し。足下《そっか》、数百歳の下に生まれて、茅三間《ぼうさんけん》の中に隠れ、歌仙の数に倣ひ、新たに詩仙を択《えら》び、以て壁上に後素《こうそ》(画を描くこと)す。其の風流啻《ただ》に洛中に播《は》するのみに匪《あら》ず。延《ひ》いて江城士林の際に到りて、之を図する者有り。我が郎罷《ろうはい》(父親の意、羅山を指す)も亦た之を別墅《べっしょ》に画きて、詩を作りて之を賛す。即ち今、杏仙《きょうせん》に附する所、是《これ》なり。

鵞峰は、父羅山が江戸上野の林家の別荘に詩仙堂を新たに営んだことを報告し、詩仙三十六人のために新たに詠んだ題詩を武田杏仙に託して、丈山のもとに届けさせたのである。江戸上野の詩仙堂に掲げられた詩仙三十六人の選定が、羅山自身の主張に従うものに改められたことを、この時丈山は知ったであろう。

さらに後年の寛文十二年(一六七二)春、鵞峰は「詩仙図の引　奥村兵部、之を求む」(『鵞峰先生文集』巻八十八)の中で次のように述べている。

詩仙とは何ぞや。詩に老い、名を宇宙に垂れて、其の寿《よわい》を得る者なり。三十六人に撰定するは本朝歌仙の数に擬するなり。詩歌、趣を同じうするときは、則ち其の心を設くること、良《まこと》に以有《ゆえ》るなり。之を撰定する者は東渓の隠士石丈山、焉《これ》を創《はじ》む。我が先人羅山叟も亦た之を胥議《しょぎ》す。爾来《じらい》三十余年、往往倣《なら》ひ描く者有りて、世に行なはる。

詩仙堂が営まれてから三十数年経っても、詩仙の図を描いて祀ることが世間で行なわれているという。寛文年間に至っても、江戸上野の林家の詩仙堂は存続していたであろう。江戸上野の林家の別荘内にあった先聖殿《せんせいでん》と林家の学塾は、羅山の孫（鵞峰の息子）林鳳岡《ほうこう》の手によって、元禄四年（一六九一）に湯島の地に移転された。もう一つの詩仙堂であった林家の詩仙堂は、おそらくこの時に廃されたのではないだろうか。

I

風雅のありか

和文漢訳のメソッド

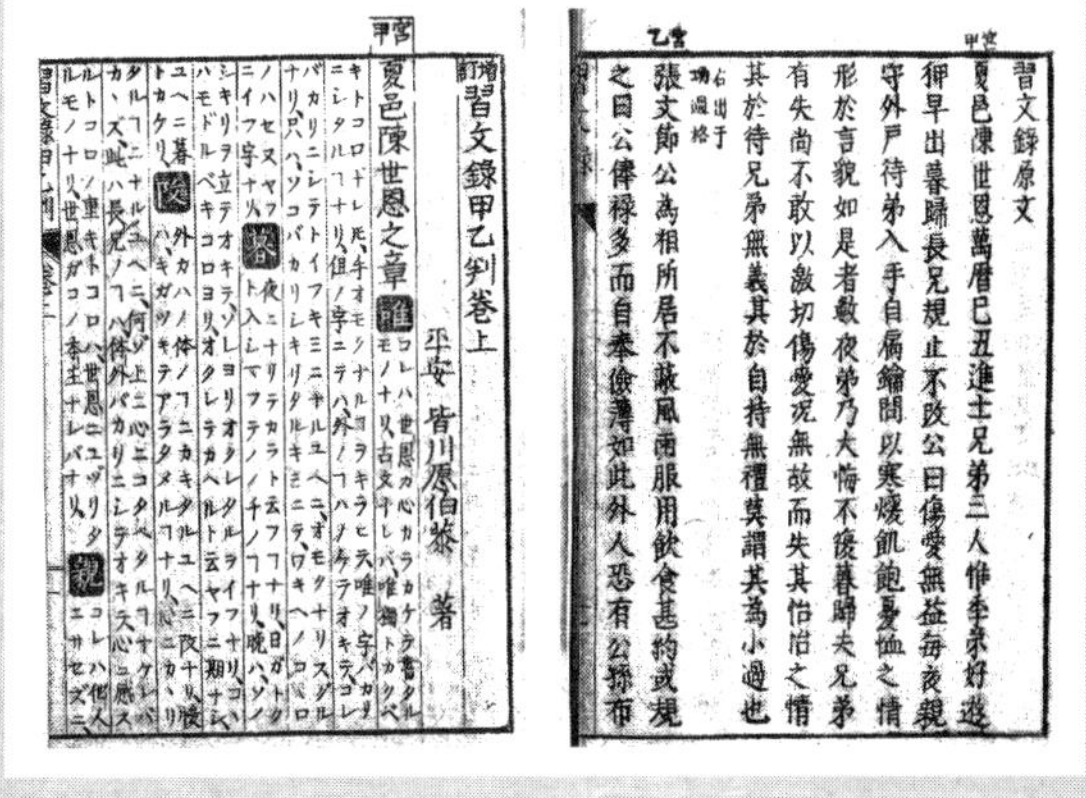

『習文録』

備中国鴨方村《かもがたむら》（現、岡山県浅口市鴨方町）に生まれた西山拙斎《にしやませっさい》は、寛延三年（一七五〇）十六歳で大坂に遊学し、医業を古林見宜《ふるばやしけんぎ》に、儒学を那波魯堂《なばろどう》に学んだ。儒学は初め徂徠学《そらいがく》を修めたが、後に朱子学に転じた。帰郷後は代々の家業であった医業に従事する傍ら、朱子学者としての研鑽を重ねた。大坂遊学時代の友人であった柴野栗山《しばのりつざん》が天明八年（一七八八）に儒者として幕府に招聘された時、拙斎は栗山に手紙を送り、朱子学以外の異学を禁じて、弛緩した綱紀を匡《ただ》すべきだと進言した。そのことは二年後の寛政二年（一七九〇）五月二十四日、老中松平定信によって大学頭林錦峰《だいがくのかみはやしきんぽう》に下されたいわゆる寛政異学《かんせいいがく》の禁《きん》に繫がったとされている。朱子学者として名前を知られるようになった拙斎には、諸大名から出仕の誘いもあったが、応じることなく郷里で生涯を過ごした。

拙斎は朱子学者らしく「己《おのれ》を脩《おさ》むること矜荘《きょうそう》（慎み深くおごそか）にして恭謙《きょうけん》（謙遜なさま）、歓笑の時と雖《いえど》も、未だ嘗《かつ》て惰容《だよう》（怠惰なさま）有らず」というように己を厳しく律した。しかし、周囲の人々には寛容で、穏やかな態度で冗談を言い、誰であろうと分け隔てなく応対したという（『先哲叢談』続編・巻十二）。そのような拙斎に『間窓瑣言《かんそうさげん》』と題する漢文体の随筆がある。

拙斎三十四歳の明和五年(一七六八)三月の日付のある自序によれば、この年、出産した妻の体調がはかばかしくなく、看護のため自分も家に閉じこもる生活になった。そうした日々の消閑のために、「旧聞新話」を輯《あつ》めて漢文に訳することを拙斎は試みた。「雅俗一ならず、真偽相混ず。間々《まま》猥褻《わいせつ》なる者、恢誕《かいたん》なる者、譏刺《きし》する者、激賞する者、夫《か》の規箴《きしん》を寓する者と解頤《かいい》に資する者」など、さまざまな話が「数十則」(実数は八十三話)になったので、一書にしたのが『間窓瑣言』であるという。

そのなかに次のような一話が収められている。以下、書き下して紹介しよう。

浪華に一僧有り。為人《ひととな》り譎智《けっち》多欲にして、最も声色《せいしょく》に耽る。嘗て一名妓に狎《な》る。因って潜《ひそ》かに之を百金に贖《あがな》ふ。剋《こく》するに日を以て将《まさ》に之を迎へんとす。妓素《も》と私《わたくし》する所有り。而《しか》るにその人貧窶《ひんく》、計《はか》るに出す所無し。期漸《ようや》く逼《せま》る。密かに妓と謀り、期に先んじて人を遣はす。陽《いつわ》りて僧の所より来《きた》る者と為して以て之を奪ふ。その暮、僧、人をして輿迎《よげい》せしむれば、則ち已に逃れたり。乃ち大いに驚き、遽《にわ》かに娼家に金を還さんことを責む。而《しか》るに支吾《しご》して肯《うけが》はず。僧益々《ますます》怒り、遂に官に誣告《ぶこく》して曰く、「貧道《ひんどう》(僧侶の自称)、一姪女《てつじょ》有り。落魄《らくはく》して妓と為り、某の行院《こういん》(娼家)に在り。貧道、坐視するに忍びず、従良《じゅうりょう》して以て識る所に嫁さんと欲し、嚮《さき》に已に金若干《かねじゃっかん》を以て之を贖ふ。奈何《いかん》せん、期に及びて所在を避匿《ひとく》し、併せて金も亦た還すことを肯はず。敢《あ》へて明府《めいふ》の処分を請はん」と。府尹《ふいん》即ちその状を批し、火票《かひょう》(急ぎの召喚状)もて娼家を召して之を廉《ただ》す。果してその情《じょう》を得たり。因つて僧に問ひて曰く、「爾《なんじ》、乃ちその踪跡《そうせき》を認むること無からんか」と。僧、欣然としてその人を訐告《けっこく》す。是《ここ》に於いて吏を遣はして之を捕らへ、鞫問《きくもん》して罪に伏す。府尹乃ち讞《ただ》して曰く、「二姦《にかん》の罪、固より誅《ちゅう》を容《ゆる》さず。然るに情に原《もと》づいて之を言はば、僧の之を贖ふも亦た将《まさ》に以て良家に嫁与《かよ》せんとするのみ。鈞《ひと》しく是れ嫁か。夫《そ》れ更に資材を費やして粧匳《しょうれん》を経紀《けいき》し以て他方に適《とつ》ぐ与《より》は、その相愛する所に帰せしめ、因つて以て婚を成し、以て偕老《かいろう》を遂げしむるに若《し》かざるなり。此れ世憲《せいけん》の容《ゆる》さざる所と雖も、要するに亦た一時の権宜《けんぎ》なり。豈に僧の悲心の願ふ所に非ずと謂はんか」と。遂に妓を以てその人に賜ふ。而して僧は復《ま》た対《たい》を措《お》くこと無く、慙恚涕泣《ざんいていきゅう》して退く。時人《じじん》、閧伝《こうでん》して笑ひと為す。

話の顚末は以下の通りである。悪知恵が働き貪欲で好色な僧が大坂にいた。遊女と馴染みになった僧は、その遊女を百両で身請けすることになった。遊女には私《ひそ》かに情を通じている男がいたが、男は貧乏でお金がない。そこでその男は遊女と共謀して、僧からの使いだと偽って遊女を連れ出したため、僧が遊女を迎えようとした時、すでに遊女の姿はなかった。僧は怒って奉行(府尹)に、「私には姪《めい》がおりますが、遊女勤めをしているのが不憫なので、身請けして結婚させてやりたいと身請け金を払いました。ところが、どこかへ姿を隠し、お金も戻ってきません。お奉行さま、よろしくご処罰をお願いします」と訴えた。奉行は遊女屋の主人を召し出して問い質した後、僧にむかって「女が誰のところに隠れたか、お前は知っているのではないか」と尋ねると、僧は喜んでその男のことを訴告した。奉行は役人を遣わして男を捕え、訊問して罪状を確定した。そして奉行は次のように述べた。「邪《よこしま》な二人の罪は許されるものではない。しかし、情状ということで言えば、僧であるお前が遊女を身請けしたというのも姪を良家に嫁入りさせたいと考えたからである。それならば、お金をかけて嫁入り道具を調え、姪を知らない男に嫁がせるよりは、相思相愛の男と結婚させて長く一緒に暮らさせる方がよいのではあるまいか。今回のことは世間の掟には背くものだが、こうした決着も臨機応変の計らいであり、僧であるお前の慈悲心からの願いにも叶うものではないか」と諭して、奉行は遊女をその男に与えた。僧は反論もできず、恥辱と怒りで涙を流しながら奉行所を去った。人々はこの一件を口さがなく言い伝えて笑いものにした。

私通していた男と女が共謀して僧を欺《あざむ》き、それに怒った僧が奉行に訴え出たところ、奉行が粋な裁決を下して僧を懲らしめたという話である。江戸時代には、このような詐欺譚と裁判譚とが組み合わされたような短篇を収める浮世《うきよ》草子《ぞうし》がいくつも出版されている。井原西鶴《いはらさいかく》の『本《ほん》朝桜陰比事《ちょうおういんひじ》』(元禄二年刊)、北条団水《ほうじょうだんすい》の『昼夜用心記《ちゅうやようじんき》』(宝永四年刊)、月尋堂《げつじんどう》の『鎌倉比事《けんそうひじ》』(宝永五年刊)、同じく月尋堂の『儻偶用心記《てれんようじんき》』(宝永六年刊)などである。それらの中には日本独自の話のほか、中国種の翻案も少なからず含まれており、娯楽読み物として、読者から大いに歓迎された。

この『閒窓瑣言』中の一話とたいへんよく似た話を、実はその種の浮世草子の一つである『昼夜用心記』の中に見ることができる。『昼夜用心記』巻一の三「変化は世の中の常」と題する次のような話である。

大坂の遊里新町《しんまち》の遊女龍田《たつた》には、深く馴染んだ亀三《きさん》という男がいた。龍田のもとに通っていた客の択蓮寺《ちゃくれんじ》の僧道念《どうねん》は、千両という大金で龍田を身請けした。しかし、すぐに龍田を寺に引き取るのは檀家に対して憚られる。道念は悪知恵を働かせて、八助という人置き屋の男に、「自分には姪がいるが、嫁入り先の車屋小左衛門の姑《しゅうとめ》と仲が悪い。そこで夫小左衛門はいったん姪を離縁し、姑を説得した後に姪を呼び戻すことになった。しかし、姪とはいっても若い女を寺に置くのは外聞がよくないので、しばらく預かってほしい」と話を持ちかけた。道念からそのつもりでいるようにと言い含められた龍田は、これ幸いと亀三と共謀し、亀三が車屋小左衛門になり替わって、「姑も納得したので嫁を連れ帰りたい」と偽りを言い、八助のもとから龍田を連れ出すことに成功した。欺されたことに気づいた道念は八方探し回って二人を見つけ出し、その地の目代《もくだい》(代官)に、「姪の龍田は遊女奉公をしていましたが、不憫に思って大金で身請けしてやったところ、勝手に嫁入りしました。どうか離縁するよう仰せ付けください」と訴え出た。翌日、目代は双方を呼び出して、「訴状の趣旨はよく分かった。身請けしてもらった恩を忘れて、相談もせず勝手に嫁入りした姪のやり方は不届きであり、伯父ご坊が立腹するのももっともである。しかし、ご坊の慈悲心によって姪は遊女稼業から遁れることができたのである。一般の女になったからには、夫を持つべきであり、しかも日頃から言い交わしていた男と結婚したいということなのだから、伯父として姪の願いを叶えて結婚させてやるべきであろう。このうえは姪夫婦は伯父ご坊を舅《しゅうと》と思って仕えるように」という裁決を申し渡して、一件落着となった。

舞台は『間窓瑣言』の話と同じ大坂であるが、『間窓瑣言』の話では登場人物に固有名詞が付されていないのに対し、『昼夜用心記』では人物が固有名詞で登場するというのが大きく違っている。話の展開については、八助という人置き屋の男が登場するなど『昼夜用心記』の方がやや複雑であるが、僧侶が遊女を身請けしたものの、その遊女には馴染みの男がいて、二人は共謀して僧侶を欺いて逃亡する。それに気づいた僧侶は遊女を姪だと偽ってお上に訴え出るが、お上は僧侶の悪知恵を察知して粋な裁決を下して僧侶に二人の結婚を認めさせ、僧侶を懲らしめるという話の大筋は一致している。

『間窓瑣言』の著者拙斎は、幼い頃から「演史《えんし》」（歴史小説）を読むことが好きで、あまりの熱中ぶりに病気になるのではないかと心配した父がその本を取り上げたが、拙斎は父が外出するとひそかに読み続けたという（『先哲叢談』続編・巻十二）。初めに述べたように拙斎は大坂に遊学していたことがあった。その頃、上方《かみがた》で広く読まれていた詐欺譚や裁判譚を集めた浮世草子を拙斎は愛読したことがあっただけでなく、帰郷した拙斎の蔵書の中には、おそらくこの『昼夜用心記』も含まれていたのではあるまいか。拙斎は産後の肥立ちが悪い妻を看護する暇に、蔵書の中から『昼夜用心記』を取り出し、その巻一の三「変化は世の中の常」の漢訳を試みたのではないかと推測されるのである。ちなみに『間窓瑣言』には、ほかに『常山紀談《じょうざんきだん》』や『武《ぶ》将感状記《しょうかんじょうき》』中の話を漢訳したものも収められている。

拙斎は漢訳を試みるに当たって、『昼夜用心記』中の話を簡略化したと思われるが、実はそのこととは対照的に、拙斎の漢訳には『昼夜用心記』にはないものが付け足されている。それは『間窓瑣言』に収める漢訳の最後に置かれている、次のような文章である。これもまた書き下しの形で紹介する。

夫《そ》れ貪嗔《とんじん》・邪婬《じゃいん》・妄語《もうご》は固より仏氏の重戒なり。而今《じこん》、円頂方袍《えんちょうほうほう》（剃髪した頭と袈裟《けさ》）、その法を奉ずる者、反《かえ》つて之を干犯《かんぱん》し、妓を買ひ官を欺く。その貪、その嗔、罪の斯《か》くも甚だしきは莫《な》し。仏のそれ知る有らば、豈に幽責冥誅《ゆうせきめいちゅう》無からんや。宜《うべ》なり、その進退の利を失ひ、世の嘲る所と為るや。此れ乃ち迦文《かもん》（釈迦）の手を官庁に仮りて、以て将来を懲らす者にして、孰《たれ》か一古銅像にして霊無しと謂《おも》はんや。

作中の僧侶の行為を、仏教で定められている貪嗔・邪婬・妄語という戒律を犯すものとして厳しく非難し、釈迦が奉行の手を借りて僧の悪事を懲らしめたのだとして、この話を高く評価したのである。「操行苟《そうこういやしく》もせず、人に師表たるに足れり」（『先哲叢談』続編・巻十二）と評された拙斎は、いかにも朱子学者らしい批評を話末に付け加えて漢訳のまとめとせずにはいられなかったのである。

西山拙斎の場合は持ち前の漢作文の能力を発揮して、徒然なるままに右のような和文小説の漢訳を試みた。それでは初心の儒学書生たちはどのようにして漢作文の能力を涵養したのであろうか。江戸時代の知識人にとって漢文読解力は必要不可欠であったが、さらに一歩を進めて、自ら漢籍の注釈書を著したり、学問的な著作や学問的な随筆を著述するためには、漢作文の能力もまた必須だった。大学頭として幕府の教学を掌った林家では、江戸時代の早い時期から門人たちに対して漢作文教育を行なっていたが、民間の儒者の私塾でも、古田島洋介『これならわかる復文の要領』(平成二十九年刊)も指摘するように、伊藤仁斎《いとうじんさい》・東涯《とうがい》父子の古義堂や山本北山の奚疑《けいぎ》塾などきちんとした私塾では、塾生たちのために、漢文の書き下し文からもとの漢文を復原する、いわゆる復文という方法に拠る漢作文力の涵養が図られていた。そうした復文教育の具体的な一例を以下に紹介してみたい。

　江戸時代中期、京都の儒者皆川淇園《みながわきえん》の有斐斎《ゆうひさい》は多くの門人を擁した当代きっての漢学塾の一つであったが、門人たちの漢作文の能力を涵養するために、「射復文《しゃふくぶん》」というメソッドが用いられていた。この「射復文」については、淇園門下の葛西欽《かさいきん》が「習文録題言《しゅうぶんろくだいげん》」のなかで次のように解説している(原文は漢字片仮名交じりだが、以下、『習文録』からの引用は漢字平仮名交じりに改めた)。

安永庚午(安永三年・一七七四)の秋、欽再たび京師に来り、淇園先生の塾に寓するに、塾課に近ごろまた射復文と云ものを作《な》す。其《その》事、甚だ文を習ふに便なるを以て、諸生競てこれを為す。其《その》法、漢人の記事百言上下の文をとりて、これを読み、其《その》読声を片仮名を用《もちい》て写して数紙とし、人々にこれを与《あたえ》て、これに依りて其《その》原文の字を射復せしむ。射復略就《ほぼな》りて、原文の字数に合せて、字を増減し、増減定まりて後、原文に比按《ひあん》して、其《その》文字の中否《ちゅうひ》を校し、中《あた》ること多きを上第《じょうだい》とし、失すること多きを下第《かだい》とす。

つまり、漢文の短い文章を選んでまずその書き下し文を作り、その書き下した和文をもとに漢文の復原を試みるというものである。淇園の塾中で行なわれた射復文の課題となった漢文と、「読譜《どくふ》」と名づけられたその書き下し文、さらに「射復の文を比校《ひこう》するに臨《のぞ》んで、同訓異義の字を並べ挙ぐるに甲乙を以てして、其中否《そのちゅうひ》を判し、異同を辨《べん》ずるものなり」(「増訂習文録甲乙判題言」)という「甲乙判《こうおつはん》」なるものを付け足して、『習文録』という書物が出版された。『習文録』には初編〜四編の各上・下二巻があり、さらに「甲乙判」を増訂集録した『増訂習文録甲乙判』上・下二巻がある。刊年の詳細は不明だが、『習文録』初編〜四編はまとめて寛政十年(一七九八)に刊行されており(それ以前に各編ごとの出版があったかもしれないが未詳)、『増訂習文録甲乙判』は『習文録』初編〜四編が再度まとめて文化八年(一八一一)頃に刊行された時に、附刊されたのではないかと推測される。

射復文とその甲乙判とはどのようなものか。『習文録』のなかから比較的簡易な文章を選んで例示してみよう。以下に例示するのは第二編に収める文章である。まず「読譜」という書き下し文から。括弧内は原注。

呉県三都の陳氏、祖伝の古鏡一具、さしわたし八九寸、およそ瘧《おこり》をうれうるもの、とつてみづからてらせば、かならず一物の背につくをみる、そのかたち蓬首《ほうしゅ》(さばきがみのこと)黧面《りめん》(あかつきたるかほのこと)、糊塗《こと》として(はつきりとせぬこと)辨ずべからず、ひとたびかゞみをあげて、このものおどろくがごとし、奄忽《えんこつ》として失去《しっきょ》し、やまい即時にいゆ、けだし瘧鬼《ぎゃくき》そのかたちをみんことをおそれてのがるゝなり、世もつて宝とす、弘治《こうじ》中《ちゅう》にいたりて兄弟財をわかち、鏡をわかちおの〳〵其半《そのなかば》をえたり、ふたゝびもつて瘧をてらすに、また鬼をみず　原文九十五言

文末の「原文九十五言」というのは、原文の漢文は漢字九十五文字なので、九十五文字で原

文を復原せよという指示である。この書き下し文のもとになった漢文は次のようなものである。

　呉県三都陳氏祖伝古鏡一具径八九寸凡患瘧者執而自照必見一物附于背其状蓬首黧面糊塗不可辨一挙鏡而此物如驚奄忽失去病即時愈蓋瘧鬼畏見其形而遁也世以為宝至弘治中兄弟分財剖鏡各得其半再以照瘧不復見鬼矣　続巳編

　文末の「続巳《ぞくし》編《へん》」はこの漢文の出典名である。右の漢文は明の郎瑛《ろうえい》撰『続巳編』中の「辟《へき》瘧鏡《ぎゃくきょう》」と題する文章で、『説郛《せっぷ》』続編・弓《かん》第十四に収められている。書き下し文から射復した漢文と、この原文とを比較して自己採点し、間違った字数によって「科範《かはん》」(等級)が定められるという仕組みになっている。例えば百言の漢文の場合、射復して間違った字数が五字以内なら「知言」、六字なら「発憲」、七字なら「力達」、八字なら「知至」、九字なら「自強」、十字なら「成人」という等級になる。なお、原文の文字数の多少によって、等級ごとに設定された間違いの文字数は増減されている。

　右に例示した文章には、一箇所だけ甲乙判が付されている。原文の「剖鏡」という語について、甲として「割」、乙として「裂」の字が挙げられ、「刀をいれきりわけるは割なり。裂は引さくことなり。剖は二つにさきわることなり」という判が記されている。「読譜」にいう「鏡をわかち」の「わかつ」の語は、文意からすれば「割」や「裂」ではなく、「剖」の字を当てるべきだという解説である。

つまり『習文録』は、初学者が漢作文の力を涵養するための練習帳《ドリル》として編集され、出版されたものだったことが分かる。『習文録』を編集した淇園門下の葛西欽は、「習文録題言」において、この書物には「読書と作文に於《おい》て凡《およ》そ五つの鴻益《こうえき》あり」という。その「五つの鴻益《こうえき》」(五つの大きな利益)というのは、一つには、「漢人の文字」は「本邦の人の文字とは格別の相違あること」が多いので、射復文を練習することによって漢文における文字の使い方を知ることができること。二つには、初学者の漢文は「顚倒錯置《てんとうさくち》すること多きもの」であるが、射復文を繰り返し練習すれば、漢文の「文法をよく暗記する」に至るので、「顚錯《てんさく》」の弊を免れるようになること。三つには、初学者が漢文を作ろうとしてもその語勢は、「漢文の語勢になり難きもの」であるが、この書の「読譜」(書き下し文)は「精良」なので、「此読譜によりて射復せば、他時作文の語勢、自《おのず》から漢文の語勢をなし得」ること。四つには、「窮郷僻邑《きゅうきょうへきゆう》の士、文章に志《こころざし》あれども、良師に乏しきものは、此冊《このさつ》誠に諄誨《じゅんかい》(懇切に教えること)の良師に比すべ」きものがあり、漢作文の自学自習に適していること。五つには、この書に収めた「読譜」をよく読んで「原文」を書き下すことに習熟すれば、他の「無点《むてん》の書を読習ふの階梯《かいてい》」となることである。

とりわけ注目されるのは四つめの「鴻益《こうえき》」で、良い先生のいない田舎の人でも、この書は漢作文のための手引きとして自学自習の役に立つとしていることである。『習文録』の板本には、刊記に明治九年刊とある版面の荒れたものも少なからず伝存している。漢詩文が大衆化し始めた江戸時代中期から明治時代にかけて、漢詩文の自学自習を志す人々は増えていた。そうした読者層にこの書が重宝され、継続的に多くの部数が刷られたことを示しているのである。

II　文人の日常

十七世紀日本のジキル博士とハイド氏

石原正明『江戸職人歌合』「医者」

ロバート・ルイス・スティーヴンスンが一八八六年に発表した『ジキル博士とハイド氏』は、いわゆる二重人格をテーマにした小説として今日もなお読み継がれているだけでなく、芝居や映画にもしばしば取り上げられる有名な作品である。

舞台はヴィクトリア女王治下十九世紀の霧深いロンドン。高名な医師ジキル博士は紳士的な容貌と善良な心を持つ人物として世間から尊敬されていたが、実は邪悪な欲望を心に秘めて生きていた。ジキル博士は自ら調合した秘薬を服用して、醜怪な容貌と邪悪な心を持つハイド氏に変身し、抑圧していた邪悪な欲望を解き放って、暴行や殺人など残虐行為をしばしば行なったが、しばらくすると再び秘薬を服用して元の善良なジキル博士に戻るという変身を繰り返していた。ジキル博士／ハイド氏は世間を欺きつつ、善悪二面の体現者として生きていたのである。

ところが、やがて表の善良なジキル博士と裏の邪悪なハイド氏とのバランスは崩れ始め、変身のコントロールが効かなくなったジキル博士／ハイド氏は焦燥に駆られ始める。かつてジキル博士から正体不明のハイド氏に財産を委譲するという奇妙な遺言状を託された、ジキル博士の友人の弁護士アタスンは、ジキル博士とハイド氏の関係に疑念を抱いて探索を続ける。善悪のバランスが崩壊したジキル博士／ハイド氏はアタスンにも次第に追い詰められ、遂には自滅してしまう。

さて、江戸時代前期の京都に村上冬嶺《むらかみとうれい》（一六二四〜一七〇五）という医師がいた。名を友佺《ゆうせん》、字《あざな》を漫甫《まんぽ》、冬嶺と号した。浅田宗伯《あさだそうはく》の『皇国名医伝』後編（嘉永四年序刊）に拠れば、家は代々唖《あ》科《か》（小児科医）を業としたが、冬嶺も医に通じて十六歳ですでに医名が高かった。元禄年中、皇子の危篤の病を治療した冬嶺は功を賞せられて法眼《ほうげん》に叙せられ、さらに尚薬《しょうやく》（皇子の侍医）に任ぜられて法印《ほういん》の位にまで進められ、春臺院《しゅんだいいん》という号を賜った。まさに当代の名医であった。冬嶺は医師としての責任感が強く、治療に当たっては慎重を期し、患者を死なせてしまった時には、気持の整理がつくまで数日間にわたって家を出て彷徨《さまよ》い、家人が見つけて帰宅を促しても、頭を振って「我が懊悩は除かず。未だ病者に接すべからず」と呟《つぶや》いて、なかなか帰宅しようとしなかったという。

近代以前の東洋において、儒学は医学の基礎学と目されていた。したがって、医師は修業の階梯《かいてい》として儒学を学ぶのが通例だった。冬嶺もまた京都の儒者那波活所《なばかっしょ》に朱子学を学び、伊藤坦庵、江村毅庵、伊藤仁斎《いとうじんさい》などの儒者たちとも親交した。詩文を能くし、高名な医師として声望があり、生活も安定していた冬嶺は、京都文人界の世話役的な存在でもあった。伊藤仁斎の息子東涯《とうがい》は、「予、昔、丱角《かんかく》(幼童)の時、肩輿《けんよ》して(駕籠に乗って)門に造《いた》る者有り。眉は龎《ほう》(太いさま)にして言は徐、頽然《たいぜん》として中堂に坐し、先君子(仁斎)と旧を叙し、晤語《ごご》(うち解けて語る)して日を移す」(『紹述《しょうじゅつ》先生文集』巻二十五「村上冬嶺翁の墓に詣す幷びに序」)という冬嶺の姿を回想している。また冬嶺と交遊のあった江村毅庵の養子江村北海は、その著『日本詩史』(明和八年刊)巻三において、京都文人界における冬嶺の存在を次のように説いている。

蓋《けだ》し好学は天性にして、その先達を推奨し、後学を揄揚《ゆよう》すること、啻《ただ》にその口より出だすが如くのみならず、一に以て己が任と為す。当時の諸儒、二十一史を会読す。会は月ごとに数次、又た詩社を結ぶ。並びに会主を輪《りん》す。必ず酒食有り。期に臨みて、会主或いは他故《たこ》(別の事情)有れば、冬嶺必ず代りて主と為る。故を以て、社会綿綿たること二十有余年。後進の作る所、時に佳句有れば、則ち撃節嘆称し、吟誦数回す。一時、藝苑これに頼《よ》りて気を吐く。その自運《じうん》も亦た一時に矯矯《きょうきょう》(抜きんでるさま)たり。

先輩・後輩の別なく、冬嶺は進んで周囲の人々の才学を推奨することを自分の任務とした。

また、二十一史会読の会や詩社の詩会の世話役としても自己犠牲的に会の維持発展に努めたため、それらの会は二十余年にわたって継続したというのである。

　そして、右の文章に続けて、「冬嶺の詩を読むに、精深工整、前輩に超出す。元和以後の七言律は、此に到つて始めてその体を得たり」と北海は記し、江戸時代の七言律詩は冬嶺によって初めて形の整ったものになったと指摘した。『日本詩史』に収載する冬嶺の七言律詩一首(この七言律詩一首は北海編『日本詩選』巻六にも収められている)から、「歳晩小集の作」と題する一首を『日本詩選』所収の形で紹介しておこう。

青樽歳晩思難禁
共見頭顱霜色深
忼慨強収燈下涙
低垂姑任世間心
愁辺一笑比双璧
老後分陰重寸金
薄宦身閑亦天幸

青樽《せいそん》　歳晩《としく》れて　思《おも》ひ禁《きん》じ難《がた》し
共《とも》に見《み》る　頭顱《とうろ》　霜色《そうしょく》の深《ふか》きを
忼慨《こうがい》　強《し》ひて収《おさ》む　燈下《とうか》の涙《なみだ》
低垂《ていすい》　姑《しばら》く任《まか》す　世間《せけん》の心《こころ》
愁辺《しゅうへん》の一笑《いっしょう》　双璧《そうへき》に比《ひ》し
老後《ろうご》の分陰《ふんいん》　寸金《すんきん》を重《おも》んず
薄宦《はくかん》　身《み》閑《かん》なるも亦《ま》た天幸《てんこう》

清時莫作独醒吟

清時《せいじ》　作《な》すこと莫《なか》れ　独醒《どくせい》の吟《ぎん》

老年期のある年の暮れに開かれた、気心の知れた友人たちとの小さな集まりでの感慨を述べた詩である。お互い老化を嘆きつつ、ともすれば心の中に湧き起こる悲憤慷慨の感情を抑えて、俗世間と妥協しながらも平和な時代を穏やかに過ごせる幸せに感謝したいというのである。

高名な医師にして優れた詩人であり、また京都文人界の世話役でもあったこの冬嶺に、「二《に》魂伝《こんでん》」と題する自伝的な文章がある。かつてこの文章は、大谷雅夫「伊藤仁斎と村上冬嶺」（新日本古典文学大系月報94）において、龍谷大学図書館写字台文庫蔵の冬嶺自筆かと推定される『遊東詩集《ゆうとうししゅう》』に拠って、その概要が紹介された。ここでは、改めて国立国会図書館蔵『紹述《しょうじゅつ》雑鈔《ざっしょう》』第四十一冊『時英文雋《じえいぶんしゅん》』所収の「二魂伝」の全文を、便宜上五つの段落に分けて、書き下して紹介する。

(1)漫甫《まんぽ》・子縁《しえん》、天帝に事《つか》へて無状《むじょう》なり。帝、大いに怒り、仙籍の名を削り、昇飛の術を褫《うば》ひ、之を下土《かど》人間遐裔《じんかんかえい》の地に降黜《こうちゅつ》す。二魂、既に天譴《てんけん》を承《う》け、渺茫《びょうぼう》として往く所を知らず。乃ち相共に謀り、仮に扶桑大和国洛陽第三衢《ふそうやまとのくにらくようだいさんく》邨上《むらかみ》氏の男《むすこ》を形とし、以て謫魂依《たくこんい》托《たく》の所と為す。幼くして外祖父に養はれ、長ずるに及んで名を友佺《ゆうせん》と曰ふ。家甚だしく貧し。

（2）漫甫、性最も書を好み、放蕩不羈《ほうとうふき》にして節行《せっこう》に拘《かか》はらず。人間《じんかん》に在りと雖も、而《しか》も天上の余趣、尚ほ未だ懐《おも》ふことを忘れず、意は恒に広莫《こうばく》の野を徜徉《しょうよう》し、何有《かゆう》の郷に優遊するを願ふ。夫《か》の世上軒冕《けんべん》の栄、尋常琦瑰《きかい》の器の若《ごと》きは、悉《ことごと》く視《み》て以て逆旅《げきりょ》の快晴、児童の玩弄《がんろう》と為す。故に栄辱悲歓《えいじょくひかん》は甚だしくは以て情を累《わずら》はさず、暫く俗に随ひて依違《いい》たるのみ。嘗《かつ》て云へり、「書を読みて博からず、詩を作りて工《たく》みならず、是れ我が憂ひなり」と。

（3）子縁、曽《かつ》て天上に在りて、職最も卑し。故に頗る鄙事《ひじ》を能くす。薬方を喜び、専ら嬰《えい》児《じ》の医と為り、以て下《げ》界僑居《かいきょうきょ》の資に充つ。之を久しうして名は漸く京師に発す。凡そ上は皇子・王孫より下は商豎賈児《しょうじゅこじ》迄、疾病有る毎に、延請して治《ち》を求めざるは莫《な》し。縁《えん》（子縁の略）、之が為に処方し救ふ所頗る多し。且つ性奢侈を好まず、衣服飲食は但だ之を佺骸《せんがい》の饑《う》ゑず寒からざるに取るのみ。其の得る所の物は、家養《かよう》に給し親旧に賑《あた》ふるの余りは、則ち挙げて以て漫甫の募書《ぼしょ》の用に供す。

（4）其の平生、詩士・文人の来たる有らば、則ち漫甫出でて之に対し、研窮討論して竟日《きょうじつ》倦まず、以て忘年莫逆《ぼうねんばくぎゃく》の交はりを為す。或いは庸人《ようじん》・俗子《ぞくし》来たらば、則ち子縁出でて之に対し、委和婉順《いわえんじゅん》にして丁寧に情を尽くして止《や》む。夫《か》の衆人稠座《ちゅうざ》の中の若《ごと》きは、談は雅俗を雑《まじ》へ、則ち漫《まん》・縁《えん》交互にして之に応ず。見る者皆な以て一友佺と為し、二魂の陰《いん》に佺骸を鈞陶《きんとう》し、而《しこう》して之を為《な》すに鼓舞《こぶ》橐籥《たくやく》するを知らざるなり。
(5)嗚呼《ああ》、漫《まん》(漫甫の略)をして縁《えん》を得ざらしめば、則ち其れ溝中の瘠者《せきしゃ》と為らざること幾《ほとん》ど希《ま》れなり。縁をして漫を得ざらしめば、則ち豈に碌々《ろくろく》たる庸夫の臭《しゅう》を逐《お》ひ利に趨《はし》るの徒《と》為《た》らざらんや。二魂相頼《あいよ》りて以て用を為す。猶ほ水母《すいぼ》の蝦《か》と蛸蛣《しょうきつ》の蟹《かい》とのごとし。日久しく年積もり、佺の骨斃《やぶ》れ肉敗るれば、則ち二魂は将《は》た飄揚《ひょうよう》して天に帰するか。抑《そもそ》も復た他骸《たがい》に憑《よ》りて人間役々《じんかんえきえき》の事を為すも亦た未だ知るべからざるなり。

この「二魂伝」については『皇国名医伝』にも、「等全(冬嶺のこと)、文を善くす。逸気有り。その為人《ひととなり》と類す。嘗て二魂伝を作り、以て己が処世の概《おおむね》を述ぶ。荻生茂卿《おぎゅうもけい》、見て殊にこれを推賞す」と紹介されている。「二魂伝」は冬嶺が自己の処世法のあらましを記述したもので、朱子学者の詩文に対しては厳しい態度を取った荻生徂徠《おぎゅうそらい》(字を茂卿)でさえも、特別にこの「二魂伝」を推賞したというのである。

さて、「二魂伝」の第一段落である。天上の仙界に、天帝に仕える漫甫と子縁という二人の仙人がいた。天帝に罪を得て仙界から追放され、行き所を無くした二つの仙人の魂は、京都の三条に住む村上氏の息子の肉体を借りて、人間世界で生きることになったという。文人の詩文作品によく見られる、優れた高雅な精神が満たされぬ思いを抱きながら俗世界で生きることを余儀なくされるという、いわゆる謫仙《たくせん》モチーフが使われている。

第二段落・第三段落では、友佺という一つの肉体に宿ることになった二つの魂の性向が説明される。漫甫の魂は読書と詩作を好み、金銭や名誉というような俗世間的な欲望には無関心で、何よりも自由を希求する魂である。それに対して子縁の魂は、もともと仙界においても俗事に長じていたので、人間世界に住むようになってからは小児科医となって名声を得て、恵まれた生活を実現した魂である。子縁の魂は俗事には長《た》けているものの、贅沢を好まなかったので、医師として得た収入は、友佺の肉体を維持するため以外は、親族や旧友たちに分け与え、さらにその余りはすべて本好きの漫甫の本代に充てられたという。漫甫と子縁という二つの魂には、風雅と卑俗という相対立する性向が割り当てられているのである。

第四段落では、友佺の日常生活における二つの魂の役割分担が記されている。詩士・文人など風雅の客に対しては漫甫の魂が応対し、庸人・俗子など俗用の客に対しては子縁の魂が応対することで、友侄は破綻無く医師・文人としての日常生活を送っていたが、一友侄の肉体に二つの魂が共存し、時に応じて交替して役割分担を果たしていることに気付く人はいなかった。

まとめの第五段落では、漫甫の魂だけでは友侄は人間世界で野垂れ死にすることになってしまうであろう、また子縁の魂だけでは友侄は俗臭紛紛たる人間に堕してしまうであろうとして、二魂あってこそ友侄は人間世界の中で破綻することなくバランスの取れた人間であり得ているのだという。そして、やがて友侄の肉体に死が訪れた時、漫甫と子縁の二魂は天上の仙界に帰ることになるのか、あるいはまた別の肉体に宿って人間世界で生きていくことになるのか、それは分からないとしてこの文章は結ばれている。

冬嶺は、一方では学問や詩文という風雅な世界を自由に逍遥することを希求しつつも、一方で卑俗な日常生活というものを肯定的に生きようとしていた。そのような自らの処世を、漫甫と子縁という二つの魂の共存という趣向で表現しようとしたのが、この「二魂伝」であった。俗世間に対する批判や慷慨の気持はあっても、それを表立って声高に主張するのではなく、俗世間と調和的に生きていこうとする姿勢を表現した、先ほどの「歳晩小集の作」と題する冬嶺晩年の詩のテーマと、この「二魂伝」のテーマとは当然のことながら繋がっている。

そして、一人の人間における内面の二重性の作品化という点で、「二魂伝」は『ジキル博士とハイド氏』と共通している。『ジキル博士とハイド氏』においては心の中の善／悪の二重性が肉体の変貌と連動して表面化し、その善／悪のバランスの破綻が小説化されているのに対し、「二魂伝」は一人の人物の内面における雅／俗の二重性が、破綻することなく共存していることを、自伝的文章として表現したものなのである。ともに高名な医師の内面の二重性が問題にされているのであるが、前者では精神の変貌と肉体的な変身とが連動しているのに対し、後者では肉体的な変身を伴うことはなく、一つの肉体のなかで魂が入れ替わるという形を取っている点が異なっている。

さらに、その二重性も『ジキル博士とハイド氏』では善／悪の二重性であるのに対し、「二魂伝」では雅／俗の二重性であるということも相違点として注目される。おそらく、『ジキル博士とハイド氏』の二重性の相剋の背後にはキリスト教的な倫理観が想定されるのに対し、「二魂伝」の二重性の背後には儒教的な雅俗観が存在していると言ってよい。そういう意味で「二魂伝」における雅／俗の二重性は、いかにも江戸時代的な主題であった。

江戸時代には和文体や漢文体を用いて多くの自伝的な文章が書かれたが、「二魂伝」と同様の漢文体の自伝的文章に「一能子《いちのうし》伝《でん》」（『鵞峰林学士文集』巻五十所収）がある。林羅山《はやしらざん》の男《むすこ》で幕府儒者林家の二代目を継いだ鵞峰《がほう》が五十歳の寛文七年（一六六七）の年末に門人に口述筆記させた文章である。鵞峰は上野忍岡《うえのしのぶがおか》に設置された国史館で、数年前から幕府の歴史編纂事業として『本朝通鑑《ほんちょうつがん》』(寛文十年成)の編集に取り組んでいた。しかし、歴史編纂事業に対する幕閣や世間一般の無理解、加えて編纂に従事していた林家一門の力不足もあって、編纂作業は遅々として進まなかった。そのような困難な時期の寛文六年(一六六六)の九月一日、編纂総裁鵞峰の片腕として編纂事業を支え、鵞峰の嫡子として林家一門の期待を一身に集めていた梅洞《ばいどう》が二十四歳で病のため急死した。鵞峰の悲嘆は大きく、一時は『本朝通鑑』の編纂作業も停滞した。そうした悲痛な出来事から立ち直り、再び『本朝通鑑』の編纂に邁進し、幕府儒者林家の基礎を固めようとした鵞峰の自己省察の文章が、「一能子伝」である。

「一能子伝」については、かつて小稿「林家の存立——林鵞峰の「一能子伝」をめぐって」(『近世文学の境界——個我と表現の変容』)で分析したことがあるが、これは架空の人物である一能子を主人公にして、鵞峰が自分自身の生き方や考え方を仮託して記述した、いわゆる托伝《たくでん》形式の自伝であった。托伝は陶淵明《とうえんめい》の「五柳先生伝《ごりゅうせんせいでん》」以来、漢文体自伝の形式として広く用いられてきた。鵞峰はこの托伝の形式によって、自らの幕府儒者としての能力とは何かということを自問し、たとえ周囲の理解が乏しく評価されなくとも、自己の能力を最大限に発揮することこそが、幕府儒者林家の当主としての務めであることを再確認して、自らの出処進退を定めようとしたのであった。

鵞峰の「一能子伝」は寛文六年に成立し、冬嶺の「二魂伝」はおそらくそれから三十年ほど後の元禄年間頃に成立した。「二魂伝」の方は純粋な托伝とは言えないが、冬嶺が自己の内面の二重性を漫甫と子縁という二つの謫仙の魂に仮託して表現したという点では、托伝的な作品とみなして差し支えない。ほぼ同時代に、同じ儒学的な教養を有した知識人が、托伝形式を意識しながら書いた自己省察の文章という点で両者は共通している。

このような興味深い自己省察の文章が、なぜ十七世紀後半の日本で相次いで書かれたのであろうか。幕府政治に朱子学を反映させようとした林羅山の男《むすこ》である鵞峰はもちろん朱子学者であったが、冬嶺もまた那波活所門下の朱子学者であった。朱子学者たちには、「格物窮理《かくぶつきゅうり》」や「居敬存養《きょけいそんよう》」という言葉で表わされる日々の修養を課題として生活することが求められた。「格物窮理」とは、観察によって事物に内在する事理・物理に到達し、それを究極にまで窮めて宇宙に一貫する天理を見出すように努力せねばならないとする客観的な修養法である。もう一方の「居敬存養」とは、慎み深い生活態度を保ち、心の中の本然《ほんぜん》の性《せい》(人が生まれつき持っている純粋至善なあり方)というものを養い育てねばならないとする主観的な修養法である。朱子学者たちには日々の生活において、経書を講究するだけでなく、このような客観的・主観的な方法による修養を心がけることが求められた。とくに後者の「居敬存養」は、自己の心を反省的に見つめ、本来の自分はどうあるべきかということを熟考する生活態度を養うのに役立ったであろう。鵞峰の「一能子伝」や冬嶺の「二魂伝」という興味深い自己省察の文章が、十七世紀後半に成立した背景には、この時期に流行した朱子学派における修養法の存在というものを想定してよいのかもしれない。

II 文人の日常

ある聖堂儒者の生活

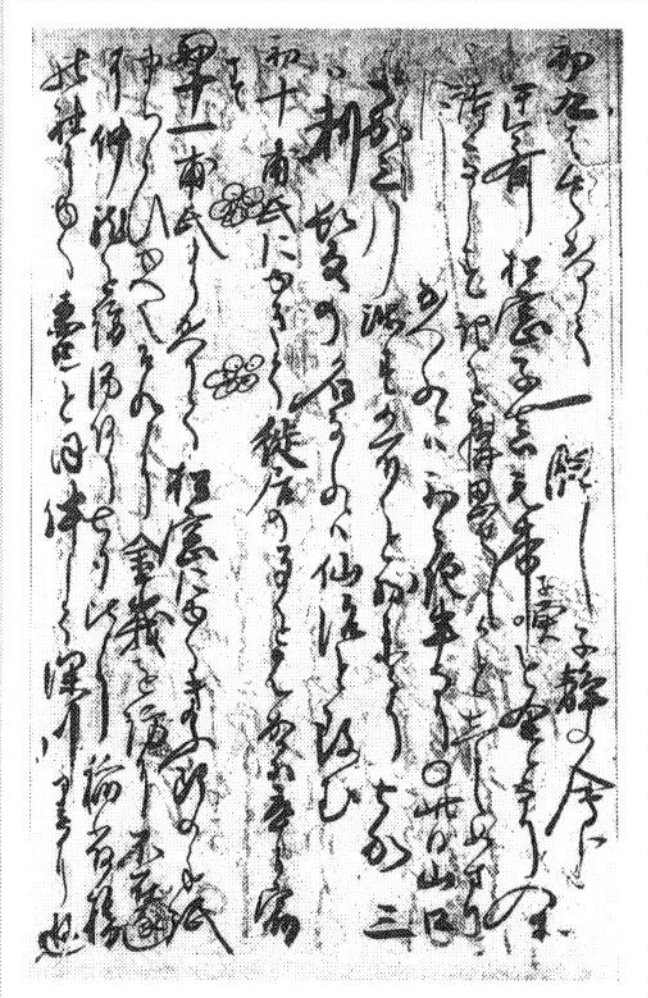

平沢旭山『辛丑日録』

遊里を舞台にする短編小説として完成された洒落本《しゃれぼん》という近世小説は、漢詩文を能くした儒者や漢学書生たちの手すさびから始まったとされている。したがって、初期の洒落本は漢文体で書かれていたが、やがて儒者や漢学書生の手を離れて和文体で書かれるようになり、十九世紀末の天明・寛政期には、和文体洒落本の代表作として知られる山東京伝《さんとうきょうでん》の『通言総籬《つうげんそうまがき》』（天明七年刊）や同じく山東京伝の『傾城買四十八手《けいせいかいしじゅうはって》』（寛政二年刊）などが出版された。これらの洒落本の出版と期を同じくして、内容的には洒落本の漢詩版とでもいうべき、江戸の遊里吉原を素材にした『北里歌《ほくりか》』（天明六年刊）という竹枝《ちくし》詞集が出版された。「竹枝」というのは、もとは中国の巴蜀《はしょく》の地の民謡であったが、唐代になって各地の風土を背景にして男女の艶情を詠うものへと変化した詩の一体である。この中国由来の竹枝という詩体に拠りながら、江戸の遊里吉原（北里《ほくり》というのは吉原の雅称）を素材に七言絶句三十首の連作詩集として作られ、出版されたのが『北里歌』である。

この詩集の匿名作者である玄味居士《げんみこじ》なる人物は、実は幕府の教学を司る林家門下の儒者市河《いちかわ》寛斎《かんさい》であった。『北里歌』出版当時、市河寛斎は湯島の聖堂に付属する林家の学塾昌平黌《しょうへいこう》の啓《けい》事役《じやく》(学頭)を勤めていた。そして、この『北里歌』に「書後」と題する文章を寄せている九日山人こと平沢旭山《ひらさわきょくざん》もまた、『北里歌』出版以前の安永八年(一七七九)三月から天明元年(一七八一)三月にかけての時期に同じく昌平黌啓事役を勤めたことがあり、『北里歌』出版以後の天明七年七月から天明八年七月にかけては、林家の八代洲河岸《やよすがし》(八重洲河岸《やえすがし》とも)の塾の啓事役を勤めたという、林家門下の錚々たる儒者の一人であった。

『北里歌』に収められる三十首の詩の板下《はんした》は主として作者寛斎の知友たちによって書かれているが、何首かは瀬川路考という人気役者や、玉屋の遊女濃紫《こむらさき》、扇屋の遊女花扇《はなおうぎ》、鶴屋の遊女菅原《すがわら》などいずれも当時の吉原の名妓たちが担当した。これら名妓たちの筆跡はいずれも一様に当時流行の東江《とうこう》流の書風である。東江流は、吉原に頻繁に出入りして「柳橋の美少年」(『先哲叢談』後編)と称された書家沢田東江《さわだとうこう》が工夫した書風で、吉原の遊女たちは多く東江の書の門人であったという。東江は書家として知られているが、宝暦九年(一七五九)に入門した林家門下の儒者でもあり、寛斎や旭山とは同門の儒者として交遊関係があった。

折から江戸の詩壇には、それまでの擬古的な古文辞格調派《こぶんじかくちょうは》の詩から、写実的な清新性霊派《せいしんせいれいは》の詩へという詩風の転換が起こっており、遊里風俗詩としての『北里歌』は清新性霊派の新詩風の実践として評価され、『北里歌』に続いて柏木如亭《かしわぎじょてい》が『吉原詞《よしわらし》』を、菊池五山《きくちござん》が『水東竹枝《すいとうちくし》詞《し》（深川竹枝《ふかがわちくし》）』を作詞するなど、以後明治前期にかけて、日本各地の遊里を詠んだ遊里風俗詩としての竹枝が大流行するきっかけを作った。このように江戸漢詩の歴史において、『北里歌』は江戸時代後期における新詩風への転換を象徴する作品として文学史的な役割を担うことになったが、それは結果論としてそうなったということであって、当事者たちの意識としては、初期の洒落本と同じように儒者の手すさびだったのであろう。しかし、それは同時に『北里歌』の出版に際しては、板下を人気役者や吉原の名妓に依頼し、挿絵に浮世絵師磯田湖龍斎《いそだこりゅうさい》を起用するなど、手間とお金をかけた華美な遊びでもあった。

林家の七代当主錦峰《きんぽう》に、林家の塾内において朱子学以外の書物を読むことを禁じた、いわゆる寛政異学《かんせいいがく》の禁《きん》が仰せ渡されたのは、寛政二年（一七九〇）五月二十四日のことだった。老中田《た》沼意次《ぬまおきつぐ》を幕閣から追放して老中首座の地位についた松平定信が、天明七年（一七八七）以来進めていた寛政の改革の一環として行なったものである。この異学の禁実施以前の天明六年に『北里歌』は出版されていた。儒教的な見地からすれば、淫靡《いんび》で不道徳な「悪所」として否定されるべき遊里を素材にした『北里歌』という漢詩作品が、幕府教学の中枢にあった林家一門の儒者たちによって作られ、出版されていたのである。『北里歌』というような遊里風俗詩集を生み出した、寛政異学の禁前夜の林家一門の儒者たちの生活とはどのようなものだったのか。

『北里歌』の出版に深く関わった平沢旭山に焦点を当てて、その生活を垣間見ることにしよう。

平沢旭山は享保十八年(一七三三)山城国宇治で生まれた。学に志した旭山は、近江に遊学して彦根藩儒龍草廬《りゅうそうろ》に学び、後に古医方《こいほう》を学んで京都で医を業とした。その後、大坂に転居して医業に携わる傍ら、片山北海の開いた詩社混沌社《こんとんしゃ》に参加してその名を知られるようになったが、三十六歳の明和五年(一七六八)江戸に出て林家に入門し、昌平黌に入塾した。旭山が林家で昌平黌や八代洲塾の啓事役を勤めたことはすでに述べたが、異学の禁の仰せ渡しがあった後、旭山は寛政二年(一七九〇)六月には異学の徒として林家を破門されたことが、林家の入門者名簿『升堂記』に記録されている。

江戸の芝にある光明寺(浄土真宗)の住持雲室《うんしつ》は旭山と親交があったが、旭山の人となりについて雲室は、「此人、秀才之人なれ共、其質甚《はなはだ》短慮にてありし。文を以《もって》世に知られたり。文章は実に抜群と可申《もうすべし》。然《しかれ》ども生質右之通《とおり》之人故、自身に応《おうず》る才子にあらざれば喜《よろこば》ず。才なき人をば甚《はなはだしくにく》敷悪み、叱罵詈《しかりばり》せらるゝ故、人親《したし》まず厭悪《えんお》する者多し」(『雲室随筆』)と記している。

旭山は西は長崎から北は蝦夷地にまで広く日本各地に足跡を印した旅行家でもあり、その漢文体の紀行文三十余篇を集成して寛政元年(一七八九)に出版された『漫遊文草』は、旭山の著作の中ではもっともよく読まれたものである。このほか旭山にはさまざまな著作が残されているが、『遺光暦《けんこうれき》』と『辛丑日録《しんちゅうにちろく》』と題する二種類の日記も伝存している。『遺光暦』は漢文体日記で、旭山四十四歳の安永五年(一七七六)一月一日から四十七歳の安永八年(一七七九)十二月二十七日に至るが、安永五年は五月十七日までで終わり、その年の後半は欠けている。また、このうち安永七年(一七七八)の三月二十六日から八月十五日までは奥羽・蝦夷地旅行中の旅日記になっている。現存する国立国会図書館蔵の『遺光暦』は自筆本ではなく、明治になってからの近代写本で、残念ながら誤写が少なからず含まれており、まま文意の通じがたいところもある。

『辛丑日録』の方は和文体日記で、旭山四十九歳の安永十年・天明元年(一七八一)一月一日から同年十月二十五日に至っている。天理図書館蔵の自筆本の翻刻が、木村三四吾編『業餘稿叢』(昭和五十一年刊)に収録されている。

湯島の昌平黌の学舎に寄宿していた旭山は、四十二歳の安永三年(一七七四)七月、長崎奉行桑原能登守盛員《もりかず》に随行して江戸を発ち、一年ほどの長崎滞在後、安永四年十月に奉行の任明けに従って江戸に戻った。『遺光暦』はその翌年安永五年の元日から始まっている。長崎から江戸に戻った旭山は、以前のように昌平黌の学舎に入るつもりだったが、空きがなかったため、同じ林家門下の儒者で高松藩に仕えた岡井《おかい》赤城《せきじょう》が江戸で開いていた家塾に寄寓した。空きができて昌平黌の学舎に旭山が転居するのは、半年ほど後の安永五年五月十七日のことである。『遺光暦』はこの転居後、半年ほどの中断期間の後再開されている。

『遺光暦』は旭山が昌平黌の啓事役に就く以前の日記であるが、旭山は春と秋に湯島の聖堂で行なわれていた釈奠《せきてん》（釈菜《せきさい》）の儀式に参加しているほか、昌平黌や八代洲河岸の塾に出入りする林家の儒者たちとはもとより、林家以外の儒者や知友たちとも、さまざまな書物の会業（会読）を頻繁に行ない、その前後には彼らと行楽や酒席を共にすることも多かったことなどが記録されている。そのような交遊の場には、『北里歌』の作者である市河寛斎や、沢田東江の名前も登場している。また、旭山は時に大名家や旗本や裕福な町人などに招かれて儒書の講釈に出かけたり、八代洲塾の講堂である広業堂《こうぎょうどう》（弘業堂とも）で定期的に開かれていた林家一門の詩文や聯句の会に参加するほか、すでに医業は廃していたとはいえ、医術の心得のあった旭山は、折にふれて知人の病気治療や薬の処方に当たるなど、多忙な日々を送っていた。

旭山は書斎にこもって心静かに勉学に専心するというタイプの人間ではなかった。行楽にも積極的だった旭山は、石浜の妙亀庵《みょうきあん》に出かけて名物の麦飯に舌鼓を打ち、芝居を見物し、新興の歓楽地三叉《みつまた》に遊び、遊里吉原に足をのばすようなことも少なくなかった。そして、そうした時には湯島の学舎に戻ることなく、そのまま宿泊する別宅のような出先が旭山にはあった。日記中に「甫氏《ほし》」あるいは「保氏」として頻出する甫喜山《ほきやま》氏である。神田明神の社家で、江戸開府以来の名家である甫喜山家の当主甫喜山復卿《ふくけい》(叔甫)は、旭山の親友だった。旭山は復卿の父で隠居していた「森老」とも親しく、復卿の息子が麻疹に罹った時には治療に当たり(安永五年一月)、復卿の妻に灸をすえようとして誤ってその髪を焼いてしまう(安永七年三月五日)というようなこともあり、甫喜山家とはいわば家族ぐるみの付き合いで、甫喜山家が管掌していたと思われる稲荷橋の社の祭事の手伝いに駆り出されるようなこともあった(安永六年二月八日)。

安永五年四月十六日、旭山は甫喜山復卿の紹介で起倒流《きとうりゅう》拳法家加藤有慶と初めて出会った。起倒流拳法というのは、江戸時代初期に明《みん》からの亡命帰化人陳元贇《ちんげんいん》が伝えたとされる拳法である。旭山はこれに強い関心を抱き、安永六年一月十八日には加藤有慶の道場開きに出かけているが、その場には数十人の参会者がいたという。ほどなく旭山は有慶に入門してみずから拳法を学ぶようになった。安永六年十一月六日の日記には、「遠公・復卿と同じく有慶氏に往く。翁、授くるに拳法の秘訣を以てす。余、為に口義を作る」と記されている。拳法熱が昂じた旭山は、加藤有慶と計らい、甫喜山復卿などの友人たちと協力して、「起倒流拳法碑」を愛宕山に建てた。碑文は旭山が撰し、沢田東江が書を担当したこの石碑は愛宕山に現存している。

また、幕府天文方の山路《やまじ》主住《ぬしずみ》とその息子で幕府評定所勤役儒者の之徽《ゆきよし》(廷美)と付き合いのあった旭山は、之徽のもとで荷田在満《かだのありまろ》の息子で国学者の荷田御風《かだののりかぜ》（羽倉東蔵）と知り合った。『遺光暦』安永六年九月十九日に、「羽倉東蔵適々《たまたま》至る。余、其の名を聞くこと久し。相見て相晤《あいご》し、彼此《ひし》相質《あいただ》す。意暢《いの》び趣《おもむき》合《あ》ふ。竊《ひそ》かに一益友を得たりと以《おも》ふ」と記されている。これが機縁となって、後に旭山は御風と『令義解《りょうのぎげ》』や『日本書紀』の会読を行ない（『辛丑日録』安永十年二月四日、天明元年九月二十四日）、天明六年五月十二日には、この年二月二日に没した御風の伯母で歌人の荷田蒼生子《かだのたみこ》の墓碑銘を撰した（『沢旭山先生文草』「女先生蚊田氏墓碑幷序」）。

『遺光暦』によって旭山の日常生活の様子はさまざま明らかになるが、何といっても注目されるのは、安永五年の年明けから五月にかけての時期に頻繁に記されている吉原関係の記事である。この間に旭山自らが吉原に遊んだ記事だけでも、少なくとも二月三回、三月三回、四月六回の計十二回を数えることができる。

『遺光暦』において初めて吉原行きの記事が見られるのは安永五年二月二十三日であるが、この日、旭山は寄寓先の主人岡井赤城（字《あざな》は伯和）に強引に誘われて吉原に遊んだ。

（赤城は）余に謂ひて曰く、「我、吾が胸中の磊塊《らいかい》を瀉《そそ》がんと欲す。兄《けい》を要して出游せん」と。余、時に孤燈に対して書を攤《ひら》く。何の興趣かこれ有らん。固辞するも可ならず。遂に聯歩《れんぽ》して往く。抵《いた》る所を知らず。夜、将《まさ》に二鼓《にこ》ならんとし、嫩松亭《どんしょうてい》に飲む。伯和は火玉楼《かぎょくろう》に登る。余は則ち夜を扇子楼《せんすろう》に卜《ぼく》す。択《えら》ぶ所の名妓は姿艶貫絶《しえんかんぜつ》、供張豊潔《きょうちょうほうけつ》、真に一夢の南《なん》面楽《めんらく》なる哉。

二人が酒を飲んだ「嫩松亭《どんしょうてい》」は吉原の仲《なか》の町《ちょう》の引手《ひきて》茶屋《ぢゃや》若松屋《わかまつや》、赤城が登楼した「火玉楼《かぎょくろう》」は、江戸町一丁目の妓楼玉屋（火焰玉屋《かえんたまや》）、旭山が登楼した「扇子楼《せんすろう》」は、同じく江戸町一丁目の妓楼扇屋《おうぎや》であろう。旭山の相方《あいかた》になった遊女は美しく、部屋の調度は贅沢かつ清潔で、「南《なん》面楽《めんらく》」すなわち王侯の楽しみを味わったというのである。

これが引き金になったのか、旭山は足繁く吉原に通い始めた。特に三月十三日に「草色楼」に登楼して以後、旭山はもっぱら「草色楼」に通うようになった。国立国会図書館本の『遺光暦』は明治期の転写本で、誤写が少なくないことはすでに述べた。この「草色楼」とあるのもおそらくは誤写で、正しくは「草包楼《そうほうろう》」ではないかと思われる。「色」と「包」の崩し字は紛れやすい。「草包」ならば俵の意である。つまり、旭山が足繁く通うようになったと記されている「草色楼」は、「草包楼」の誤写で、吉原の京町一丁目の妓楼俵屋《たわらや》のことではないかと推測される。

四月一日に「伯和と北地《ほくち》(北里《ほくり》すなわち吉原)に遊ぶ。余、節日《せつじつ》の約有るが故なり。伯和、適々《たまたま》情妓阿隺《おつる》と隙有り。故に倶に草色楼に宿す。此夜、花費《かひ》凡そ二楕金《にだきん》と云ふ」という記事がある。つまり、この日、旭山は岡井赤城と一緒に俵屋に登楼した。赤城が俵屋に登楼したのは、馴染みの遊女阿鶴《おつる》と仲違いしていたためだという。以前二月二十三日に吉原に遊んだ時、赤城は火焔玉屋に登楼していた。この年安永五年春の吉原細見『名華選《めいかせん》』によれば、火焔玉屋には「わかつる」という座敷持ちの遊女がいた。おそらく赤城の馴染みの「阿隺《おつる》」というのは、火焔玉屋の「わかつる」ではなかったかと思われる。

またこの日、旭山は俵屋に登楼した理由について、「余、節日《せつじつ》の約有るが故なり」と記している。節日というのは遊廓の紋日《もんび》(物日《ものび》)のことで、四月一日は月次《つきなみ》の紋日であり、遊女は紋日には必ず客を取らねばならなかったため、馴染み客に登楼の約束を取りつけた。その約束を旭山がしていたということは、俵屋には旭山の馴染みの遊女がいたということを意味している。この夜の遊興費は二両だった。現在の二十万円ほどに当たるだろうか。

次いで四月二十五日に、「竟《つい》に夜を草色楼にトす。情妓も亦た臥病す。飲みて寐《ね》、暁を侵して帰る」とある。この時、吉原には麻疹が流行しており、旭山の情妓も感染して病臥していた。同じく二十八日に、「余、遠公と直ちに嫩松亭に到る。此日、千歳、書有りて節日の遊を請ふが故なり。……余、草色楼に登る」とある。これらの記事から、旭山の「情妓」(馴染みの遊女)は俵屋の千歳であったことが推測される。先の『名華選』によれば、俵屋には「ちとせ」という座敷持ちの遊女が在籍している。旭山の「情妓」はこの「ちとせ」だったのであろう。

その後、五月四日に「嫩松亭主人至り、情妓、書有り。疫疾《えきしつ》未だ癒えず。請ふこと有り。予これを拒みて応ぜず」、五月十七日に「聖堂の学舎に移居す。嫩松来りて移居の挙を助く。情書有り。方金二《ほうきんに》片《へん》、以て費を助く。又た欠債《けっさい》一椭金を致す」という記事がある。吉原の引手茶屋若松屋の主人が引越しの手伝いにやって来た時、旭山は千歳からの無心に応じて金二分(一両の半分、五万円ほどに当たるか)を渡し、茶屋への借金一両を支払ったというのである。

この引越しのために、日記そのものが五月十七日で途切れてしまうので、旭山と馴染みの遊女千歳とのその後がどうなったかは分からない。『遺光暦』が再開された安永六年元日以後の日記に千歳の名前が登場することはない。おそらく旭山の昌平黌学舎への引越しを機に、旭山と千歳との仲は切れたのであろう。定まった出仕先を持たない旭山のような聖堂儒者にとって、吉原での遊興費は大きな負担だったはずである。

半年余の空白期間をおいて再開された『遺光暦』は、その後安永八年(一七七九)十二月二十七日まで続く。その間、吉原遊興の記事がまったく見られないわけではないが、安永五年中ほど頻繁なものではない。旭山の吉原遊興熱は以前ほどではなくなった。ただ、その間の注目しておきたい記事として、安永七年二月二十一日の次のような記事がある。

上丁《じょうてい》は廿五に在り。二仲《にちゅう》の祀《まつり》、例の如し。廿一日、習礼を為す。礼畢《おわ》り、君長《くんちょう》・諸子群至す。酬酢《しゅうさく》を賒《しゃ》すること一回、子伯・諸子出でて河辺に飲まんと欲す。同游九人、先づ東台山下を徘徊し、遂に両国橋畔に登楼す。晩に至つて雲散す。子静・子伯・達夫、興の未だ尽きざるが為に、舟を買はんと欲して風波悪し。聯歩して浅草に往き、卒《つい》に蔦蘿楼《ちょうらろう》に登る。亦た是れ一夜の南面王なる哉。

二月二十五日に上丁二仲の祀(陰暦二月と八月の上旬の丁《ひのと》の日に聖人を祀る釈奠《せきてん》あるいは釈菜《せきさい》の儀式)をすることになっており、二十一日にその祭儀の予行演習を行なったというのである。暦ではこの年は二月六日が上丁の日で、二十五日は上丁ではないが、須藤敏夫『近世日本釈奠の研究』によれば湯島聖堂の釈奠(あるいは釈菜)の儀式は、必ずしも厳密に上丁の日に行なわれたというわけではなかったようだ。君長は八代洲塾の学頭関松窓《せきしょうそう》、子伯は薩摩藩士で安永三年に林家に入門、安永六年三月に入塾した市来《いちき》四郎太、子静は市河寛斎、達夫はやはり薩摩藩士で安永五年に林家に入門・入塾した向井達夫である。

湯島聖堂での祭儀の予行演習を終えた後、九人の林家門下の儒者や書生たちはそのまま両国橋畔の酒楼に上がって酒を酌み交わし夕刻に解散したが、そのうち旭山を含めた四人は連れだってさらに浅草まで歩き、吉原の蔦蘿楼(江戸町二丁目の妓楼蔦屋《つたや》)に登楼して、「南面王」の楽しみを得たというのである。釈奠の予行演習を終えたその足で吉原の妓楼に登楼するという不謹慎とも言える行動に対して、彼らは忸怩たる思いを抱くことはなかった。これが『北里歌』を生み出した、寛政異学の禁以前の林家一門の儒者たちの生活実態だった。

『遺光暦』が終わり、翌安永九年一年間の空白期間を挟んで、安永十年・天明元年(一七八一)の日記『辛丑日録』が続く。この間、旭山は八代洲河岸の塾頭関松窓の推挽《すいばん》で、安永八年三月に昌平黌の啓事役に就いたが、天明元年三月にその職を解かれた(『升堂記』)。旭山と親しかった雲室の『雲室随筆』によれば、旭山は「初《はじめ》聖堂の学頭被勤《つとめられ》けれども右之通(才の無い者を嫌い、叱り飛ばすことが多かったことをいう)故、書生更に不親《したしまず》、殊に頻《しきり》に悪《にく》み、時々祭酒《さいしゅ》(林家の当主)へ訟《うった》へける故《ゆえ》学職を止《とめ》られけり」というのが罷免の背景であったらしい。日記といえども、往々にして不都合な出来事は隠蔽される。『辛丑日録』には昌平黌学頭罷免の記事は存在しない。

ちなみに、『辛丑日録』には『遺光暦』におけるような吉原関係の記事は一件もない。天明元年四月十一日に、「七ツ比より稲荷橋の社にゆく。森巴を同伴して深川里に遊ぶ。此挙、予をして張儀たらしめんと欲する也。卒に宿す」という、遊里吉原ではなく岡場所の深川に遊んだという記事が一件見られるだけである。天明元年の日記に遊所に出かけた記事がこの一件以外に見られないのには理由があった。この年の旭山には内妻(妾)とでもいうべき女性の存在があったからである。

『遺光暦』と同じように『辛丑日録』においても、旭山は甫喜山家をしばしば訪れ、そのまま宿泊することが多かったが、『辛丑日録』では甫喜山家に宿泊した時には多く梅の花が描かれている(本章の扉図版参照)。これについて木村三四吾の『辛丑日録』の翻刻解説は、三村竹清によって筆写された『辛丑日録』副本の次のような巻末識語(昭和二十二年一月二十四日)を紹介している。

中に梅花を画けるは房事《ぼうじ》のしるし也とて、林君(『辛丑日録』旧蔵者の林若樹)の珍重せし事、尚《なお》耳に在り。刀水《とうすい》将軍(林若樹の後に『辛丑日録』所蔵者になった渡辺刀水、予備陸軍中将)もこれを喜ばれし歟。玄竜老《げんりゅうろう》(江戸文化研究家の三田村鳶魚《みたむらえんぎょ》)は、古人養生之為にかゝる事を記しけむ、一茶の日記にもあり、といはれぬ。其婦人、甫氏之家に在り。

つまり、甫喜山家には旭山の内妻のような女性が身を寄せていて、旭山はその女性をしばしば訪れており、日記に見られる梅花の画は「房事《ぼうじ》」の印だというのである。おそらくはそうなのであろう。ただし、三月十六日には「甫卿へ、家の事申遣《もうしつかわ》すにより、梅の事及び、数通の往来ありて、懇意をやめにする了簡《りょうけん》に定む」とあり、梅という名だったかと推測されるこの女性との関係を、旭山は清算しようとしたこともあったらしい。しかし、甫喜山家が今戸に転居した後の六月二十五日の記事には、「此日、今戸にゆく。梅花の蘇《よみがえり》、人を脳《なやま》しむ。（梅花印）」とあって、結局『辛丑日録』が書かれていた間は、旭山とその女性との関係は継続されたように思われる。

このように見てくると、林家門下の儒者であった平沢旭山の日常生活はかなり気ままな遊蕩的なものであったことがわかる。旭山がとりわけそうだったということなのかもしれないが、旭山周辺の雰囲気もそれを許容するものであり、そうした雰囲気が遊里風俗詩としての『北里歌』成立・出版の背景にあったことは間違いないであろう。寛政異学の禁が行なわれた前後に、それ以前に八代洲河岸の学頭を勤めた関松窓、昌平黌と八代洲河岸の学頭を勤めた平沢旭山、

『北里歌』の作者で昌平黌の学頭を勤めた市河寛斎が、相次いで学頭を罷免されたり辞職したりし、さらには林家を破門になったりした原因の一端が、こうした異学の禁以前の林家儒者の日常生活に帰せられるものであったことも否定できないであろう。

II

文人の日常

漢詩人の経済

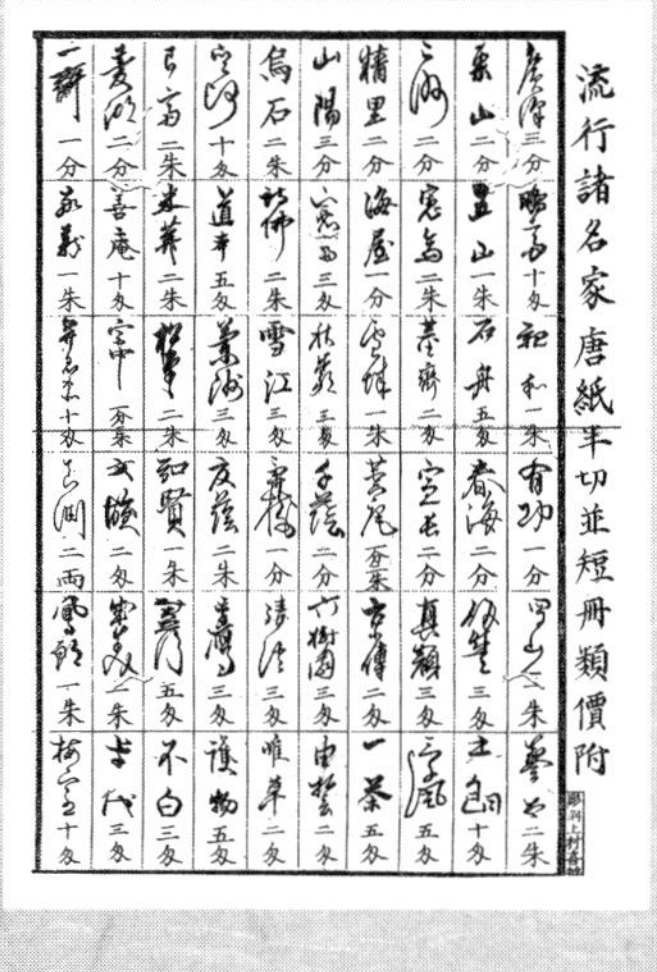
流行諸名家唐紙半切並短冊類價附

一枚刷「流行諸名家唐紙半切並短冊類價附」

詩人が詩だけで生計を維持するのは難しい。学校の先生、公務員、会社勤めのサラリーマン、農業あるいは個人商店の自営など、何かしらの職に就いて収入を得ながら、詩人として活動するというのが一般的であろう。資産があって職に就く必要がない詩人がいたとしても、それは稀有な例外に違いない。江戸時代の漢詩人においても事情はほとんど同じだった。

幕初期の漢詩人鳥山芝軒《とりやましけん》は「詩窮」（『芝軒吟稿』巻二）において、

詩已到窮窮已全　　詩《し》の已《すで》に窮《きゅう》に到《いた》りて　窮《きゅう》は已《すで》に全《まった》し

中期の漢詩人祇園南海《ぎおんなんかい》は「村居積雨」（『南海先生後集』）において、

詩与窮愁如有約　　詩《し》は窮愁《きゅうしゅう》と約《やく》有《あ》るが如《ごと》く
薬於貧病竟無功　　薬《くすり》は貧病《ひんびょう》に於《お》いて竟《つい》に功《こう》無《な》し

後期の漢詩人柏木如亭《かしわぎじょてい》は「移居」(『木工集』)において、

往年句少今年句
近日憂多昔日憂

往年《おうねん》の句《く》は今年《こんねん》の句《く》より少《すく》なく
近日《きんじつ》の憂《うれ》ひは昔日《せきじつ》の憂《うれ》ひより多《おお》し

と省みたように、それぞれが詩と困窮の愁いとの相関関係を定式化した。

こうした生活の困窮と詩の豊饒とが深く関係しているという認識については、すでに宋の欧《おう》陽脩《ようしゅう》が「梅聖兪詩集序《ばいせいゆ》」において、「蓋《けだ》し愈々窮《いよいよきゅう》すれば則《すなわ》ち愈々工《いよいよたく》みなり。然《しか》らば則ち詩《し》の能《よ》く人《ひと》を窮するに非《あら》ず。殆《ほとん》ど窮する者《もの》にして後《のち》に工みなり」と指摘している。自足した快適な生活からは佳い詩は生まれないというのである。それだけに江戸時代の漢詩人においても、現実の生活がどうであるかにかかわらず、詩中で困窮を詠歎することは、詩人であることを装う一つのポーズになっていたとも言えよう。しかし、そうはいっても、実際に江戸の漢詩人たちが生計維持のために腐心したのも事実であった。

『日本外史』の著者として知られる頼山陽は、江戸時代後期を代表する歴史家・漢詩人の一人であったが、生涯どこにも仕官することなく、一生を在野の人として過ごした。『頼山陽書翰集』上巻・下巻・続編（昭和二〜四年刊）には千三百通余りの手紙が収められているが、富士川英郎先生はこの『頼山陽書翰集』を取り上げて、「新しい文人の生き方を切りひらいてきた山陽自身の苦闘や自負の表現や、才能の誇示にみち溢れており、これらの書簡は彼が書きのこしたもののうちで、最も面白い作品となっている」（『讀書游心』）と評した。このような山陽の手紙を通して、在野の漢詩人山陽の生計はどのようにして維持されたのか、その一端を明らかにしてみたいと思う。

二十一歳の寛政十二年（一八〇〇）、山陽は神経症の発作によって突発的に広島藩から脱藩出奔したものの、逃亡先の京都で身柄を確保され、広島に連れ戻されて自宅の座敷牢に幽閉された。三年後に幽閉を解かれても、広島に身の置き所がなかった山陽は、三十歳の文化六年（一八〇九）末に、父の友人菅茶山《かんちゃざん》の厚意で、茶山が備後国神辺《かんなべ》に開いていた廉塾《れんじゅく》に先生として招かれることになった。しかし、田舎の塾の先生として一生を終えるつもりのなかった山陽は、都会での雄飛を夢見て、三十二歳の文化八年（一八一一）神辺を去って上方《かみがた》へ向かった。

大坂を経て京都に落ち着いた山陽は、新町通丸太町上《あが》ル春日町に賃居した。大坂で山陽を受け入れた篠崎小竹《しのざきしょうちく》が、京都の蘭方医小石元瑞《こいしげんずい》に山陽を紹介してくれ、元瑞の世話で山陽の京都生活が始まることになった。この時、小竹が元瑞に宛てた文化八年閏二月二十一日付けの手紙には、「本人、金子《きんす》拾六両も所持にて御座候よし、貴家へ御託し申上《もうしあげ》、万事よろしく御取計《おとりはからい》可レ被レ下候《くださるべくそうろう》」と記されている。山陽は十六両もの生活資金を携行していたのである。物価の基準となる品物が今と江戸時代とは違うので、厳密な換算は難しいが、あくまでも分かり易く比較するための目安として、仮に一両を十万円として換算すれば（以下これで換算する）、十六両は百六十万円に当たる。これは一人暮らしの当座の生活費としては十分な金額であったが、山陽はこれを食いつぶすことなく、すぐに生計を立てるために塾を開いた。

入京早々に開いた塾について、山陽は文化八年六月二日付けの郷里の叔父頼春風《らいしゅんぷう》宛の手紙に、「尤《もっとも》此間も、十人余も聴講に入門、其内に百疋《ひゃっぴき》持参候もの五人ほど有レ之《これあり》、先《まず》新店にては、繁昌の方に御座候」と報告している。開塾早々入門者が十数人もあり、百疋（銭千文、当時の銭相場からすれば一万五千円ほど）の束脩《そくしゅう》（入門の謝礼）を持参してきた者が五人もいたという。幸先《さいさき》の良い京都生活の首途《かどで》であった。以後、山陽は京都の中で転居を重ねながら塾を開いて、塾生の納める束脩や聴講の謝礼が山陽の生計の大きな柱の一つになり、後年には地方在住の門人たちからも折々に束脩や謝礼が納められるようになった。例えば尾道の橋本竹下《はしもとちくか》宛の文化十三年二月七日付けの手紙に、「此度方金二片《ほうきんにへん》被レ祝二新禧《しんき》一、忝《かたじけなく》落手《らくしゅ》仕《つかまつり》候《そうろう》」、また大垣の江馬細《えまさい》香《こう》宛の文政三年（一八二〇）七月八日付けの手紙に、「乍レ毎《いつもながら》百疋被レ贈下一、忝落手仕候」などと見えている。「方金《ほうきん》二《に》片《へん》」は一分金二枚で金二分、すなわち二分の一両である。当時の銭相場にすれば三千三百文ほど、現在の五万円ほどに当たる。

山陽は家計の管理をかなり細かく行なった。京都で生活するようになって二年余が過ぎた文化十三年五月六日付けの篠崎小竹宛の手紙に、「先々《まずまず》御蔭にて、此鍔《つば》(五月の節季のこと)を越申《こしもうし》候《そうろう》。四両三歩ほど余り申候。是を経済の本《もと》と仕《つかまつり》、追々目を持申候。此季も払い九両ほど有レ之、量レ入為レ出、不二亦《また》齟《そ》齬《ご》一乎」と記している。山陽はしっかりとした経済的な基礎があってこそ自由な生き方を維持できると考えていた。父春水の門人で、山陽にとっては幼なじみでもあった石井《いしい》豊洲《ほうしゅう》が、三原藩に藩儒として仕官するという話を耳にした山陽は、叔父の頼春風宛の手紙(文政五年四月六日付け)で次のように批判している。

儀卿《ぎけい》(石井豊洲)近《ちかごろ》為二何状《なんのじょう》一、愈《いよいよ》折二腰於三原之五斗米《ごとべい》一候や。愈左様に候へば、追付《おっつけ》北山移文《ほくざんいぶん》、此方ゟ認《よりしたため》遣《つかわし》可レ申《もうすべし》と御伝可レ被レ下候。襄(山陽の名)等無二一金之貯一、猶不レ折レ腰。儀卿儲蓄《ちょちく》豊《ゆたかに》足《たる》。何苦《なにをくるしみて》而、求二斗升《としょう》之禄一、殆不レ可レ解候。

「五斗米《ごとべい》」は、役人としてのわずかな俸禄。「北山移文《ほくざんいぶん》」は、北山に隠棲していた南北朝の周《しゅう》顒《ぎょう》が召しに応じて県令になって山を出ようとした時、孔稚珪《こうちけい》が周顒の出仕を批判して作った文章で、『文選《もんぜん》』に収められている。自由に生きるためには経済的な基盤の確保が何よりも大切なことを山陽は分かっていたが、経済的に恵まれているにもかかわらず、敢えて仕官しようとしている豊洲の行動は、山陽には愚かなことに思われたのである。もっとも、脱藩・逃亡・幽閉・廃嫡という前科のある山陽のような人間を、わざわざ召し抱えるような奇特な藩はない。山陽は自分に仕官の可能性がないことを分かっており、経済的な自立なしには、歴史家・漢詩人として活動することができないことを十分に覚悟していた。

しかし、塾生からの収入だけで生計を支えるのは容易ではなかった。入京当初、京都の詩人や文人たちから余所者扱いされ、互助的な便宜を得られなかった山陽は、遊歴という名の旅稼ぎに出ることになった。山陽の初めての遊歴は文化九年(一八一二)一月の淡路行きであったが、以後播磨、尾張、美濃などへの遊歴に積極的に出かけた。山陽は文化十年(一八一三)一月二十五日付けの金山重左衛門宛の手紙に、「国元に居候時とは違ひ、窮達皆自身所レ為御座候故、決而《けっして》うかく\仕候事は無レ之、播州下りなども、彼是《かれこれ》と気遣《きづかい》可レ申候へども、京師書画家、近国かせぎは不レ珍候事、又書生計《ばかり》にても、衣食不足と申にても無レ之候へども、少々余計と存候へば、ケ様候事も不レ得レ不レ為候」と記し、生活のためには旅稼ぎも已《や》むなしという申し開きをしている。父春水が詩人や文人の遊歴を「旅猿《たびざる》」と呼んで卑しんでいたことが山陽の脳裏にはあったため、つい弁解的な口調になったのであろう。

『頼山陽書翰集』に収める千三百通を超える山陽の手紙を通覧すればよく分かるが、率直で緩急自在な応対のできる山陽は、人の懐に飛び込むのが巧みな人間だった。あまりの率直さが災いして無礼者として嫌われることもあったようだが、おそらく遊歴の先々で山陽は隔意のない社交性を発揮し、多くの人々から歓迎された。山陽の巧みな人心収攬《しゅうらん》術は、旅稼ぎに役立った。文化十年十月から閏十一月に及んだ尾張・美濃遊歴では「十五両」(文化十年十二月三日付け、小石元瑞宛)、文化十一年十月・十一月の中国筋の遊歴では「三十両」(文化十二年一月十四日付け、小野移山亭宛)、天保二年(一八三一)十一月の姫路の仁寿山《じんじゅさん》学問所への出講に際しては、「姫路にて無理に十日滞在。三寸舌にて、十五万石を動し、十日間二十五両・銀五枚を攫取《つかみとり》候《そうろう》」(天保二年十二月十五日付け、小野招月亭・小野移山亭宛)とそれぞれの遊歴での稼ぎを自慢している。「銀五枚」とあるのは、銀一枚が銀四十三匁なので銀二百十五匁に当たる。当時の相場でいえば金四両弱になる。姫路への出講は十日間で三十両弱、つまり三百万円弱の収入があったことになる。

山陽が行なったもっとも長期にわたる遊歴は、三十九歳の文政元年(一八一八)一月から文政二年二月に及ぶ一年余の西国遊歴であった。遊歴先の長崎から母の梅颸《ばいし》と息子の餘一《よいち》に宛てた手紙（文政元年五月二十五日付け）のなかで山陽は、「生涯の遊《あそび》収め、且《かつ》金儲《かねもうけ》も有レ之、後の兵糧もたくわへ申候て帰申度」と記している。しかし、この長期の西国遊歴は出費も多かったため少々当てが外れ、遊歴後に広島から帰京する途中で、「五月中国元出立、東上沿路の猟馬帯禽、獲も相応に御座候へ共、菟角《とかく》当春嚢空《のうくう》未レ塡、拮据《きっきょ》かせぎ居申候」（文政二年七月八日付け、小石元瑞・浦上春琴・熊谷鳩居堂《くまがいきゅうきょどう》宛）と京都の友人たちにこぼしているように、期待したほどの「金儲《かねもうけ》」をして京都の自宅に帰ることはできなかった。

西国遊歴中、山陽は豊後日田に広瀬《ひろせ》淡窓《たんそう》を訪ねた。淡窓はその時の山陽の印象を、「子成《しせい》（山陽の字《あざな》）ハ才《さい》ヲ恃《たの》ミテ傲慢《ごうまん》ナリ。貪《むさぼ》ツテ礼《れい》ナシ」（『儒林評』）と評している。旅稼ぎに熱心な山陽を、貪欲無礼な人間だと淡窓は批判したのである。

こうした遊歴での収入が山陽の生計を支える二つめの柱であったが、遊歴中であろうと京都の自宅に居ようと、詩文や書画の揮毫によって得られる潤筆料は、山陽の収入の大きな部分を占めていた。しかし、潤筆料については厄介なことがあった。相場というものが有るといえば有るが、有っても無いようなもので、その金額は基本的には揮毫を依頼する人の気持に委ねられていたことである。つまりは「寸志」である。おまけに風雅に携わる人間としては、依頼人に対して事前であろうと事後であろうと、お金のことは口にしづらい。それを敢えて口にすれば「貪《むさぼ》ツテ礼《れい》ナシ」などという非難を受けることになる。文政十年（一八二七）閏六月二十四日付けの原老柳《はらろうりゅう》宛と推測される手紙で、山陽は「かやうの事、鄙劣《ひれつ》に渉《わたり》候へども、やすく買れ候事、今々（忌々に同じ）しく候故、貴公様迄申上置候。それにて高きものと被レ思候はゞ、其心得にて以来は御理《おことわり》（謝絶の意）申候迄の事也」と、潤筆料の安さに不満を漏らしている。また、天保元年（一八三〇）閏三月二十三日付けの小石元瑞宛の手紙では、「青田《あおた》」（無料の意）の揮毫依頼に対しては断ってもらいたいとも記している。仕官による俸禄という定収入を持たない山陽にとって、生計の資であった潤筆料に、労力に見合う金額を要求するのは当然のことであった。

森田思軒の『頼山陽及其時代』（明治三十一年刊）に、山陽の潤筆料に関する備中の内海吉平の談話が掲載されている。それによれば、「扇子・短冊・小切れ銀二匁、半截《はんせつ》一朱、全紙・聯落《れんお》ち二朱、屏風一双十二枚金一両」であったという。例えば年時未詳の岩崎鷗雨《いわさきおうう》宛の手紙に、鷗雨の画に題詩を揮毫した潤筆料について、「扨《さて》此潤筆二百匹《にひゃっぴき》（銭二千文）可レ被レ下候。如レ此猥褻《わいせつ》を申候訳《もうしそうろうわけ》は、此詩、題ニ貴画一上、知己語《ちきのご》故《ゆえ》に、此直打《ねうち》有レ之と云事一説、又一説は、令岳翁《れいがくおう》（鷗雨の妻の父の秋吉雲桂を指す）より、此節、僕書之謝として、二百匹・丹醸《たんじょう》（伊丹の酒）半尊《はんたる》と云事、因レ是存付候《ぞんじつきそうろう》」とあるのに比べると、内海吉平の談話として紹介されている潤筆料の規定は少し低廉なように思われるが、山陽が有名になるにつれて潤筆料も上がっていったであろうから、時期による違いがあるのだろうと思われる。

潤筆料と似ていて、少し性質の異なるものに写本料というものがある。山陽畢生の著述は『日本外史』二十二巻であった。これは山陽四十七歳の文政九年(一八二六)に完成したが、出版されたのは山陽の没後である。したがって、『日本外史』出版による収入は生前の山陽にはなかったわけだが、『日本外史』の写本作成によって山陽は収入を得ていた。

『日本外史』の評判は完成前から高かった。まだ論賛が書き加えられていない完成前の二十巻本(完成時には二十二巻)段階であった文化十年(一八一三)の手紙に、『日本外史』の写本についての幾つかの記述が見られる。一つは一月十四日付けの篠崎小竹宛の手紙で、『日本外史』の写本は「売物故《うりものゆえ》、随分立派なるを主と致し候」といい、「菟《と》角望手《かくのぞみて》の方よりせき来候故《きたりそうろうゆえ》、写手《うつして》速成成方《そくせいなるほう》へ頼事《たのむこと》に御座候」と記している。もう一つは八月二十五日付けの村瀬藤城《むらせとうじょう》宛の手紙で、『日本外史』写本の代金「三両壱歩」を、京都で山陽の代理店的な役割をしていた鳩居堂に支払って欲しいと記している。さらに十月六日付けの小野移山亭宛の手紙には、「此度、外史前十冊、下し申候。……写料は御約束之壱両壱歩、京へ御越可レ被レ下候」とある。「外史前十冊」というのは全二十巻(冊)のうちの前半十冊の意である。完成前の『日本外史』全二十巻の写本の代金「三両壱歩」、前半十巻の写本の代金「壱両壱歩」は、一両十万円で換算するとそれぞれ三十二万五千円と十二万五千円になる。

また、山陽の友人武元登々庵《たけもととうとうあん》が弟武元北林《ほくりん》（君立《くんりゅう》）に宛てた文化十一年二月の手紙（柴田一『近世豪農の学問と思想』所収）にも、次のような一文が見られる。

頼之外史一部八百枚、二十巻、桐之箱に入候。売本あまり居申候由、備前に望候人は無レ之哉、御尋申呉候様被レ頼候。代金は三両也。望人有レ之候はゞ御胆煎可レ被レ下候。……頼之外史、書生三人程は日々写し居申候。皆諸方へ売也。是で頼氏経済にも余程成申候。

『日本外史』は未完成であったが、山陽はかなりの数の写本を作成して売り捌き、収入源の一つとしていたことが分かる。写本の代金は決して安くはなかったが、それでも『日本外史』の写本を欲しがる人はいたのである。

しかし、山陽は生活費稼ぎのために『日本外史』を著述したわけではなかった。学者としての名を後世に残そうと、山陽は心血を注いで『日本外史』に取り組んだ。完成後は社会的な評価を確かなものにするために、山陽は積極的に『日本外史』の写本を貴顕へ献上しようとした。

文政十年五月には、かつて幕閣で老中首座として重きをなし、隠居後も文人大名として尊敬されていた松平定信（楽翁）へ、山陽は『日本外史』を献上した。献上された『日本外史』全巻を読了した松平楽翁は、その日記『花月日記』の文政十年七月五日に、次のように記した。

林氏（大学頭林述斎）この外史を見て感じ給ふ。厚謝してよかるべしとの事なり。はじめこの頼久太郎（山陽）の文を見給ひて感じ給ひ、此才ありて躬行《きゅうこう》まだしき若人《わこうど》、かならず窮しなば名を汚さん。藝州大藩、かゝるもの捨置くべきは恥なるべし。ゆたかに文園に遊ぶやうに手当して才を養はしなば、年とりて文才ばかりか国の為ともなりぬべし。

時の大学頭林述斎は、『日本外史』は優れた著作なので謝礼は厚くすべきだと思うが、この後山陽が困窮して名を汚すような行動に走ることのないよう、またその才能を発揮することができるよう、山陽の本藩である広島藩は山陽に手当を支給すべきではないかと言ったというのである。

松平楽翁に続いて、姫路侯、彦根侯などへも山陽は『日本外史』の写本を献上した。山陽の天保元年十二月二十二日付けの梁川星巌《やながわせいがん》宛の手紙に、彦根侯への献上についての記事が見られる。「外史之謝礼の事」について、先に松平楽翁と姫路侯へ献上した時に下賜された謝礼は、「楽翁様は、集古十種《しゅうこじっしゅ》に、銀廿枚也。姫路の十枚に、縮緬《ちりめん》などは、其(甚の誤りか)軽薄。是は写料だけと申心、アノすこき家老(姫路藩家老河合寸翁)の計ひ也。楽翁様へは、別に差上候と申所もあれども、御身代《ごしんだい》も御考あるべき歟。大氏足下《たいていそっか》御覧置候て可レ被二仰下一候。姫路はカネになりがたく候。それは思召《おぼしめし》次第、絹匹は無益に候」と記している。『日本外史』の写本を献上した時の松平楽翁からの謝礼は『集古十種《しゅうこじっしゅ》』(松平定信編纂の古書画・古器物などの木版画集)と銀二十枚、姫路藩からの謝礼は銀十枚と縮緬だったという。銀二十枚は金十三両ほど、銀十枚はその半分、これは「軽薄」だと山陽は薄謝に不満を漏らしている。彦根藩と関係の深かった梁川星巌を通して、彦根侯への献上に当たって、謝礼は「絹匹」などという形式的な下賜品ではなく、応分の金銭を山陽は要求しようとしたのである。さすがに山陽、誰に対してもぶれない所は見事である。

山陽はこのようにして得た収入がある程度まとまった金額になると、然るべき人に預けて無駄遣いを避けるとともに、利殖にも心懸けた。入京してすぐに塾を開き、入塾者からの束脩が少なからず入ったと叔父春風に報告した文化八年六月二日付けの手紙は先に紹介したが、先の引用部分の後には「所レ獲は尽《ことごと》く小石へ預け置候」という文章が続いている。この時に得たまとまったお金は、京都で諸事を周旋してくれている小石元瑞に預けたというのである。また、文化九年十一月二十六日付けの頼春風・石井豊洲宛の手紙で、播磨遊歴についてあれこれと報告した後に、「此行《このこう》所レ獲大分御座候。此度は不二帯帰一、皆々あちらへ預け置申候」と記している。播磨遊歴で得た収入は京都には持ち帰らず、遊歴の世話をしてくれた姫路藩の御用達《ごようたし》商人馬場《ばば》元華《げんか》に預けたらしい。

　このほか、山陽は伊丹の坂上桐陰《さかがみとういん》（銘酒剣菱《けんびし》の蔵元）、備中長尾の小野移山（丹波亀山藩御用達の豪農）、備後尾道の橋本竹下（屋号を灰屋という豪商）など地方の豪家の門人たち、そして大坂の篠崎小竹や京都の熊谷鳩居堂などにも分散してお金を預け、運用を依頼して利息を受け取るようにしていた。文化十年十二月三日付けの小石元瑞宛の手紙には、「金子十五両位は、跡利《あとり》にて何方《どこ》ぞへ預け申つもりに御坐候」と報告し、また西国遊歴を終えて帰郷後の文政二年の熊谷鳩居堂宛の手紙には、「留守之御《お》取替金子《とりかえきんす》、御預け申置候内にて、御引落し被レ下候様に可レ致や。何分員数《いんずう》（金額の意）御書付御見せ可レ被レ下候」と、西国遊歴の留守中に用立ててもらった借金を預け金から引き落として清算したいと告げている。さらに、天保二年八月二十六日付けの坂上桐陰宛の手紙には、預け金百両の天保元年十二月から翌天保二年八月までの利息として金四両二歩を受け取った旨が記されている。山陽がこまめに預金管理と利殖を心懸けていたことが窺われる。

山陽は京都に住むようになって十年ほどの間に、初めは新町通丸太町上ル春日町、次いで車屋町御池上ル西側、さらに二条通高倉東へ入ル北側に転居し、一時的に木屋町に住んだ後、両替町押小路上ル東側に移り住んだ。それらはみな賃居であったが、生活が落ち着いてくるにつれて、山陽は将来のこと子孫のことを考えて、自分の家を持ちたくなってきたらしい。四十三歳の文政五年(一八二二)二月二十六日付けの原老柳宛の手紙に次のような文面が見られる。

先日、略《あらまし》御噂御座候家地面之事、出銀にても致くれ候へば、意外之本望、生涯之安穏を得、且《かつ》子孫之計を建申《たてもうし》候。子孫不レ能レ守、又僕生前にも金子《きんす》返弁出来不レ申候はゞ、家は其方へ御引取被レ成候てよろしき事に候。又此位之地は無レ之候。三都第一景勝と申《もうす》公論、其中にて僕家の処、最勝之処に候。此意、老兄迄申置候間、御含《おふくみ》よろしく御説得可レ被レ下候。

これは、家を建てるのにうってつけの土地が鴨川沿いの三本木《さんぼんぎ》にあり、「出銀(出資)」してくれる人があれば購入したいので、坂上桐陰に出資する気があるかどうか聞いてみてほしいというのである。

坂上桐陰へのこの出資依頼は流れたようだが、これとは別に、文政五年十月二十日付けの京都の尾道《おのみち》飛脚問屋《ひきゃくどんや》伊勢屋治郎左右衛門宛の手紙からは、尾道の橋本竹下が土地代二百三十両を十年賦で出資してくれそうな気配なので、竹下の出資を受けて土地を買い、家を建てようとしていたことが推測される。しかし、山陽没後の天保三年(一八三二)閏十一月二十五日に、山陽の妻梨影《りえ》が下関の広江秋水《ひろえしゅうすい》に出した手紙(田能村竹田《たのむらちくでん》『屠赤瑣々録《とせきささろく》』所収)には、「此所地かり候ゆへ、家は此方ゆへ、ほそ〴〵に取つき」とあるので、紆余曲折を経た末に結局三本木の土地購入は不調に終わり、借地をして家を建てたということだったようである。ともあれ鴨川西岸の三本木に山陽は家を建てた。文政五年十一月十九日付けの江馬細香・村瀬藤城宛の手紙に、次のような報告がなされている。

三本木川附《かわつき》にて、空閑之地有レ之、家建仕、費二百金弱一候。一労永逸《いちろうえいいつ》、以後は房賃だけは助り申候。川附幅員十間余、亭榭《ていしゃ》ノ門巷《もんこう》頗極二幽趣一候。種二梅十余株一佗《ほか》、桂・杏桃・盧橘・桜桃・桐・竹之類、大概備レ品候而、蓊鬱間《おううつのかん》より東山隠見《ひがしやまいんけん》、鴨水は流二於庭際《ていさい》一候。……実に終焉《しゅうえん》之地と相定申《あいさだめもうし》候。

これにより、家屋の建築費が百両弱だったことが分かる。山陽の言葉通り、この家が終の棲家となった水西荘《すいせいそう》である。この敷地内に山紫水明処《さんしすいめいしょ》という書斎が建てられるのは、これからさらに六年後の文政十一年のことであった。

このように見てくると、在野の歴史家・漢詩人として自由な活動を維持するために、いかに山陽が経済的な基盤を確保しようと奮闘し、苦労してきたかがよく分かる。そして、山陽は自分の死後、後に残される妻子（梨影三十六歳、又二郎十歳、三樹三郎八歳、陽子三歳）が生活に困らぬよう、経済的な処置も含めて行届いた遺言を残した。先ほどの広江秋水宛の手紙において梨影は、「私も十九年が間、そばにおり候。誠にふつゝかぶちようほうに候へども、あとの所のゆいごん、何も〳〵私にいたし置くれられ、私におきまして誠に〳〵有がたく、十九年の間に候へども、あのくらいな人をおつとにもち、其所存なか〳〵でけぬ事と有りがたく存候」と記している。十九年間夫婦として過ごした後に亡くなった夫山陽の行届いた配慮に対する、妻梨影の深い感謝の言葉である。

III 生老病死

寿命と歎老

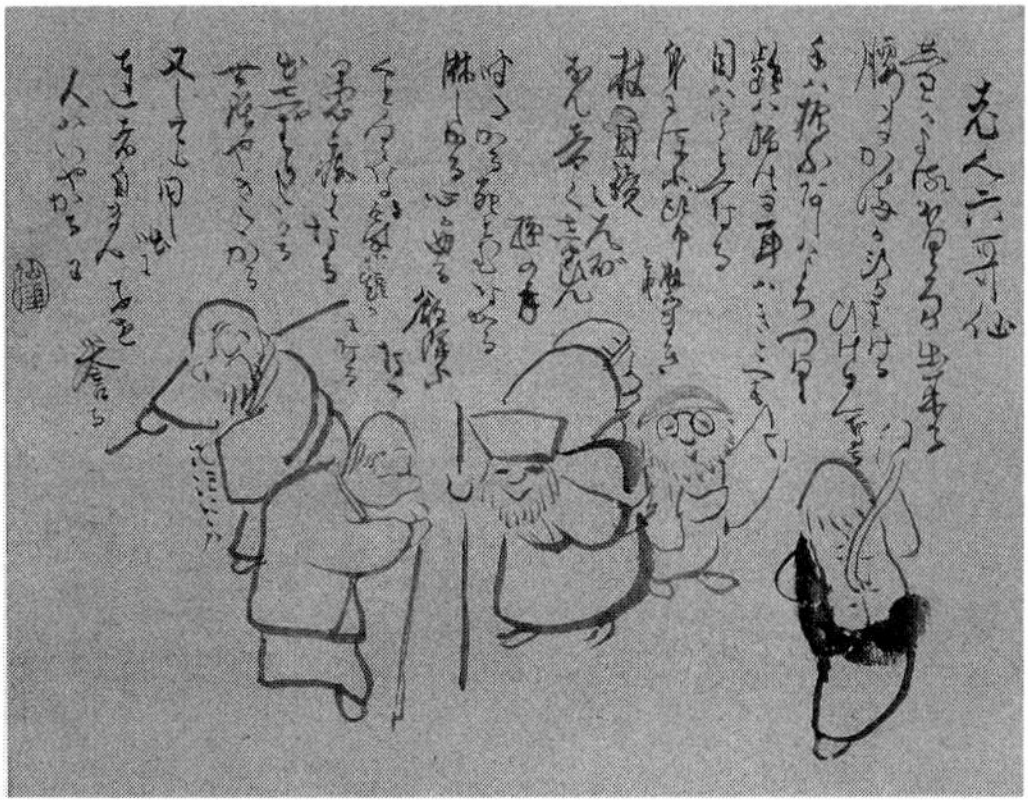

仙厓「老人六哥仙」

富士川英郎先生の詩話『鴟鵂庵閑話《しきゅうあんかんわ》』(昭和五十二年刊)に「儒者の寿命」という一話が収められている。江戸時代後期の儒者や文人百名の没年齢(数え年)を調べると、九十歳代2人、八十歳代15人、七十歳代30人、六十歳代26人、五十歳代19人、四十歳代6人、三十歳代2人になるという。この百名の平均寿命を計算してみると六十七・五歳である。江戸時代の日本人一般の平均寿命について、はっきりとした数字を出すのは難しいようだが、通説的には四十〜四十五歳程度とされている。両者を比べれば、当時の一般の日本人よりも、儒者や文人たちがかなりの長寿だったことがわかる。富士川先生はその理由について、「彼らの職業があまり激しい肉体労働を必要とせず、精神的にはしばしば悦楽を伴うものであったということが、いくらか影響しているのではあるまいか」と推測されている。これにつけ加えて、平均寿命がこれだけ違う理由の一つとして考えられるのは、そもそも儒者や文人と呼ばれる人々は、一定期間以上の修学期を経てきた人々だという前提条件があるからではないだろうか。江戸時代は五歳までに半数近くが亡くなったといわれるほど乳幼児の死亡率が高く、そのことは江戸時代の平均寿命を大きく引き下げる要因になっていた。危険な乳幼児期を無事乗り切り、さらにその後の修学期間を経ることのできた幸運な人々でなければ、儒者や文人と呼ばれるような存在にはなれなかったからである。

先ごろ私は『江戸漢詩選』(令和三年刊)を編んだ。上・下二巻に百五十人の江戸時代の漢詩人の作品を紹介したが、その百五十人の寿命はどうだっただろうか。数字的には富士川先生の指摘とおそらく大差ないものになると思われるが、整理した結果を以下に示してみよう。百五十人中、没年齢の明らかなのは百四十三人である。『江戸漢詩選』では江戸時代を幕初期(一六〇三〜一六八八)、前期(一六八八〜一七六四)、中期(一七六四〜一八〇一)、後期(一八〇一〜一八三〇)、幕末期(一八三〇〜一八六八)の五期に分けているので、ここでもこの時期区分に従って、各時期に配置された漢詩人の平均寿命(数え年)を計算すると次のようになる。

幕初期　六十二・九歳　　前期　六十七・九歳　　中期　七十歳

後期　六十七・六歳　　幕末期　六十一・三歳

江戸時代全体でのこれら漢詩人の平均寿命を計算すると六十五・七歳になり、富士川先生の示された江戸時代後期の儒者・文人の没年齢から計算される平均寿命六十七・五歳とあまり大きな差はない。富士川先生が対象にした後期の漢詩人に限定すれば六十七・六歳なので、その差は〇・一歳しかない。やはり江戸時代の漢詩人は一般の人々よりもかなり長寿だった。ちなみに、幕末期が六十一・三歳になっていて、幕初期の六十二・九歳よりも低く、江戸時代全体の中で最も低い数字になっているのは、佐久間象山・西郷隆盛・吉田松陰・橋本景岳などのような、幕末・維新の動乱の中で天寿を全うすることなく、暗殺されたり、自害したり、刑死したりした詩人が少なからず含まれており、彼らの早過ぎた死がこの期の漢詩人の平均寿命の数字を押し下げているからである。

現代では何歳くらいになると、自分が老年期に入ったと意識するようになるのであろうか。この問いの回答にはかなりの個人差が予想されるが、おそらく五十歳代ではまだ中年という意識が強く、老年という意識を持つ人は少ないであろう。一般的にはやはり定年を迎え、年金受給資格年齢となる六十五歳くらいから、現代人は自分も老年期に入ったと意識し始めるのではないだろうか。現代人の平均寿命は二〇二〇年時点で、男八十一・六歳、女八十七・七歳だというので、男であれば現代において老年期として意識される期間は平均的には十六年ほどということになる。

これに対して平均寿命が四十〜四十五歳程度だった江戸時代では、四十歳を過ぎる頃から老年ということが意識され始めたように思われる。家督を子供に譲って隠居を考え始める年齢である。文化・文政期に活躍した漢詩人大窪詩仏《おおくぼしぶつ》が四十歳になって「老人」と称したことについて、小宮山南梁《こみやまなんりょう》の『南梁剳記《なんりょうさっき》』は、「詩仏年来詩ヲ題シテ老人ト書シタク思ヒシニ、四十ノ年ニナリ、初テ老人ト題シテ悦ビシト也」という逸話を伝えている。確かに四十一歳の文化四年（一八〇七）に書いた市河寛斎《いちかわかんさい》編『三家妙絶』の序文に、詩仏は「詩仏老人」と自ら署名している。

ところが、先にみたように江戸時代の漢詩人の平均寿命は六十五・七歳だった。ということは、江戸時代の漢詩人たちにとって老年期は、平均的には二十五年ほどもあったことになる。意外にもと言おうか、平均十六年ほどの現代人の老年期よりも、江戸時代の漢詩人たちの老年期はむしろ長かったのである。江戸時代の漢詩人たちは現代人よりもはるかに長期にわたって我が身の老いを意識し、老いを歎いてきたことになる。我が身の老いを歎くこと、すなわち「歎老」は、江戸時代の漢詩人たちの詩の重要なテーマになったが、これは中国においても伝統的に詩の大きなテーマの一つであった。

唐の白居易《はくきょい》は「自覚二首」と題する詩のその一に、

四十未為老　　四十《しじゅう》　未《いま》だ老《お》いたりと為《な》さず

憂傷早衰悪　　憂傷《ゆうしょう》して早《はや》く衰悪《すいあく》せり
前歳二毛生　　前歳《ぜんさい》　二《に》毛《もう》生《しょう》じ
今年一歯落　　今年《こんねん》　一歯《いっし》落《お》つ
形骸日損耗　　形骸《けいがい》　日《ひび》に損耗《そんこう》し
心事同蕭索　　心事《しんじ》　同《おな》じく蕭索《しょうさく》たり

と詠み、同じく韓愈《かんゆ》は「崔二十六立之《さいにじゅうろくりっし》に寄す」と題する詩に、

我雖未耋老　　我《われ》未《いま》だ耋老《てつろう》せずと雖《いえど》も
髪禿骨力羸　　髪禿《かみとく》にして骨力《こつりょく》羸《つか》れ
所餘十九歯　　余《あま》す所《ところ》の十九歯《じゅうきゅうし》
飄颻尽浮危　　飄颻《ひょうよう》として尽《ことごと》く浮危《ふき》なり
玄花著両眼　　玄花《げんか》　両眼《りょうがん》に著《つ》き
視物隔褷襹　　物《もの》を視《み》て褷襹《しり》を隔《へだ》つ

と詠んで、まだ老耄《ろうもう》する年でもないのに心身の老化現象が顕著になったことを嘆いている。

宋代を代表する詩人の一人陸游《りくゆう》（放翁《ほうおう》）は多作の詩人で、生涯に二万首以上の詩を詠んだと言われる。八十五歳という長寿を全うした陸游の老年期は長く、陸游の詩集『剣南詩稿《けんなんしこう》』には老いを歎く詩が数多く見られるが、そのまま「歎老」と題する詩だけでも六首収められている。その「歎老」詩の中から、老いの現象と感慨を網羅した感のある次の一首を紹介しよう。嘉泰二年（一二〇二）、陸游七十八歳の作である。

鏡裏蕭蕭白髪新
黙思旧事似前身
歯残対客豁可恥
臂弱学書肥失真
漸覚文辞乖律呂
豈惟議論少精神
平生師友凋零尽
鼻堊揮斤未有人

鏡裏《きょうり》蕭蕭《しょうしょう》として　白髪《はくはつ》新《あら》たなり
旧事《きゅうじ》を黙思《もくし》すれば　前身《ぜんしん》に似《に》たり
歯《は》残《ぬ》けて客《きゃく》に対《むか》へば　豁《かつ》たるを恥《は》づ可《べ》く
臂《うで》弱《よわ》くして書《しょ》を学《まな》べば　肥《あら》くして真《しん》を失《うしな》ふ
漸《ようや》く覚《おぼ》ゆ　文辞《ぶんじ》の律呂《りつりょ》に乖《そむ》くを
豈《あ》に惟《ただ》に議論《ぎろん》の精神《せいしん》を少《か》くのみならんや
平生《へいぜい》の師友《しゆう》　凋零《ちょうれい》し尽《つ》くし
鼻堊《びお》　斤《おの》を揮《ふる》ふに　未《いま》だ人《ひと》有《あ》らず

第八句の「鼻堊揮斤」は、斧を振るって鼻端に塗った壁土を削り取るの意。『荘子』徐無鬼《じょむき》に見られる荘子が恵子《けいし》の墓の前を通った時の話を典拠にして、談論の相手がこの世からいなくなってしまったことをいう。

洋の東西を問わず、そして時代を越えて、老化は人間にとって避けることのできない、歎かわしい現象であった。しかし、西島蘭渓《らんけい》は随筆『愼夏漫筆《しんかまんぴつ》』巻四（弘化四年刊）に面白いことを記している。

老人の髪の白き者は、上より衰ふるなり。脚の軟《よわ》き者は、下より衰ふるなり。上よりする者は健やかなり。梁蛻巌《りょうぜいがん》（梁田《やなだ》蛻巌）は四十にして髪は尽《ことごと》く白し。而して寿《よわい》は八十四に至る。余は四十にして頒白《はんぱく》、五十にして皤皤然《はははぜん》たり。夫《そ》れ人の生まれて襁褓《きょうほう》を免れざること固《もと》より論無きなり。未だ白髪を見ずして没するも亦た不幸と為す。坡《は》公《こう》云はく、「人は白髪を見て憂ふるも、我は白髪を見て喜ぶ、多少の少年の人、白髪を見ずして死す」と。

「人の生まれて襁褓《きょうほう》（背負い帯と産着《うぶぎ》）を免れざること」というのは、『列子』天瑞の文章を踏まえて夭折することをいう。そして、坡公すなわち宋の蘇軾《そしょく》(東坡《とうば》)の言葉を引用して、老いの現象である我が身の白髪を目にすることは、その年まで生きることができた幸運を意味していると、蘭渓は言うのである。歎老詩には、老いのもたらす悲哀を歎く自分自身を表現することによって、その年まで生きてきた自らを慰藉《いしゃ》するという一面もあった。『古今集』に収められる藤原敏行の「老いぬとてなどかわが身を責《せめ》きけむ老いずは今日に逢はましものを」という和歌の心である。

老いの自覚の多くは、鏡に映る自らの姿に驚くことによって、まずはもたらされる。村上仏《ぶっ》山《ざん》の五言古詩「白髪を詠ず」(『仏山堂詩鈔』二編・巻下)は、次のような詩句から始まっている。

将開而乍掩　　将《まさ》に開《ひら》かんとして乍《たちま》ち掩《おお》ふ
魂駭鏡台前　　魂《たましい》は駭《おどろ》く　鏡台《きょうだい》の前《まえ》
白雪従何処　　白雪《はくせつ》は何処《いずこ》よりかきたる
一朝看我巓　　一朝《いっちょう》　我《わ》が巓《いただき》に看《み》る

ある朝、鏡の中の自分の頭の上に白髪を見出して驚愕し、とっさに鏡台を覆ってしまおうとしたというのである。また、鏡を見て我が身の老いを知らされた時のショックを、唐の詩人白《はく》居易《きょい》は五言絶句「鏡を照らす」において、

豈復更蔵年　　豈《あ》に復《ま》た更《さら》に年《とし》を蔵《かく》さんや
実年君不信　　実《じつ》の年《とし》をば君信《きみしん》ぜず

と詠んでいる。つまり、私は年齢を隠しているわけではないが、君（鏡）は私の実年齢を信じないで、実際の年齢以上に老けた私を写しているのだと、鏡に写る自分が年寄りじみて見えるのを鏡のせいにした。梅辻春樵《うめつじしゅんしょう》もまた「鏡に対《むか》ふ」（『春樵隠士家稿』巻三）と題する五言古詩のなかで、次のように歎いている。

昔年対鏡時　　昔年《せきねん》　鏡《かがみ》に対《むか》ふ時《とき》
対鏡正我巾　　鏡《かがみ》に対《むか》ひて我《わ》が巾《きん》を正《ただ》す
今日対鏡時　　今日《こんにち》　鏡《かがみ》に対《むか》ふ時《とき》
対鏡歎我身　　鏡《かがみ》に対《むか》ひて我《わ》が身《み》を歎《なげ》く

昔は身だしなみを整えるために鏡を見ていたのに、今は鏡を見て我が身の老いを歎くようになってしまったという。

老いは頭髪や鬢毛を白くするだけではない。大潮元皓《だいちょうげんこう》が七言律詩「感を書す」（『松浦《しょうほ》詩集』巻中）に、

老矣看書燈燭暗　老《お》いたり　書《しょ》を看《み》て燈燭《とうしょく》暗《くら》く
衰乎対食歯牙憂　衰《おとろ》へたるかな　食《しょく》に対《たい》して歯牙《しが》憂《うれ》ふ

と詠んだように、目にも老いは容赦なく侵入してくるし、食べものを噛むにも歯が頼りなくなってしまう。

石川丈山は七言絶句「耳鳴り」（『新編覆醤続集《ふしょうぞくしゅう》』巻一）に、

牛蟻従来入耳鳴　牛蟻従来《ぎゅうぎじゅうらい》　耳《みみ》に入《い》りて鳴《な》る

館柳湾《たちりゅうわん》は七言絶句「余近く耳鳴りを患《うれ》ひ戯れに一絶句を作る……」(『柳湾漁唱《りゅうわんぎょしょう》』三集)に、

頑聾両耳苦鳴鳴　頑聾《がんろう》の両耳《りょうじ》　鳴鳴《めいめい》に苦《くる》しむ

祇園南海《ぎおんなんかい》は七言古詩「老矣行《ろういこう》」(『南海先生文集』巻二)において、

誰使吾耳夜波濤　誰《たれ》か吾《わ》が耳《みみ》をして　夜《よる》に波濤《はとう》なら使《し》む

と、老化に起因する耳鳴りの症状を異口同音に訴えている。

老眼は老化現象のもっとも一般的なもののひとつである。老化による視力の減退を歎く詩句は江戸漢詩のなかにも頻出するが、視力の減退は読書に支障をきたすことになるので、学者や漢詩人たちにとってはとりわけ切実な問題であり、老眼鏡の効用を讃える詩も少なくない。村上仏山の『仏山堂詩鈔』二編・巻下に次のような七言律詩が収められている。

買眼鏡　眼鏡《がんきょう》を買《か》ふ

衰眼濛濛煙霧浮
抛銭買鏡是良謀
青蚨飛出錦嚢底
皎月来懸銀海秋
形状宛然張蝶翅
光明容易辨蠅頭
謝君能助読書業
業大於山老豈休

衰眼濛濛《すいがんもうもう》として　煙霧《えんむ》浮《う》かび
銭《ぜに》を抛《なげう》ちて鏡《きょう》を買《か》ふは　是《こ》れ良《よ》き謀《はかりごと》
青蚨《せいふ》　飛《と》び出《い》づ　錦嚢《きんのう》の底《そこ》
皎月《こうげつ》　来《きた》りて懸《か》く　銀海《ぎんかい》の秋《あき》
形状《けいじょう》　宛然《えんぜん》として　蝶翅《ちょうし》を張《は》り
光明《こうみょう》　容易《ようい》に　蠅頭《ようとう》を弁《べん》ず
謝《しゃ》す　君《きみ》の能《よ》く読書《どくしょ》の業《ぎょう》を助《たす》くるを
業《ぎょう》は山《やま》よりも大《だい》にして　老《お》いて豈《あ》に休《きゅう》せんや

「青蚨」は、もとは虫の名だが、銭の別名。「銀海」は、銀色の海の意味だが、目のことをいう。「蝶翅」は、蝶が羽を広げたさまで、眼鏡の形。「蠅頭」は、蠅の頭の意味から転じて、極小の文字をいう。虫の譬喩を巧みに用いながら、貯えを奮発して眼鏡を誂えたことで、小さな文字もありありと見えるようになったと喜んでいる。学者や漢詩人にとって、老いたからといって読書を廃することはできなかった。

歯が抜け落ちるというのも老化現象の一つである。林鵞峰《はやしがほう》は六十一歳の延宝六年（一六七八）

七月二十四日、虫歯のため乾いたものを嚙むのに苦労していたが、食事中に歯がぽろりと皿の上に抜け落ちた。そのことを七言絶句「食時一歯《しょくじいっし》初《はじ》めて落《お》つ」(『鵞峰林学士詩集』巻百十三)に、

編貝漸穿労噬乾
忽驚既落在肴盤

編貝《へんばい》　漸《ようや》く穿《うが》ちて乾《かわ》けるを噬《か》むに労《ろう》す
忽《たちま》ち驚《おどろ》く　既《すで》に落《お》ちて肴盤《こうばん》に在《あ》るを

と詠み、歯の抜けた隙間から秋風が口の中に吹き通って寒々しいと笑いに紛らわせることで、喪失感を埋めようとした。「編貝」は歯のことをいう。また詩僧六如《りくにょ》には、やはり六十一歳の作と推定される「落歯歎」(『六如庵詩鈔』二編・巻五)と題する五言絶句があるが、

編貝漸刓缺
乗衰蠹更攻

編貝《へんばい》　漸《ようや》く刓缺《がんけつ》し
衰《おとろ》へに乗《じょう》じて　蠹《じつ》更《さら》に攻《せ》む

と詠んで、老化にともなう虫歯の進行を歎いている。「刓缺」は、すり減って欠ける。「蠹」は、虫歯の病気。

しかし、かつては老いるのは必ずしも悪いことではなかった。長老や宿老、老熟や老成などという言葉もあるように、老いには社会的・文化的・人間的な成熟という価値が認められ、老いは尊敬の対象になることもあった。先の大窪詩仏が四十歳になって早く「老」と称したいと願ったのは、そのためだった。また、古代ローマのキケローは『老年について』の中で、軍人にして弁論家であった大カトーの次のような言葉を書き記している。

（老人は）確かに若者のするようなことはしていない。しかし、はるかに大きくて重要なことをしているのだ。肉体の力とか速さ、機敏さではなく、思慮・権威・見識で大事業はなしとげられる。老年はそれらを奪い取られないばかりか、いっそう増進するものなのである。

つまり、老人は肉体的には若者に対抗できないとしても、精神的な円熟において若者より優っているというのである。たしかに、江戸の漢詩人村瀬《むらせ》栲亭《こうてい》も「老境三首」（『栲亭稿』三稿・巻二）のなかで次のように述べている。

老境還不悪　　老境《ろうきょう》は還《かえ》つて悪《わる》からず

襟懐逐歳優　　　　襟懐《きんかい》は歳《とし》を逐《お》ひて優《ゆう》なり

とは言え、精神もまた肉体と同じように老いによって衰え、日々の現実の中ではさまざまな不都合なことが起きるようになる。しかも、人は老いによる精神の衰えを自覚させられた時、肉体的な老化に気づいた時以上に打ちのめされる。先ほど一部を引用した七言古詩「老矣行」において祇園南海は、

左不記右七誤八　　　　左《ひだり》　右《みぎ》を記《き》せず　七《しち》　八《はち》を誤《あやま》る

というように認知機能の衰えを歎き、頼杏坪《らいきょうへい》は七言律詩「衰《おとろ》へを知る」(『春草堂詩鈔』巻七)において、次のような対句を仕立てている。

縦縁飲酒咎無咎　　　　縦《たと》ひ飲酒《いんしゅ》に縁《よ》つて咎無《とがな》きを咎《とが》むるも
莫為亡金疑不疑　　　　亡金《ぼうきん》の為《ため》に疑《うたが》はざるを疑《うたが》ふこと莫《なか》れ

老化のもたらす記憶力や判断力の低下によって疑心暗鬼になり、ともすれば無実の人に疑いをかけたりするようになってしまうので、心すべきだと反省しているのである。

また、老いは眠りを浅くする。西島蘭渓は『慎夏漫筆』巻三に次のように記している。

余、衰老し毎《つね》に五更《ごこう》に夢覚《ゆめさ》む。再びは眠ることを得ず、輾転《てんてん》して旦《あ》くるを俟《ま》つ。頗る懊《おう》悩《のう》を為し、起ちて衣を披《き》るも、家人を驚かすを欲せず。燈を挑《かか》げ几《つくえ》に隠《よ》りて、敢えて声息《せいそく》を為《な》さず。

「五更《ごこう》」は、夜明け前の午前五時頃の時間帯。眠るにも体力が必要で、老人は早朝に目覚めても、二度寝することもできず、ただ家族の迷惑にならぬよう、着替えをすませた後も、音を立てずにひっそりとしているほかないというのである。体力の衰えは気力の衰えをもたらし、眠りが浅くなるだけでなく、倦怠感にもとらわれ、何事に対しても無気力になって、日がな一日ウツラウツラとして過ごすようになる。中島棕隠《なかじまそういん》は七言律詩「老態」(『棕隠軒集』三集・巻上)に次のように嘆いている。

老態漸加情漸衰　　老態《ろうたい》漸《ようや》く加《くわ》はりて　情《じょう》漸《ようや》く衰《おとろ》へ
懶繙書帙懶吟詩　　書帙《しょちつ》を繙《ひもと》くに懶《ものう》く　詩《し》を吟《ぎん》ずるに懶《ものう》し

そして、老いがもたらす極めつけの不如意《ふにょい》は、ともに人生を過ごしてきた知人や友人、そして家族さえもが相次いで欠けていき、一人取り残されてしまうことである。七十四歳まで生きた詩僧萬庵原資《ばんあんげんし》は七言律詩「秋夕偶成《しゅうせきぐうせい》」(『江陵集』巻四)に、

多少交懽零落尽　　多少《たしょう》の交懽《こうかん》　零落《れいらく》し尽《つ》くし
誰憐潦倒臥空廬　　誰《たれ》か憐《あわ》れまん　潦倒《ろうとう》として空廬《くうろ》に臥《ふ》すことを

と詠んで老年の孤独を噛みしめ、七十九歳まで生きた頼杏坪は最晩年の七言律詩「秋夜独酌《しゅうやどくしゃく》」(『春草堂詩鈔』巻八)において、

旧歓杳渺多年夢　　旧歓杳渺《きゅうかんようびょう》たり　多年《たねん》の夢《ゆめ》
故友凄寥残夜星　　故友凄寥《こゆうせいりょう》たり　残夜《ざんや》の星《ほし》

と詠んで、昔の楽しかった思い出ははるか遠くに夢のように過ぎ去ってしまい、昔なじみは夜明け時の空に弱々しい光をまたたかせている星のように数少なくなってしまったと嘆く。そして、九十歳まで生きた石川丈山は次のような七言絶句「嘆老」（『新編覆醤続集』巻二）を詠んで、老年の寂寥を嚙みしめた。

生涯似老馬為駒
体魄雖全非故吾
四十三年如電抹　曰人坂乱後
昵交密友一人無

生涯《しょうがい》　老馬《ろうば》の駒《く》と為《な》るに似《に》たり
体魄全《たいはくまった》しと雖《いえど》も故《もと》の吾《われ》に非《あら》ず
四十三年《しじゅうさんねん》　電抹《でんまつ》の如《ごと》し　大坂乱後を曰ふ
昵交密友一人《じっこうみつゆうひとり》も無《な》し

老いの行きつく先は孤独だというのである。平戸藩の老侯松浦《まつら》静山《せいざん》は七十二歳の天保二年（一八三一）、随筆『甲子夜話《かっしやわ》』続編巻六十一に、「咏老狂歌」を書きつけて「自ら羞る所なり」と記し自省の糧とした。この「咏老狂歌」というのは、画をよくした禅僧仙厓（一七五〇～一八三七）の自画賛が伝存する次のような「老人六哥仙」のことである。

しわがよるほくろが出来る腰まがる
　頭がはげるひげ白くなる
手は振ふあしはよろつく歯は抜ける
　耳はきこへず目はうとくなる
身に添ふは頭巾襟まき杖《つ》へ目鏡
　たんぽをんじやく（温石）しゆびん（溲瓶）孫の手
聞《きき》たがる死《しに》とむながる淋しがる
　心が曲る欲深ふなる
くどくなる気短かになる愚痴になる
　出しやばりたがる世話やきたがる
又しても同じ咄《はなし》に子を誉る
　達者自まんに人はいやがる
嗚呼《ああ》！

III 生老病死

妻を悼む

『先哲像伝』
「林読耕斎肖像」

悼亡《とうぼう》とは亡き人を哀悼することである。哀悼の対象は必ずしも亡き妻に限定されるわけではないが、晋の潘岳《はんがく》が亡き妻を悼んで「悼亡詩三首」(『文選《もんぜん》』)を詠んで以来、亡妻の哀悼詩は「悼亡」と題されることが多くなった。もちろん南北朝の庾《ゆ》信《しん》の「傷往詩《しょうおうし》二首」、同じく江淹《こうえん》の「悼室人詩十首」、唐の元稹《げんしん》の「江陵三夢」「遣悲《けんぴ》懐《かい》三首」、唐の韋《い》応物《おうぶつ》の「傷逝《しょうせい》」など、「悼亡」と題さない亡妻の哀悼詩も多くある。

また、右の元稹の「江陵三夢」「遣悲懐三首」のほか、宋の梅堯臣《ばいぎょうしん》の「悼亡三首」など、悼亡詩が三首の連作として詠まれることが少なくないのも、おそらくは潘岳の「悼亡詩三首」が意識されていたからであろう。悼亡詩の古典となった潘岳の「悼亡詩三首」には、季節を春・秋・冬に割り振って悲哀の情の展開を表現するなど、明らかな構成意識が見られるというのが、多くの中国文学研究者の見解である。

江戸時代の漢詩人たちも多くの悼亡詩を残した。詩題からそれと分かるものだけでも、林鳳《ほう》岡《こう》に「亡室没後九旬」「亡室永訣之後一百五十日」(『鳳岡林先生全集』巻二十九)「悼亡」(『熙朝詩《きちょうし》薈《わい》』巻八)、菊池耕斎に「悼亡」(『熙朝詩薈』巻十三)、大嶋守正に「悼亡妻」(『熙朝詩薈』巻十六)、太田林庵に「悼亡妻」（『搏桑名賢詩集』巻二）、梁田《やなだ》蛻巌《ぜいがん》に「悼内五首」（『蛻巌集』後編・巻四）、松浦霞沼《まつうらかしょう》に「悼亡」（『熙朝詩薈』巻三十五）、本多《ほんだ》猗蘭《いらん》に「客歳洛陽聞二妻之亡一也、即今月今日也、作レ詩追述其悼」（『猗蘭臺集』巻一）、寺田《てらだ》臨川《りんせん》に「喪妻」「寒夜独坐悼亡二首」「上巳後園有感而作」「悼亡三首」（『臨川全集』巻二・三）、清田《せいた》儋叟《たんそう》に「悼亡」二首（『熙朝詩薈』巻六十九）、龍草盧《りゅうそうろ》に「喪妻」（『草廬集』七編・巻三）、菅茶山《かんちゃざん》に「悼亡」三首（『黄葉夕陽村舎詩』遺稿・巻六）、津阪東陽に「悼亡」（『東陽先生詩鈔』巻三）、大窪詩仏《おおくぼしぶつ》に「哭内」六首（『詩聖堂詩集』三編・巻二）、佐藤一斎に「悼亡三首」（『愛日楼文詩』）、沢井《さわい》鶴汀《かくてい》に「悼亡」（『玉池吟社詩』一集・巻三）、斎藤拙堂に「悼亡」（『拙堂詩稿』）、村上仏山《ぶつざん》に「悼亡七首」（『仏山堂詩鈔』二編・巻下）、大沼枕山《おおぬまちんざん》に「悼亡」三首（『枕山詩鈔』二編・巻下）などがある。なかには三首の連作も見られるが、江戸の悼亡詩三首においては、単に絶句を三首並べたものがほとんどで、そこに季節の推移を割り振るなどという特別な構成意識があるようには感じられない。

そもそも悼亡詩とはどのような状況において詠まれるのかを考えてみよう。当然のことだが、まず夫よりも妻の方が先に亡くならなければならない。江戸時代において夫の年齢は妻の年齢よりかなり高いのが通常だったから、一般的には夫が先に亡くなることの方が多かった。そして、妻の生前において、夫と妻との夫婦仲が相和するものであったということは必須条件である。隙間風が吹いているような夫婦関係なら、妻が亡くなっても夫が悼亡詩を詠むことはない。琴瑟相和《きんしつあいわ》する妻に先立たれた夫の精神的な痛手は大きい。取り残された夫の気力が回復し、妻の死を客観的に見つめられるという精神的な余裕が生じなければ、悼亡詩が作られることはないであろう。

大窪詩仏は六十三歳の文政十二年(一八二九)に江戸の大火によって神田お玉が池の住居詩聖《しせい》堂《どう》を焼失し、次いで妻を亡くすという大きな災厄に遭った。翌天保元年三月十三日、頼山陽は詩仏に見舞いの手紙を出し、そのなかで次のような慰めの言葉をかけた。

去年来之老兄之御窮は、未曽有《みぞう》と可レ申候。……併《しかし》、悼亡詩、たんと御出来、是なれば左程《さほど》にもあるまじき歟《か》。真に御力落《おちからおとし》に無二相違一候はゞ、詩も作る御気色にもなるまじ。

山陽がいうように、六首の悼亡詩「哭内」を詩仏が作ることができたのは、妻の亡き後、時を経たことで詩仏が精神的にいささかなりとも立ち直っていたからであろう。つまり、悼亡詩が詠まれるためには幾つかのハードルがあり、そのようなハードルを越えなければ悼亡詩は生まれないということである。そう考えると、江戸時代の漢詩人たちは思いのほか多くの悼亡詩を残していると言えるかもしれない。

江戸の悼亡詩の中でまず注目したいのは、幕末期の村上仏山（一八一〇～一八七九）の「悼亡七首」である。村上仏山は豊前国稗田《ひえだ》（現、福岡県行橋市）の大庄屋の家に生まれ、筑前の原古処《はらこしょ》や亀井《かめい》昭陽《しょうよう》に従学した後、京都に遊学して貫名《ぬきな》海屋《かいおく》に学び、郷里に私塾水哉園《すいさいえん》を開いて教育に従事した。詩人としては温厚自在な詩風を能くし、その名は全国に知られた。仏山五十歳の安政六年（一八五九）八月十五日、妻のお久がコレラのために没した。その際に詠まれたのが七言絶句の連作「悼亡七首」である。その第二首は次のように詠まれている。

婉娩中含気凛然
催吾旧著入新鐫
千秋事業非容易
勿惜区区宅與田

婉娩《えんべん》　中《なか》に含《ふく》む　気《き》凛然《りんぜん》
吾《われ》を催《うなが》して　旧著《きゅうちょ》　新鐫《しんせん》に入《い》らしむ
千秋《せんしゅう》の事業《じぎょう》　容易《ようい》に非《あら》ず
惜《お》しむこと勿《なか》れ　区区《くく》たる宅《いえ》と田《た》とを

「婉娩」は、温和で素直なさま。「新鐫」は、新たに板木に彫って書物を出版すること。この詩には、「初め余、将《まさ》に前集を梓《し》せんとするも、彫資《ちょうし》乏しきを以て猶予《ゆうよ》して歳を経たり。内子《ないし》諫《いさ》めて曰く、盍《なん》ぞ田宅を鬻《ひさ》いで以て之を成さざるやと」という注が付されている。「前集」というのは嘉永五年(一八五二)刊の『仏山堂詩鈔』初編を指す。その出版費用の工面に苦しんで逡巡していた夫仏山に対し、「千秋《せんしゅう》の事業《じぎょう》」である書物の出版が容易でないことはわかっています、お金が必要なら家や田を売ればよいのではありませんかと、妻お久は気丈に夫仏山の背中を押したというのである。

夜になると私が読書する光で妻は夜なべの糸紡ぎをし、夜更けには私の疲労を心配して妻は「独参湯《どくじんとう》」を用意してくれた(第三首)。私が散歩途中で詠んだ詩を入れるために妻は携帯用の小嚢《こぶくろ》を作ってくれ(第四首)、私の晩酌の肴に自家製の豆腐を炙《あぶ》ってくれたりもした(第五首)。常に私のことを気遣ってくれる優しい妻のありがたさというものは、老境に入っていっそう身に沁みるようになったが、そのような妻を病魔によって突然失った寄辺《よるべ》なさを、夫仏山は「扶《ふ》持《ち》今後《こんご》更《さら》に誰《たれ》をか憑《たよ》らん」と嘆いた(第六首)。

しかし、妻を亡くすということがどういうことなのか、その意味が痛感されたのは、母親を失った幼い子供の姿を目にした時だった。仏山の連作第七首は次のような詩である。

落木寒蛩月若霜　　落木《らくぼく》　寒蛩《かんしょう》　月《つき》　霜《しも》の若《ごと》し

秋宵偏与暗愁長
可憐稚女眠纔覚
誤喚阿爺為阿嬢

秋宵《しゅうしょう》 偏《ひと》へに暗愁《あんしゅう》と与《とも》に長《なが》し
憐《あわ》れむ可《べ》し 稚女《ちじょ》 眠《ねむ》り纔《わず》かに覚《さ》めて
誤《あやま》りて阿爺《あや》を喚《よ》びて阿嬢《あじょう》と為《な》すを

「寒蛩」は、晩秋に鳴くコオロギ。「阿爺」は、父を親しんでいうことば、お父さん。「阿嬢」は、同じくお母さん。仏山夫婦の間には娘が六人いたが、妻のお久が没した時、末娘のお墨は五歳だった。その幼い娘が、夢うつつのなかで仏山に「お母さん」と呼びかけたというのである。母を失った幼い娘への不憫さに父仏山の胸は締めつけられた。仏山にとっては何よりも妻を亡くした悲哀が身に沁みる瞬間だった。

仏山の「悼亡七首」には、生前の妻についての具体的な追憶や、母親を失った幼い子供に向けられる哀切なまなざしが表現されている。このような特徴は仏山の「悼亡七首」よりもやや先立って作られた、大窪詩仏の「哭内」六首にも同じように見ることができる。

こうした江戸の漢詩人たちの悼亡詩に見られる特徴は、潘岳の「悼亡詩三首」、庾信の「傷往詩二首」、江淹の「悼室人詩十首」など中国の悼亡詩の古典的作品には見出せないものである。これら中国の古典的な悼亡詩では亡妻についての具体的な描写がなされることはなく、妻の姿は抽象的に振り返られるだけであり、母親を失った子供たちが登場することもない。潘岳の「悼亡詩三首」では、妻を失った夫潘岳の悲哀の情は繰り返し表現されるが、亡き妻の姿は具体性を欠いており、

幃屏無髣髴　　幃屏《いへい》に髣髴《ほうふつ》たる無《な》く
翰墨有餘跡　　翰墨《かんぼく》に余《よ》跡《せき》有《あ》り
流芳未及歇　　流芳《りゅうほう》未《いま》だ歇《や》むに及《およ》ばず
遺挂猶在壁　　遺挂《いけい》は猶《な》ほ壁《かべ》に在《あ》り

などと表現されるに過ぎない。

高橋和巳は「潘岳論」(『高橋和巳全集』第十五巻)において、「潘岳の精神の特質を、二三の言葉に要約すれば、それは、感傷の純粋さとそれに表裏する無思想性、表現反復をあえてする悲哀への耽溺《たんでき》と自我集中性《じがしゅうちゅうせい》、それから、想念の中に現世超越志向を全然含まないこと等々が挙げられる」と指摘した。自分自身に関心が集中してしまうという「自我集中性《じがしゅうちゅうせい》」が潘岳の精神志向にあるというのである。潘岳が弾《ひ》き弓を持って洛陽の道を歩くと女たちが彼を取り囲み、

潘岳が車に乗って出かけると女たちが果物を投げ入れて車いっぱいになったというほど潘岳は美形の男だった（『世説新語』容止）。もしかすると、美男にありがちな、興味の対象はひたすら自分自身であって、最愛の妻を失って悲哀にくれる可哀相な私というナルシシズムが、潘岳の「悼亡詩三首」を支えていたのかもしれない。

江戸の悼亡詩としては、江戸時代前期の広島藩の儒者寺田臨川（一六七八〜一七四四）が「喪妻」「寒夜独坐悼亡二首」「上巳後園有感而作」「悼亡三首」というような題で、繰り返し悼亡の思いを詠んでいることが注目される。さらに臨川は悼亡詩を詠むだけでなく、「亡妻永原氏を祭る文」（『臨川全集』巻六）と題する祭文をも撰して亡妻を弔っている。祭文において、亡妻は「既に貞、既に順、又た温、又た厚」という非の打ち所のない性格で、不如意な生活の中にあっても「婉容愉色《えんようゆしょく》」を絶やさないよくできた妻だったと臨川は懐かしむ。そのような亡き妻への「幽慕」の情が途切れることはなく、自分は「園花《えんか》朝《あした》に涕《なみだ》し、階雨《かいう》夕《ゆうべ》に涙《なみだ》す」というようにひたすら涙にくれていたが、「我《わ》が辞《じ》に極《きわま》り有《あ》り、意《い》は実《まこと》に涯無《かぎりな》し」であって、いくら言葉を尽くして亡き妻を偲んでも言い尽くせないのだと嘆いている。次はそうした臨川の悼亡詩中の一首である。

上巳後園有感而作
去年上巳後園中
稚子山妻歓笑同
今日花前唯我在
満襟清涙灑春風

上巳《じょうし》の後園《こうえん》、感《かん》有《あ》りて作《つく》る
去年《きょねん》の上巳《じょうし》　後園《こうえん》の中《なか》
稚子《ちし》　山妻《さんさい》　歓笑同《かんしょうおな》じくす
今日《こんにち》　花前《かぜん》　唯《た》だ我《われ》の在《あ》るのみ
満襟《まんきん》の清涙《せいるい》　春風《しゅんぷう》に灑《そそ》ぐ

去年の上巳（三月三日）の日は、裏庭に出て一家で桃の節供を祝って笑い合ったのに、今年はその同じ日に、花の前で春風に吹かれながら、私は独り涙を流すのみだというのである。

臨川の悼亡の思いは深かったが、何といっても江戸時代の悼亡詩の中でももっとも注目されるのは、幕初期の林読耕斎《はやしどっこうさい》（一六二四〜一六六一）の一連の作ではないだろうか。読耕斎は幕府儒者林家の初代羅山《らざん》の四男で、林家二代鵞峰《がほう》の弟である。父や兄の幕府儒者としての仕事を補佐し、自らも二十三歳の正保三年（一六四六）に儒者として幕府に仕えた。兄鵞峰が林家の基礎を固めるためには争うことも辞さない強い生き方をしたのに対し、読耕斎は優しい性格で世と争うのを好まず、隠逸の生活を希求して、我が国の隠逸者の伝記を集めた『本朝遯史《ほんちょうとんし》』（寛文四年刊）のような著作も残した。

読耕斎は結婚に対しても消極的だったが、父母の強い勧めによって、二十七歳の慶安三年（一六五〇）、水戸藩士伊藤友玄の女《むすめ》お吉《きち》（吉娘《きちじょう》）と結婚した。しかし、五年ほどの結婚生活の後、読耕斎三十一歳の承応三年（一六五四）四月二十九日、四歳の娘菊松《きくまつ》と三歳の娘乙女《おとめ》、それに生まれたばかりの息子又助《またすけ》（勝澄）を残して、お吉は産後の病で没した。

お吉没後、その年の除夜までの八か月の間に、読耕斎によって作られた悼亡の詩文を集成したものが『空床稿《くうしょうこう》』（『読耕林先生外集』巻十六）である。『空床稿』には五言・七言の絶句・律詩・古詩という諸形式の悼亡詩七十首、悼亡の短文十六章を集成する「鬱陶漫筆《うっとうまんぴつ》」、加えて「漫筆《まんぴつ》」「除夜哀文《じょやあいぶん》」と題する悼亡文が収められている。南北朝の江淹の「悼室人詩十首」や清の王士禛《おうししん》の「悼亡詩二十六首」など、中国の連作悼亡詩と比べても、『空床稿』に収められる悼亡の詩文の分量は圧倒的であると言ってよい。

お吉が亡くなってから数日後に読耕斎は次のような詩を詠んだ。

豈図拙婦入佳城
五歳光陰一夢驚
蒙叟鼓盆方外事

豈《あ》に図《はか》らんや　拙婦《せっぷ》の佳城《かじょう》に入《い》るを
五歳《ごさい》の光陰《こういん》　一夢《いちむ》驚《おどろ》く
蒙叟《もうそう》の鼓盆《こぼん》　方外《ほうがい》の事《こと》

呑声恨別是人情　　声《こえ》を呑《の》んで別《わか》れを恨《うら》むは是《こ》れ人情《にんじょう》

「佳城」は、墓。「蒙叟」は、荘子。「鼓盆」は、妻に先立たれた荘子が盆を叩いて歌っていたのを見た恵子《けいし》が不人情だと咎めたところ、荘子は死は泣き叫んで悲しむようなことではないと答えたという、『荘子』至楽の故事である。これは悼亡詩によく用いられる典故で、潘岳の「悼亡詩三首」にも使われている。しかし、読耕斎はその死を達観したかのような行為を、「方外《ほうがい》の事《こと》」すなわち現実離れしていると否定し、妻に先立たれた夫が忍び泣くのは人情の当然ではないかというのである。

亡妻お吉にとって五年間の結婚生活とはどのようなものだったのか、読耕斎は五言古詩「愁中雑言」のなかで次のように振り返っている。

嫁我五寒暑　　我《われ》に嫁《か》して五寒暑《ごかんしょ》
恋恋情志通　　恋恋《れんれん》として情志通《じょうしつう》ず
舅姑殊愛彼　　舅姑《きゅうこ》殊《こと》に彼《かれ》を愛《あい》し
彼亦能尊崇　　彼《かれ》も亦《ま》た能《よ》く尊崇《そんすう》す

二女四三歳　　二女《にじょ》は四三歳《しさんさい》
撫育相共同　　撫育相共同《ぶいくあいきょうどう》す

そして、自分とお吉との琴瑟《きんしつ》相和した夫婦仲を、「長歎」と題する七言律詩のなかで次のように詠んでいる。

合巹以来長合歓　　合巹《ごうきん》（婚礼の意）以来《いらい》　長《なが》く合歓《ごうかん》し
草花雪月共相看　　草花《そうか》雪月《せつげつ》　共《とも》に相看《あいみ》る

また、『空床稿』に収める七言絶句の長い詩題において、向学心に燃えていたお吉と生前に交わした、次のような微笑ましい約束を読耕斎は書き留めている。

吉娘《きちじょう》、常日、漢字を知ることを欲し、余に『千字文《せんじもん》』を読むことを請ひて其の音釈を熟記し、又た『大学』を読みて其の巻を終る。曽て曰く、「某《われ》、四書を誦習《しょうしゅう》せんことを願ふ。菊娘《きくじょう》（長女の名）の生長を待ちて以て之を指授《しじゅ》せよ」と。余笑ひて之を諾す。

お吉が没する前年の承応二年(一六五三)八月、読耕斎は父羅山の日光山奉拝の役に随行した。七言絶句「重陽」二首の序にその時のことが記されている。十日ほどの短い旅であったにもかかわらず、旅立ちに当たって、「吉娘は閨《ねや》を出でて戸外に送り、別れの涙は眶《まぶち》に満ち」ていたという。短い旅の期間中この夫婦はお互いに幾度も手紙を出し、妻のお吉は今ごろ夫はどこにいるのかと、何度も指を折って日を数えていたという。そして、旅が終わって帰宅した夫の姿を見た時、お吉はようやく「積滞渙然《せきたいかんぜん》」(胸のつかえが除かれた)とし、夫読耕斎も「余も亦た同情、相共に欣笑《きんしょう》す」という仲の良さだった。

それから一年も経たないうちに、読耕斎は愛妻お吉を失った。お吉没後の悶々たる気持を、読耕斎は南北朝の庾信の「傷往詩」二絶句を踏まえながら、「述悶二十首 幷序」を詠んだ。その十九にいう。

諧情密且堅
膠漆是同然
苦憶昼還夜

諧情《かいじょう》は密且《みつか》つ堅《けん》
膠漆《こうしつ》　是《こ》れ同然《どうぜん》たり
苦《はなは》だ憶《おも》ふ　昼《ひるま》還た夜《よる》

沈沈如小年

沈沈《ちんちん》として小年《しょうねん》の如《ごと》し

妻と私は、まるで膠《にかわ》や漆《うるし》でくっつけたかのように、濃密な堅い愛情で結ばれていた。妻を亡くして以来もう一年近く、昼となく夜となく、私は亡き妻のことを深く静かに思い続けているというのである。そして、容易には癒やしがたいこうした悼亡の情を、古典的な悼亡詩の中に探り当てることで落ち着かせようと試みたのが、「鬱陶漫筆」十六章であった。その中から、最も短文の一章である第五章をここに紹介しておこう。

平日、被服《ひふく》する所の暑衣《しょい》・寒衣《かんい》、畳《たた》みて空箱に在り。惨然《さんぜん》殊に甚だし。安仁《あんじん》曰く、「衾《きん》裳《しょう》一《ひと》たび毀撤《きてつ》すれば、千歳《せんざい》に復《ま》た引《つらな》らず」とは亦《ま》た宜《うべ》なり。

安仁は潘岳の字《あざな》。ここに引く二句は、潘岳の「悼亡詩三首」第三首中の詩句である。亡き妻お吉の形見の着物を見て、悲痛な思いに囚われた読耕斎は、この着物がもう二度と身につけられることはないのだということを、潘岳の詩句によって改めて確認し、妻の死を受け入れようとしたのであった。

『空床稿』に収める悼亡文「瀌筆」のなかには、次のような文章がある。

菊娘《きくじょう》は敏利《びんり》にして頗《すこぶ》る母を慕ふの意有り。昼と無く夜と無く比比《ひひ》として之を言ふ。余の剛腸の裂けんと欲すること幾たびなるかな。乙女《おとめ》は未だ言語せず、未だ行歩《こうほ》せざるなり。又助《またすけ》は稍《や》や既に成長せり。汝《なんじ》の之を見るを得ざること、悲しいかな、悲しいかな。

母親を突然失ってしまった四歳と三歳と一歳という三人の幼子の姿を目にしながら、幼子の成長を見ることなく逝ってしまった妻の悲しみを思いやり、読耕斎は改めて妻を失った悲哀を嚙みしめたのである。

III　生老病死

夫と妻の交換日記

川路聖謨・高子夫妻墓石（台東区池之端，大正寺）

　ロシア艦隊司令長官兼遣日使節プチャーチンは、嘉永六年（一八五三）七月、長崎港に入港し、ロシア皇帝ニコライ一世の国書を長崎奉行に渡した。国書の内容は幕府に対して通商開始を求め、樺太・千島における日露の国境画定を要求するものであった。これをうけて急遽、幕府はロシアとの応接掛として筒井筑前守正憲《まさのり》（大目付格）、川路左衛門尉聖謨《かわじさえもんのじょうとしあきら》（勘定奉行）、荒尾土佐守成允《なりまさ》（目付）、古賀謹一郎（幕府儒者）の四名を長崎に派遣した。応接掛の主席は筒井正憲（七十六歳）、次席は川路聖謨（五十三歳）であったが、同年十二月十四日から始まったロシア側との交渉で、実質的に幕府を代表して応対したのは老齢の筒井正憲ではなく川路聖謨であった。

　軍事的にロシアと対抗できないことが分かっていた聖謨は、不用意な言質を与えて隙を突かれないよう、またその場凌ぎの妥協をして窮地に陥ることがないよう、細心の注意を払って時間稼ぎをし、最終的にはロシア側がしびれを切らして退去するのを待つという、いわゆる「ぶらかし策」を用いて交渉に臨んだ。それが効を奏したのか、ロシアには最恵国待遇を与えるという約束をしただけで、年明けの一月八日にロシア艦隊を長崎から退去させることに成功した。交渉役として聖謨は優れた手腕を発揮したのである。プチャーチンの秘書官として随行していた作家のゴンチャロフは、その『日本渡航記』において、初見の聖謨の印象を「四十五歳位の、大きな鳶色の眼をした、聡明闊達な顔付の人物」と記し、交渉を経た後には次のように聖謨を評価した。

川路は非常に聡明であった。彼は私たち自身に反駁《はんばく》する巧妙な弁論をもって知性を閃《ひらめ》かせたものの、なおこの人を尊敬しないわけにはいかなかった。彼の一言一句、一瞥《いちべつ》、それに物腰までが——すべて良識と、機知と、炯眼《けいがん》と、練達を顕《あら》わしていた。

聖謨の巧妙な弁論と優れた知性は、交渉相手のロシア人も一目《いちもく》を置くほどのものだった。聖謨は時に毅然とした態度でロシア側を問い詰め、ロシア側から譲歩を引き出すこともあった。
聖謨の『長崎日記』嘉永六年十二月二十日に次のような記事が見えている。

左衛門義（聖謨が自らを指していう）、魯西亜《ロシア》は虎狼《ころう》之国と世に申候。然《しか》りや、信義の国也や、いかに。道理を守らば、わがことに随ひ候へとて、理をつくし候て申諭候処、大に承伏いたし候て、ヱトロフへ立入間敷《たちいるまじく》、カラフトを手ざしいたし不申《もうさず》、差出置候《さしだしおきそうろう》軍兵を引《ひき》払《はらい》可申《もうすべき》旨《むね》申之《これをもうす》。

聖謨は交渉において硬軟を使い分け、時には冗談を言って、相手の心を解きほぐした。幕府の応接掛たちがロシア艦隊の旗艦パルラダ号に招待された時のエピソードが、『長崎日記』嘉永六年十二月十七日に記されている。

異国人、妻のことを云《いえ》ば泣て喜ぶといふ故に、左衛門尉妻は江戸にて一二を争ふ美人也。夫《それ》を置て来りたる故か、おり〳〵おもひ出し候。忘るゝ法はあるまじきやといひたるに、大に喜び笑ひて、使節も遠く来り、久しく妻に逢《あわ》ざること、左衛門尉が如きにあらず、左衛門尉のこゝろを以考《もってかんがえ》くれ候へと申たり。

聖謨が江戸に置いてきた美人の妻が懐かしいというと、それに応じて、あなたよりもっと長い間妻に逢っていない私の気持があなたなら分かるでしょう、とプチャーチンが笑いながら返したというのである。聖謨の妻自慢はロシア側には印象的だったらしい。十二月二十日のロシア側からの贈り物のなかに女物の日傘があったことについて、聖謨は日記中に、「これは、わが妻は江戸一の美人也とて、早く帰り度《たき》よしを申《もうし》たること有《あれ》ば、それ故に贈《おくり》たるべし。おさと美人のこと、長崎中に聞へたり」と書き留めている。聖謨が長崎で自慢した美人妻は通称をおさと（佐登子）、改まって歌を短冊などに書くときには高子と署名した。「おさと」と「高子」は併用されているが、以後、高子を統一的な呼称として用いることにする。

聖謨は享和元年（一八〇一）に豊後国日田代官所の属吏内藤歳由《としよし》の子として生まれた。やがて父母とともに江戸に移住し、父は幕府の下級役人である西丸徒士《おかち》の職を得た。聖謨は十二歳の文化九年（一八一二）幕府小普請組の御家人川路《かわじ》光房《みつふさ》の養子となり、翌年九十俵三人扶持の家督を嗣いだ。林家門下の儒者友野《ともの》霞舟《かしゅう》の家塾で儒学を学んだ聖謨は、十八歳の文政元年（一八一八）に支配勘定出役に採用された。以後、評定所留役、寺社奉行吟味物調役、勘定組頭などを歴任して能吏としての才を発揮し、三十五歳の天保六年（一八三五）に勘定吟味役、四十歳の天保十一年（一八四〇）に佐渡奉行、四十六歳の弘化三年（一八四六）に奈良奉行、五十一歳の嘉永四年（一八五一）に大坂町奉行、五十二歳の嘉永五年（一八五二）に勘定奉行（公事方）にと、異例の速さで累進した。対ロシアの応接掛として長崎に赴いたのは、勘定奉行に就任した翌年の嘉永六年五十三歳の時である。

聖謨の能吏としての評判を伝える資料がある。水戸藩主の徳川斉昭が寵臣の藤田《ふじた》東湖《とうこ》に宛てた天保八年(一八三七)四月八日付けの書簡中の次のような文言である。

> 序《ついで》に申候。川路の為人《ひととなり》、毎度聞及たる事故、折を以《もって》招き種々話承《うけたまわ》り候はゞ、益有るべくとは兼々存候へ共、人物払底の折柄《おりから》、川路は指折の人物と聞及候へば、至而《いたって》大切の御人に候処、我等へ親《したし》くいたし候はゞ、其辺への通り如何可有之《いかがこれあるべき》や。我等は我等にて不苦《くるしからず》候へ共、当人の不為《ふため》に成候而《なりそうろうて》は、其つまり御《お》為《ため》にも不宜と疑惑いたし、先ごろ豆州へも其事物語候へば、夫《それ》も一理有之と申候べき。其方は如何存候哉、勘考の上、存分可申聞候。

聖謨の有能ぶりを耳にしているので、招いて話を聴いてみたいと思うが、現在の政治的な状況を考えれば、それは聖謨の為にならないかもしれず、そうだとすれば結果的に将軍家の「御《お》為《ため》」にもならなくなるので、どうすべきか迷っている。「豆州」(三河吉田藩主で天保八年に老中に就任した松平伊豆守信順《のぶより》)に相談すると、そう考えるのも一理あるかもしれないという。お前はどう思うかと、幕府政治に影響力を有していた斉昭が参謀役の東湖に相談しているのである。天保八年の書簡だとすれば、聖謨は仙石騒動での真相究明の功により勘定吟味役に昇進したばかりで、幕府政治の中枢にいるわけではなかったが、斉昭は聖謨の将来性を高く評価していたことがわかる。

聖謨が晩年に書き継いだ『川路聖謨遺書』(『川路聖謨文書』八)に、「われさしたる御奉公もせず、軽きものより御取立《おとりたて》に成《なり》て五百石に御加増被成下《なしくだされ》たれば、代々両御番《りょうごばん》御旗本《おはたもと》の列に加り、素袍《すおう》烏帽子《えぼし》にて長柄《ながえ》の傘を持する家と被成下《なしくだされ》たり。刀筆の吏軽きものより御取立に相成候者の子孫、かくあらむとは勿体《もったい》なき事と、常に難有《ありがたく》、忝《かたじけな》き御恵みをおもひ奉候」と記しているように、聖謨は幕末期の幕府役人のなかでの出世頭の一人であり、特段の取立てに与ったという思いが、聖謨の将軍家への忠義心の源になっていた。

聖謨は最初の妻えつとは十九歳の文政二年(一八一九)に結婚し、翌年死別した。二度目の妻やすとは二十二歳の文政五年(一八二二)に結婚し、一男二女が生まれたが、三十五歳の天保六年(一八三五)に離縁した。離縁の理由は、「妻の勢《いきおい》段々つのり、気まゝに成、難捨置候《すておきがたく》」(『川路聖謨遺書』)になったためという。三度目の妻かねとは同年に結婚し、二年後三十七歳の天保八年(一八三七)に離縁した。離縁の理由は「穏《おだやか》と申迄にて悪事はなけれど、下女其外取扱も不出来、諸事に廻りかね候」(同書)ためであった。長崎でロシア使節相手に美人だと聖謨が自慢した高子は四度目の妻で、三十八歳の天保九年(一八三八)に結婚し、終生の伴侶となった。

高子は文化元年(一八〇四)に、家禄二百石の幕府大工頭大越喬久《おおこしたかひさ》の女《むすめ》として江戸に生まれた。

明治十六年に執筆された高子の回想録『ね覚《ざめ》のすさび』（『川路聖謨文書』八）によれば、高子は十五歳で紀伊徳川家の江戸藩邸に奉公した。しかし、奉仕した姫君が亡くなったため、八年後に紀伊徳川家を辞去した。その後、将軍徳川家斉の二十五女で広島藩主浅野斉粛《なりたか》の正室となった末姫に仕えて若年寄役を勤めていた。

天保九年（一八三八）四月二十九日、三十五歳の高子は当時幕府の勘定吟味役であった三十八歳の川路聖謨に嫁いだ。高子は初婚だったが、聖謨にはすでに先妻や妾との間に生まれた二男二女がいた。二度目の妻やすとの間に生まれた彰常《あきつね》（弥吉）・くに・のぶと、妾との間に生まれた種倫《たねとも》（市三郎）である。このほか聖謨は養父母や実母とも同居していた。嫁いだ時にはすでに出産するには高齢であり、病弱でもあった高子と聖謨との間に子供は生まれなかった。高子は血のつながらない子供たちを母として慈しみ深く育てただけでなく、嫁として三人の父母に心を尽くして仕えた。高子みずからはそのことを、「爰《ここ》に舅《しゅうと》姑《しゅうとめ》君《ぎみ》二所《ふたところ》、主聖謨君の御実母一所、継子おのこ二人、女子二人有《ある》を、おのれ皆養ひて、いとむつまじう、めでたき中らひなりき」（『ね覚のすさび』）と回想している。

一家の内が「いとむつまじう、めでたき中らひ」であるのを維持するために、一家の当主として聖謨は父母や妻子との間で、近況報告のための手紙を頻繁にやり取りするだけでなく、手紙とは別に日記の数日分を取りまとめて遠く離れて暮らす家族に送っていた。これが川路家の家族内での意思疎通を図り、お互いを安心させるやり方だった。佐渡奉行在任中の聖謨の日記『島根のすさみ』や奈良奉行在任中の聖謨の日記『寧府紀事《ねいふきじ》』は、聖謨の任地に同行せず、江戸に残って暮らしていた聖謨の実母に宛てた聖謨の近況報告であった。また、聖謨の日記『千里飛鴻』『慈恩集録』は文久三年(一八六三)から元治元年(一八六四)にかけて将軍家茂に扈従《こじゅう》して上洛していた孫の太郎に宛てたものであり、『東洋金鴻《とうようきんこう》』も慶応二年(一八六六)からイギリスに留学していた孫の太郎に、便船を得て遥々と送った聖謨の日記であった。

さて、いったんは長崎港を退去した後、改めて条約締結を迫るためプチャーチンは伊豆下田に来航した。再びその応接掛を命ぜられた聖謨は、嘉永七年(一八五四)十月から翌年安政二年(一八五五)四月にかけて下田に赴任した。その間、聖謨が江戸の留守宅に書き送った日記が『下田日記』である。下田において、プチャーチンの乗艦ディアナ号が津波のため沈没するという非常事態に直面した聖謨は、三度も江戸と下田を往復するなど多忙な日々を過ごした。そのなかで、例えば『下田日記』嘉永七年十月二十二日には、自分の身体が壮健なことを振り返って、「この健《すこやか》なるを、母上へ入御聴度《おききにいれたし》と、詳《つまびらか》なる日記をしるすにも、おさとより読み候て入御聴《おききにいれ》、新右衛門(聖謨の実弟で養子として幕臣井上家を嗣いだ清直のこと、翌年四月信濃守に叙され下田奉行に任ぜられた）なども同様にせしことおもひ出《だし》候て、落涙いたし申候」と記し、同年十一月十二日には、幕府の重職の家の子としての心構えを示して、「おさとより、此カ条、市三郎其外に、よく御よみ聞かせ可被成候《なさるべくそうろう》」と記していることからも、聖謨は妻の高子が家族に自分の日記を読み聞かせることを前提にして、日記を妻に送っていたことが分かる。役職のため留守がちな聖謨は、子供たちへの家庭教育の手段としても日記を役立てようとしていた。また、安政二年三月十二日には、「旅行中も紙墨をはなすことならず。長崎已来《いらい》、かくの如し。其内、おさとの日記、太郎の詩作等も来り候」とあり、妻の高子の方もまた日記を旅先の聖謨の元へ送っていたことが分かる。聖謨と高子夫婦は日記の交換をしていたのである。

聖謨は長崎や下田に赴任する以前の弘化三年（一八四六）三月から嘉永四年（一八五一）六月にかけて、奈良奉行として義父母や妻子を伴って奈良で生活した。その間、江戸に残してきた実母を慰めようとして書き送った日記が『寧府紀事』であることは先ほど述べた。奈良奉行在任中の嘉永四年六月十日、聖謨は幕府から召喚されて江戸に赴いた。六月二十四日、江戸城に登城した聖謨は大坂町奉行に任命され、十月二日、大坂に赴任するため江戸を発った。この間の聖謨の日記が『浪花日記』（嘉永四年五月十二日〜同年十月一日）であり、これと重なる時期に高子によって書かれた日記が国立国会図書館蔵の『川路高子日記』（嘉永四年六月十日〜同年九月十七日）

であるが、『川路高子日記』の巻頭には、後年になって高子が書き加えた前書が置かれており、その中に次のような文章が見えている。

此日記は殿の君奈良御奉行たりし時、江戸より御召《おめし》ありて下り給ひ、大坂町奉行の命《めい》蒙《こうむ》らせ給ひて、しばし江戸に滞留有らせし程、おのれは奈良に残りいて御留守中、日々の事ども記して、文にかへて便りに江戸に送り参らせし。あなたよりも又江戸の事記しておこせ給へりしなり。

つまり、同時期に書かれていた夫聖謨の『浪花日記』と妻高子の『川路高子日記』は交換されていたということである。お互いの日記がある程度の分量になると、その分を取りまとめて手紙などと一緒に相手に送られていた。『川路高子日記』によれば、嘉永四年六月十日から九月十七日に至る九十六日間のなかで、高子のもとには聖謨からの日記が七月六日、七月十三日、七月二十日、八月三日、八月十五日、八月二十四日、九月五日、九月十五日の八回届いている。平均すれば十二日に一回の割合で届いたことになる。例えば七月六日に届いた聖謨の日記についての感想が、翌七日の『川路高子日記』に次のように記されている。

殿様御日記、此父上にはほち〳〵御よみ被遊候《あそばされそうら》へ共、母君はよめぬ故、よめと仰《おおせ》られ、おのれもたのしみ、節句の遊びによむ。今にはじめず御つばら成御事共《なるおんことども》、其日〳〵其事共、見るがごとく聞《きく》がごとく、或は笑ひ或はかなしみ、幾度も鼻打《うち》かむ。女共も皆まゐりてきく。よむもきくもなかぬはなし。

聖譲の『浪花日記』は聖譲が江戸に向けて出立する前から始まり、江戸から大坂に向けて出立する前日に終わるが、奈良を出立する前の日記は江戸に住む実母に送ったものであり、奈良出立の六月十日以後の日記は奈良の家を守っていた高子に送られたものである。つまり、高子に送った日記は六月十日から十月一日に至る百十日分であるが、その間に聖譲のもとには高子からの日記が七月一日、七月十三日、八月二日、八月六日、八月二十六日、九月七日、九月十五日、九月二十六日の八回届いている。平均すればおおよそ十四日に一回の割合になる。

妻高子の日記は、夫留守中の義父母や使用人たちなどについての家内の動静、奈良市中の出来事や季節の移ろい、奈良から大坂へと向かう道中のありさま、大坂奉行所の役宅の様子などを事細かく夫に伝えている。いっぽう夫聖譲の日記は、江戸の留守宅に住む聖譲の実母や娘くに、孫の太郎・敬次郎兄弟の様子、奈良から江戸へ同行させた息子市三郎や奈良からの従者たちの行動、自分の留守中に江戸で実母や娘や孫の世話をしてくれていた弟新右衛門(井上清直)とその家族、および高子の実家大越家の人々との往来、久しぶりに顔を合わせた旧知の幕臣や学者たちとの交歓のさまなどを、妻に逐一伝えている。

そして、この夫と妻が交換した日記は、単に日々の出来事を細密に伝えるだけではなく、さまざまな事実や出来事についてのお互いの思いや心情を率直に書き記すものになっており、幕末期を過ごした上級武士一家の生き生きとした日常がおのずから浮かび上がってきて、上質なノンフィクション文学を読んでいるような感じがするものになっている。

仲睦まじかった聖謨・高子夫婦は、離れて生活するお互いの健康を気遣った。とくに高子は病弱で、「げろ〱」という吐き気をともなう体調不良のため、しばしば病床に臥した。『浪花日記』嘉永四年五月十八日の欄外には、高子のこの病気を詠んだ聖謨の狂歌「雲となり雨とはならでげろ〱となるかみさまのあな弱いこと」が記されている。「雲となり雨とはならで」というのは、雲行きも怪しくならずにの意であるが、その裏には男女の交情を「雲雨の情」(『文選《もんぜん》』宋玉「高唐賦」)という典故を踏まえて、高子の「げろ〱」病のために、夫婦の交わりもできないという意味を含めている。「なるかみさま」というのは「鳴神様(雷さま)」と「(ゲロゲロという蛙の鳴声のような)音をたてている上《かみ》さま(おかみさん)」を掛けている。高子自身も『川路高子日記』にしばしば己の病状を記している。例えば六月十二日には、「さと、つよき持病にはあらねど床に居る。一度吐きたり。常よりよ程軽《かろ》し。食事少しづつたうべる」とあり、翌十三日には「さとも今日は出勤也。めづらしく一日にて起きたり」と記して、心配しているであろう夫に、病状が回復したことを知らせている。

聖謨と高子夫婦はともに和歌を嗜んだ。聖謨は「佐渡に在し時よりの歌詠を合計せば、丁未(弘化四年)の十二月までに、一万首の数を超えたり」(川路寛堂『川路聖謨之生涯』)というほど歌を多作した。高子も幕臣歌人の前田夏蔭《まえだなつかげ》を師として、平明率直な歌をよく詠んだ。したがって『浪花日記』と『川路高子日記』には、ともに時に滑稽な狂歌を交えながら、多くの折々の歌が書き記されている。例えば、『川路高子日記』六月二十二日は、夫のいない奈良の役宅の庭を一人散歩していた時に口をついて出た歌として、次のような一首を記している。

二人して遊びし庭を一人して見るは淋しき朝な夕なに

夫と離れ離れの淋しさをあまりにあからさまに詠んでいるようで、我ながら面映ゆさを感じたのか、この歌の後には、「いさゝかいせ物語のにほひさへ添て、いとゞつたなし。夕方、俄に東の方雲立雷鳴、夕立いたす」という文章を高子は続けている。『伊勢物語』二十三段の筒井筒の純な恋の趣きを彷彿とさせるような下手な歌を、四十八歳にもなって詠んでしまい、年不相応で恥ずかしいというのであるが、このように高子は古典文学の素養も豊かで、歌文の才は夫聖謨以上のものがあった。そのことは夫聖謨も認めるところで、『浪花日記』七月一日には「今日奈良表《おもて》よりたよりあり。日記来る。おさとの歌、不相替《あいかわらず》おもしろし」などと記されている。

しかし、時には詠歌について二人の評価が食い違うこともあった。『川路高子日記』八月八日に、高子は大坂に移った後に生駒山を詠んだ「いこま根の山の端《は》にげてみか月も所かえてぞ見る難波には」という歌を書き記して聖謨に送った。「山の端《は》にげて」は、もちろん業平の「飽かなくにまだきも月の隠るるか山の端にげて入れずもあらなむ」(『古今集』『伊勢物語』)を踏まえたものである。これを読んだ聖謨は、『浪花日記』八月二十七日に、「いこま根の山の端の歌、いさゝか心得がたきうちか。或はわが解得ぬか。又は在五中将の余流なるべし」という批評を書きつけた。聖謨はこの歌は分かりづらいと指摘し、在五中将すなわち在原業平の「心あまりて言葉足らず」(『古今集』仮名序)という詠みぶりだと評したのである。夫の否定的な批評を目にした高子は、『川路高子日記』九月五日に次のような反論を書き留めた。

おのれの愚歌御賞し恐《かしこ》み候。いこま根の歌、心得がたくとの御沙汰なれど、そはおのれはよきつもり也。奈良にては西にいこま山をみて、みか月もそこにみえしが、難波にきてはいこまねは東に逃げて、あらぬみねよりみか月といふ心なり。されどわからねば、いかさま御ふしんならむ。在五中将の余流なり。すべて日記などによむ歌は多く在五風にていとあやしき限《かぎり》也。

高子は唯々諾々と夫に随って良しとする妻ではなく、謙譲の姿勢は保ちつつも、主張すべきは主張する妻だった。このような高子の歌文の才は、周囲の人たちからも絶賛された。『浪花日記』七月十三日に、「おさとの歌、とりぐ〵に感吟也。折節《おりふし》小笠原太左衛門来る。よみ聞《きか》せしに、大に驚《おどろき》て、土左日記に源氏物語の文意を加へたるがごとしといひき。あまりのホメ様《よう》なるべければ、カ、自慢にて十分一に買《かう》べし」とあるほか、同じく八月七日に高子の日記を読んだ聖謨の弟新右衛門が、「御姉さまの文、土佐日記のごとし。女中にかゝる日記など、当今容易にあるべからずと賞嘆」した。さらに八月二十五日には、高子の実家の兄大越幾之進が酔って上機嫌になり、大声で次のように吹聴したという。

おさとはわが妹《いもと》ながら天下の奇才にして、貞実又世に越たり。世にかゝる人あるべくとも思はず。紫式部にして松浦さよひめのみさほあるものは一天四海にわが妹一人なるべしといはぬばかりのはなしにて、酔中大悦せり。われは力、自慢なれど、大越がいふほどには思はず。夫《それ》より一二段は不及《およばざる》かたかと疑ふ也。いかゞあるべき。はないろちゝぶ、松浦さほひめ位《くらい》かと思ふ也。され共、夫《それ》よりはよかるべきか。大越、鯛のうしほを給《たべ》、いさゝか酔体にていろいろと大声にていふ。女共等みな〳〵笑ふ也。

送られてきた夫の日記を読んで兄のこの酔態を知った高子は、『川路高子日記』九月五日に次のように記している。

兄なる人、鯛のさしみに酒のみて酔ておのれが日記や文や見て、たわむれ事共いひしは、いと烏滸《おこ》にこそあれ。紫式部・松浦さよ姫にはあらで紫ちゝぶ・杉浦さよ姫位ならむとの殿の御言葉、大にをかし。されど夫《それ》もまだ過《すぎ》たらむ、紫もめん・せつたうらかわ姫位ならむ。いと顔の皮あつ姫と人やわらはむ。

高子に対する周囲の過褒ぶりに夫聖謨が、自分は「カ、自慢」なのでお前のことは自慢に思ってはいるが、それでもお前はマア「紫ちゝぶ・杉浦さよ姫」くらいだと茶々を入れたのに対し、高子本人がもう一段卑下して「紫もめん（紫木綿）・せつたうらかわ姫（雪駄裏皮姫）」程度ですと応じ、世間の人からはきっと雪駄の裏皮のように「いと顔の皮あつ姫（たいへん面《つら》の皮の厚い女）」だと笑われることでしょうと話を落としたのである。気心の通じ合った夫婦間の愉快な掛け合いである。「我不幸にして妻四人を迎たり」（『川路聖謨遺書』）という聖謨が、才色兼備の四人目の妻高子との間でようやく築くことのできた「いとむつまじう、めでたき中らひ」であった。

聖謨が大坂町奉行を経て公事方の勘定奉行になり、ロシア使節との応接掛として長崎へ、次いで下田へ赴任したことはすでに述べた。その後、聖謨は五十七歳の安政四年（一八五七）に勝手方の勘定奉行首座となり、外交案件ほかさまざまな重要な政治課題の処理に当たったが、将軍継嗣問題では一橋慶喜擁立派だったため大老井伊直弼の不興を蒙り、安政五年五月に西丸留守居に左遷され、さらに翌安政六年八月には隠居差控《さしひかえ》となり、嫡孫太郎が川路家の家督を嗣いだ。その後、井伊直弼が桜田門外で暗殺されたため、六十三歳の文久三年（一八六三）五月、聖謨は再び幕府に出仕して外国奉行に任命されたが、体力の衰えによって十分な働きができないことを省みて、同年十月に外国奉行を辞任して再び隠居した。

その翌年の元治元年（一八六四）八月十七日、六十四歳の聖謨は中風の発作に見舞われ、左半身不随になった。その後も聖謨は中風の発作を何度か起こしたが命は取り留めた。その間、聖謨が熱心にリハビリに取り組んだのは、幕末の不安定な政治情勢の中で、足手まといにならぬよう、また少しでも将軍家の役に立つことができるようにという強い思いがあったからである。

留学生取締役としてイギリス滞在中の孫太郎に書き送った聖謨の日記『東洋金鴻』慶応三年（一八六七）四月十七日には、「此節、足は如旧《もとのごとく》（歩行困難なことをいう）なれ共、気分宜《よろし》。毎朝ピストンの素《す》だめ百、脇差《わきざし》の素ぶり百いたす」と記されている。「ピストンの素《す》だめ百」というのは、ピストルの空撃ち百回の意である。聖謨は文久三年に外国奉行になった時、護身用にであろうか、神奈川でリボルバー（弾倉回転式の短銃）を二十七両で購入していた。

『東洋金鴻』慶応三年五月二十五日に、聖謨は「碌々として枯骨の如くにて世に存し、上は隠料を費し、下々出火其外《そのほか》の時の世話、徒《いたずらに》人に世話をかけ、いまだたらずとして医の説に心を動す。命《めい》を不知《しらざる》の愚と云《いう》べし」と記している。医者の勧める新たな薬を用いることを聖謨が拒否したのは、死すべき時が近づいていることを意識していたからであろう。翌五月二十六日の日記には、次のような七言絶句が書きつけられている。

病床悩苦及三年
嗟嘆半身既屑煙
暗喜精神猶頼旧
贈孫日録未看顫

病床《びょうしょう》の悩苦《のうく》　三年《さんねん》に及《およ》ぶ
嗟《さ》嘆《たん》す　半身《はんしん》　既《すで》に屑煙《せつえん》となるを
暗《あん》に喜《よろこ》ぶ　精神《せいしん》は猶《な》ほ頼《さいわ》ひに旧《むかし》のごとく
孫《まご》に贈《おく》る日録《にちろく》　未《いま》だ顫《ふる》へを看《み》ざるを

慶応四年(一八六八)三月十五日は明治新政府への江戸城明け渡しが決まった翌日である。この日、六十八歳の聖謨は表六番町の自邸で、リハビリのため空撃ちを日課としていたピストルを用いて自殺した。表六番町の自邸で聖謨に付き添っていたのは妻の高子だけだったが、聖謨は高子に用事を言いつけてその場から遠ざけ、銃の引き金を引いた。高子を最期の場に立ち会わせるのが忍びなかったからであろう。聖謨は半身不随の身で足手まといになるのを厭い、幕府の命運に殉じたのである。

聖謨が自殺した時、川路家の当主だった太郎は、幕府派遣の留学生取締役としてイギリスに滞在中だった。当主不在のため、六十五歳の高子が聖譲の葬儀を執り行ない、江戸市中の混乱を避けるため、まだ幼かった妾腹の三男新吉郎と四男又吉郎の二人を連れて上総国山辺郡平沢村に退居した。妾腹ではあったが高子と仲の良かった次男市三郎（種倫）の養子先の幕臣原田家の知行地が平沢村にあったからである。三か月半に及ぶ平沢村寄寓中の高子の日記が学習院大学史料館蔵の『上総日記』である。その『上総日記』の冒頭に、高子は夫聖譲の自害について次のように記している。

慶応四辰三月十五日午《うま》の上刻、我背《わがせ》の君《きみ》、死去ましましぬ。兼ての御覚悟、勇猛にして、よく御心おさめ給ひ、いとも静《しずか》なる御臨終なり。誠に凡人におはさずと、今さらかしこうおもへば、いともつ体《たい》なし。此日の事共、いひ立《たて》しるさむは、中々《なかなか》につたなき筆、おろかなる言葉にいかでつくさむ。いとおよびがたければ、おもひとゞめて記さず。

夫聖譲の自害は覚悟の出来事だったが、やはり妻高子の傷心は大きく、高子は夫の自害の詳細を書き記すことはできなかった。その後高子は江戸に戻り、イギリスから帰国した太郎とともに明治の世を生き、明治十七年（一八八四）十月十二日、八十二歳で没した。持病の「げろ〳〵」

病と関係があるのかどうか、死因は胃癌だったという。太郎は帰国後に明治政府に出仕し、大蔵省に勤めて明治四年末から六年九月にかけての岩倉使節団の欧米巡視に随行した後、帰国してからは外国文書課長などを歴任し、退官後は英語教師として教育界に転じ、寛堂の号で祖父聖謨の詳細な伝記『川路聖謨之生涯』(明治三十六年刊)を残した。そして、太郎の子で聖謨の曽孫に当たる詩人・美術評論家の川路《かわじ》柳虹《りゅうこう》もまた、曽祖父聖謨や父太郎の波乱の生涯を顕彰すべく、日本開国百年祭記念出版と銘打った『黒船記――開国史話』を昭和二十八年に出版した。

Ⅳ 人生のいろどり

犬派猫派

円山応挙「朝顔狗子図杉戸」

　庭の犬小屋で飼っていた柴犬の姿が見えなくなったのは、年が明けて間もない一月三日のことだった。我が家に雄の子犬としてやってきた時、『南総里見八犬伝』の八犬士のひとりで、「悌《てい》」(年長者に対して従順な徳性)の玉を持って生まれた犬田小文吾《いぬたこぶんご》のようになれと期待されて小文吾と名づけられたその子犬は、やがて成犬になると文吾と改名され、姿が見えなくなった時は十五歳の老犬になっていた。人間でいえば七十歳を越える年齢である。飼い主と同じように、片目は白内障を患い、鬚《ひげ》は白く、顔は肉が落ちて皺がちになり、一日中うつらうつらとし、足は衰えて、散歩に出かけると躓くことが多くなっていた。

　私は耳にしなかったが、姿が見えなくなった日の午前中、文吾はあまり聞いたことのないような妙な声で鳴いていたと家人はいう。午後になって庭に出てみると、文吾の姿はなかった。首輪に繋いでいた細い鎖は、首輪との結合部でちぎれていた。これまで文吾は何度も脱走したことがあった。しかし、初めからどこかへ逃亡しようという気はなく、いつも家の周りをうろつくばかりで、結局は戻ってきたところを捕まえられた。けれども、今回は違った。慌てて近所を探し回ったが、どこにもその姿はなかった。身を潜めていそうな、家の近くの小丘の雑木林の木陰や、雑草が生い茂っている遊水施設の草むらも探したが見つからなかった。文吾は思うところがあって失踪したのではないか、有体《ありてい》に言えば、死に場所を求めたのではないかという気がして、心が痛んだ。どうして飼い主のもとで死を迎えようとしなかったのだろうか。釈然としない悲哀を感じたが、それが文吾の最期の選択だったのだと、数日かかって自分を納得させるほかなかった。

むかし、ある晴れた冬の日に、池上本門寺《いけがみほんもんじ》の広い墓域を散歩したことがあった。その時、偶然に犬の墓に遭遇した。犬のレリーフが刻まれた立派な墓で、そこには亡き愛犬の骨が埋められているのであろう、死んだ愛犬への飼い主の愛情の深さが窺われた。しかし、私の場合は、失踪して命を終えたであろう文吾の墓を建てるにしても、行方が分からないのだから、墓に埋める骨がない。それに何より、立派な犬の墓を建てるような資力が私にはない。遺影を写真立てに入れて、棚に飾るのがせいぜいのところだが、文吾の死を悼むよすがになるものが、ほかに何か欲しかった。

文吾はもとより、私自身も仏教徒ではないが、文吾の位牌を作ることにした。位牌には戒名が必要である。文吾の戒名を考案して、インターネットで位牌を注文した。二週間ほどして黒漆に金文字で戒名を彫り込んだ位牌が届いた。戒名は「莫有無院独遊文吾犬士」である。何やら意味ありげでもっともらしい「莫有無院《ばうむいん》」は、生前の文吾がバウムクーヘンが好きだったことから思い付いた。もちろんバウムクーヘンといっても洋菓子店の高級なものではなく、スーパーで売っている一切れずつが個包装され、大袋に入っている駄菓子のバウムクーヘンである。とくに文吾はバナナ風味のバナナ・バウムが好物だった。戒名に「独遊」の文字を入れたのは、自分を犬とは思ってなかったのか、文吾は犬が嫌いで、他の犬が寄ってきても一緒に遊ぼうとはせず、飼い主に対しても時に距離を取ろうとする態度を示すことがあったからである。そうした犬らしくない、猫的といえば猫的なところのある、文吾の狷介さを私は愛した。

江戸時代中期の画家円山応挙《まるやまおうきょ》（源仲選《げんちゅうせん》とも称した）はしばしば可愛い子犬の画を描いたが、応挙の子犬の画に題した漢詩も幾つか残っている。皆川淇園《みながわきえん》の「源仲選が狗児《くじ》雪に戯るる図に題す」（『淇園詩集』巻三）はそうした漢詩の一首である。

認人纔解迎門径
伝信渠能至陸家
臘月春光先就汝
小庭踏雪点梅花

人《ひと》を認《みと》めて纔《わず》かに解《かい》す　門径《もんけい》に迎《むか》ふることを
信《しん》を伝《つた》へて　渠《かれ》能《よ》く陸家《りくけ》に至《いた》る
臘月《ろうげつ》の春光《しゅんこう》　先《ま》づ汝《なんじ》に就《つ》く
小庭《しょうてい》　雪《ゆき》を踏《ふ》みて梅花《ばいか》を点《てん》ず

前半の二句は、晋の陸機《りくき》の飼い犬であった黄耳《こうじ》が、陸機が都に赴任していた時、故郷の呉と都との間の遠い道のりを、信（手紙）を携えて往復したという故事（『晋書』陸機伝）を踏まえている。「臘月」は季冬十二月。小庭に積もった雪に点々と印された子犬の足跡がまるで梅の花のようで、冬なのにもう春がやって来たのかと思われるというのである。ちなみに、犬の足跡を梅の花に喩えることについて、西島蘭渓《らんけい》は『清暑間談』（天保十二年成）巻二「狗跡如梅」に、「児童ノ伝フル、初雪ヤ犬ノ足アト梅ノ花ト云フ発句ハ、趙翼《ちょうよく》ガ雪ノ詩ニ、雞声悞認三更月、狗迹工摹五瓣梅（雞声《けいせい》悞《あやま》り認《みと》む三更《さんこう》の月《つき》、狗迹《くせき》工《たく》みに摹《も》す五瓣《ごべん》の梅《うめ》）ト云ニ同ジ。スヱノ世ノ言ハ極メテ鄙俚《ひり》ナリ。詩人サヘ許ノ如シ」と記して、極めて卑俗な見立てだとして否定的な見解を示している。趙翼は清朝の詩人である。

淇園と同じ頃に活躍した天台宗の僧侶で漢詩人の六如《りくにょ》には、払菻狗《ふつりんく》（狆《ちん》という犬種）を詠んだ長篇の七言古詩が二首ある。飼い始めて三年経った頃に病死してしまった愛犬を哀悼する「愛する所の払菻狗の死」（『六如庵詩鈔』初編・巻一）と、その後飼うようになった二代目の払菻狗を詠んだ「養ふ所の払菻狗、一旦之を失す。年を踰《こ》へて復た還る。感じて其の事を紀す」（『六如庵詩鈔』二編・巻二）である。前者は『江戸漢詩選』に収録した。後者は次のような詩である。

もう十年も飼っている愛犬が、客が帰る時に、客について家を出てしまった。愛犬は誰かに拾われたらしく、八方探し回っても見つからなかった。寒い夜には湯たんぽがわりに蒲団の中に入れたものだ。青い毛氈を敷いた書斎では泥棒除けにもなった。そんなことを思い出しては意気消沈していた。ところが一年余りたったある日、隣人があの犬は某《なにがし》のところにいると教えてくれた。現在の飼い主が言うには、この犬はお金を払って買い求めたのだが、元の飼い主であるあなたが買い戻したいというなら、応じてもよいということだった。そこで、その犬に会ってみると、「別《わか》るること久《ひさ》しうして肥《ひ》瘠少《せきすこ》しく異《こと》なるに似《に》たり」ではあったが、「我《われ》に遇《あ》ひて跳躍《ちょうやく》し鳴《な》いて嗚嗚《ああ》たり」と喜びを全身で表わした。この犬が私の元に戻ってきたのは偶然ではなく、きっと「老愚《ろうぐ》」の私に長く事《つか》えるようにということなのだろうという詩である。「人《ひと》と為《な》り矜情作態《きょうじょうさくたい》、見《まみ》ゆれば便《すなわ》ち憎《にく》む可《べ》し」（『五山堂詩話』巻二）と評されたように、六如は尊大で勿体《もったい》ぶったところのある人物だったようだが、これら二首の長篇古詩には、六如の愛犬に対する悲喜こもごもの思いが率直に吐露されている。

払菻狗というのはもとは中国原産の小型犬だが、日本にもたらされ、江戸時代には愛玩用の犬として高値で売買された。六如は愛犬の払菻狗を銭二千文（およそ四、五万円くらい）で買ったという。ちなみに、幕末に来航して幕府に開国を迫り、嘉永七年（一八五四）に日米和親条約を締結させたアメリカの海軍提督ペリーは、帰国する時にアメリカに狆を持ち帰った。その後、日米修好通商条約批准のため万延元年（一八六〇）に幕府の使節がアメリカに派遣された。その使節の随行員であった柳川当清は、ワシントンでペリー宅（ペリーはすでに没し、養子が当主になっていた）を訪問した時のことを、その『航海日記』の五月九日に、次のように記している。

惣じて家内の諸器物ともに美を尽せり。酒菓子等を出して馳走す。又二疋《にひき》の（狆）来て、衣類を嗅ぎ、日本人なるをしりて大ひに悦び躍る事きわまりなし。膝に上り袂を筈《ママ》み、更に側をはなれず。是先年ペロリはじめて渡来せし時、我国におゐて狆を求め帰、今猶其家に存生して日本人を見て欠来《かけきたり》、よろこび慕ふ事如レ此《このごとし》。亦た帰《かえる》に臨ては別れをおしみ、跡をしたふ。其さま、人のごとし。語らざる計《ばかり》也。其情、人間に異なる事なし。又大ひに吠《ほえ》或《あるい》はなき、其様実に不便《ふびん》にして、我等にいたるまで落涙におよび、其家を出《いづ》。

狆はこのようにペットとして珍重され、室内で大切に飼われていたが、江戸時代の多くの犬はペットとしてよりも番犬として、粗末な餌を与えられ、屋外で飼われるのが一般的だった。過酷な条件で飼われていた江戸時代の番犬は、今の飼い犬よりも寿命が短かった。大田《おおた》南畝《なんぽ》は番犬として飼っていた犬が死んだ文化九年（一八一二）七月十三日に、「畜狗《ちくく》死す」（『南畝集』十八）と題する次のような詩を詠んだ。

守門斑狗日相憐
起臥庭廡六七年
礫水駿臺随所在
聊埋敝蓋孟秋天

門《もん》を守《まも》る斑狗《はんく》　日《ひび》に相憐《あいあわ》れむ
庭廡《ていぶ》に起臥《きが》すること六七年《ろくしちねん》
礫水《れきすい》　駿台《しゅんだい》　所在《しょざい》に随《したが》ふ
聊《いささ》か敝蓋《へいがい》を埋《うず》む　孟秋《もうしゅう》の天《てん》

「斑狗」は、毛色がぶちの犬。「庭廡」は、庭の軒下。「礫水」は江戸の小石川で、南畝が文化元年（一八〇四）一月から文化九年七月四日まで住んでいた小石川金剛寺坂。「駿臺」は江戸の駿河台で、南畝が文化九年七月五日に転居した駿河台淡路坂。この犬は駿河台淡路坂に転居してから十日も経たないうちに死んだのである。「所在」は、いたるところ。「敝蓋」は、「畜狗《ちくく》」が死んだ時、孔子が車蓋（車の覆い）と帷幕《いばく》（垂れ幕）で覆って葬ったという、『礼記』檀弓下を典拠とする言葉である。「孟秋」は、陰暦七月。南畝が飼った番犬の寿命は六、七年だった。

番犬を詠んだ詩に、備中高梁《たかはし》藩の儒者だった奥田盛香（一七七七～一八六〇）の「義犬行《ぎけんこう》」と題する七言古詩がある。六十句からなる長篇の詩なので、ここで詩の全体をそのまま紹介することはできないが、その内容は次のようなものである。

備中高梁の城下に藩主の菩提寺である安正寺《あんしょうじ》という曹洞宗の禅寺があった。そこには「夜を守る」ための犬と、「鼠悪を防ぐ」ための猫が飼われていた。なぜかこの犬と猫はたいへん仲良しだった。禅寺なので肉食はしないため、彼らが餌に肉を与えられることはなかった。近所の人がそれを憐れみ、ある日、犬を呼んで食べ残しの魚を与えた。犬なのになぜか「玉」という名を付けられていた安正寺の犬は、そのまま魚を咥《くわ》えて寺に帰っていった。玉は寺の餌入れのお椀の中に魚を置き、合図するかのように鼻を鳴らして仲良しの猫を呼び、その猫に貰ってきた魚を食べさせた。猫は喜んで食べたが、魚の硬い頭の骨には歯が立たなかったのか、やがてその場を去って寝てしまった。すると玉は、やおらお椀に近づき、まるで氷を噛み砕くかのように、「髑々《かつかつ》」という音を響かせながら、硬い魚の頭を平らげた。玉は魚の軟らかな食べやすいところを猫に譲り、自分は初めから猫の食べ残すであろう硬いところを食べるつもりだったのだと推察した奥田盛香は、仁義の徳を行動で示した玉を「義犬」と呼んで称揚した。儒教道徳が倫理的な基準になっていた江戸時代ならではの犬の詩である。

この詩にも見られるように、古くより犬は番犬として飼われ、猫には鼠除けの役割が期待された。南宋の詩人陸游《りくゆう》に「猫に贈る」（『剣南詩稿《けんなんしこう》』巻十五）と題する七言絶句がある。この詩において陸游は、書斎の「万巻の書」を鼠から守るために、当時の慣例に従ってお礼に塩を包んで小さな猫を迎え入れた。猫はよく働いてくれたが、貧しい私は猫を毛氈に座らせてやることも、魚を食べさせてやることもできず、「慙愧《ざんき》」の念でいっぱいだと詠んでいる。

天保元年（一八三〇）十月、時に五十一歳の頼山陽もまた書斎山紫水明処《さんしすいめいしょ》の書籍を鼠害から守るために、親友であった浄土真宗の僧侶雲華《うんげ》（大含《たいがん》）の法嗣聞慶《もんけい》から猫を譲り受けた。この時、山陽は「猫を獲《う》るを喜ぶ」（『山陽先生遺稿』巻五）と題する七言古詩を詠んだ。「遍体斑文好牙鬚《へんたいはんもんこうがしゅ》」すなわち体中に斑文があり立派な牙《きば》と鬚《ひげ》を具えた「俊物《しゅんぶつ》」なので、その猫に「小於菟《しょうおと》」（小虎《ことら》）という名前を付けようと考えた時、早くも書斎の鼠たちは鳴りを潜めたような気がすると喜びを表わしている。

しかし、この猫は見かけ倒しだった。山陽の門人関藤藤陰《せきふじとういん》の「猫説」（『藤陰舎遺稿』）に、次のような文章が見えている。

既にして数旬の間、鼠を捕へしこと纔《わず》かに一のみ。……一日、隣婦、門に呼ばゝっていふ、君が家の猫、群犬に齧《か》まれ、余等赴き援けしときは、すでに死に瀕して気息喘然《きそくぜんぜん》たりと。これを暖処に寝《い》ねしめて、これに薬せしも、遂に死せり。

山陽の期待は見事に裏切られたのであった。山陽の師匠筋に当たる菅茶山《かんちゃざん》にも「猫」（『黄葉夕陽村舎詩』後編・巻二）と題する五言排律があり、猫の姿態を次のように描いている。

暗室眼光徹　　暗室《あんしつ》　眼光徹《がんこうてっ》し
明窓毛彩稠　　明窓《めいそう》　毛彩稠《もうさいおお》し
黠心能示怯　　黠心《かっしん》　能《よ》く怯《おそれ》を示《しめ》し
媚態或含羞　　媚態《びたい》　或《あるい》は羞《はじ》を含《ふく》む
駆鼠身何儇　　鼠《ねずみ》を駆《か》る　身《み》　何《なん》ぞ儇《すばや》き
馴人性似柔　　人《ひと》に馴《な》れて　性《せい》　柔《じゅう》なるに似《に》たり

この詩からは茶山が猫派だったかどうかは明らかでないが、江戸時代前期の代表的な詩人である祇園南海《ぎおんなんかい》と服部南郭《はっとりなんかく》は猫派の詩人だった。ともに飼い猫の死を悼む哀悼詩を詠んでいる。南海の七言古詩「猫を悼む」（『南海先生文集』巻二）と南郭の五言律詩「児の愛する所の猫死す」

（『南郭先生文集』三編・巻二）である。愛猫の死に涙が止まらないと詠む南海の詩を紹介しよう。

玳瑁柔毛聡夙成
鼠輩竄跡夜太平
迎来未期何遽去
或是畜養未尽情
空憶膝上恋主意
猶聴階前喚児声
烏薬籠中恨無功
牡丹陰裏夢成空
恩存帷蓋今何益
燈前老涙眼朦朧

玳瑁《たいまい》の柔毛《じゅうもう》　聡《そう》にして夙成《しゅくせい》す
鼠輩《そはい》　跡《あと》を竄《かく》し　夜太平《よるたいへい》
迎《むか》へ来《きた》りて未《いま》だ期《き》ならざるに　何《なん》ぞ遽《にわ》かに去《さ》る
或《あるい》は是《こ》れ畜養《ちくよう》の未《いま》だ情《じょう》を尽《つ》くさざるならん
空《むな》しく憶《おも》ふ　膝上《しつじょう》　主《あるじ》を恋《こ》ひし意《こころ》
猶《な》ほ聴《き》く　階前《かいぜん》　児《じ》を喚《よ》ぶ声《こえ》
烏薬籠中《うやくろうちゅう》　功無《こうな》きを恨《うら》む
牡丹陰裏《ぼたんいんり》　夢《ゆめ》　空《くう》と成《な》る
恩《おん》は帷蓋《いがい》に存《そん》して　今何《いまなん》の益《えき》かある
燈前《とうぜん》の老涙《ろうるい》　眼朦朧《まなこもうろう》たり

「玳瑁柔毛」は、猫の鼈甲色《べっこういろ》の柔らかな毛。「烏薬」は、常緑の灌木で、犬や猫の諸病を治す薬種として用いられた。「牡丹陰裏」の一句は、牡丹の花の陰で眠っていた猫の夢も空無になってしまったの意。「帷蓋」は、先の南畝の「畜狗死す」の詩で紹介した『礼記』を典故とする語で、猫の遺骸を包む車蓋と帷幕。

こう見てくると、六如・大田南畝・奥田盛香は犬派、祇園南海・服部南郭は猫派だったように思われる。それでは、猫を獲ていったんは喜んだものの、見かけ倒しに失望した頼山陽はどちら派だったのだろうか。山陽には盛香の「義犬行」と同じように、犬の忠義を称える「狗説」(『山陽先生遺稿』巻十)という文章のほか、「猫狗説」(『山陽先生遺稿』巻十)と題する次のような猫と犬の比較論もある。

猫は鼠を内に捕ふ。狗は盗を外に警《いまし》む。各々其の職有りて、以て主《あるじ》に事《つか》ふる者なり。然して諺に曰く、「猫を畜《か》ふこと三歳、三日にして恩を忘る。狗を畜《か》ふこと三日、三歳失《う》せず」と。而《しか》るに狗を疎《うと》んずるは何ぞや。其の形体を以てすれば、則ち狗の粗なるは猫の膩《じ》(滑らか)なるに若《し》かざるなり。其の声音を以てすれば、則ち狗の厲《れい》(激しい)なるは猫の嬌《きょう》(なまめかしい)なるに若かざるなり。其の性情を以てすれば、則ち狗の剛決《ごうけつ》(気性が強く決断力がある)なるは猫の善柔便辟《ぜんじゅうべんぺき》(柔和を装って人にへつらう)なるに若かざるなり。是《ここ》を以て猫の主人に於けるや其の左右を離れず、其の閨闥《けいたつ》(寝室)に出入りし、食に魚有り、寝るに褥《しとね》有り。而るに狗は則ち土に寝て餕《しゅん》(食べ残し)を食らひ、終歳主人の面《かお》を望み見ることを得ず。盗を認めて吠ゆるも賞無く、鼠を縦《ほしいまま》にして捕へざるも罰無きは、悲しむ可きなるかな。

猫に比べると、忠義の心を忘れることなく主人によく仕え、泥棒除けの職務を全うしているにもかかわらず、多くの犬は恵まれない扱いを受けていると、犬に対して同情的な山陽は、犬派だったのであろうか。ちなみに、母梅颸《ばいし》の日記によれば、山陽は六歳だった天明五年七月十五日、精霊《しょうろう》送りの見物に出かけて、犬の子を拾って帰ってきたという。

夏目漱石は『草枕』の中で、頼山陽の書について登場人物の和尚さんに、「山陽が一番まずい様だ。どうも才子肌で俗気があつて、一向面白うない」と言わせている。倫理的に潔癖だった漱石は、山陽の「俗物性」を嫌っていた。漱石は『吾輩は猫である』によって小説家として世に出た。漱石が猫の性情に共感するところがあったことは言うまでもない。そうでなければ猫の目を通して人間や社会を批評的に描こうなどと思うはずはないからである。『吾輩は猫である』のモデルになった夏目家の飼い猫は老衰して、「古い竈《へっつい》の上」で死んでいた。漱石の「猫の墓」(『永日小品』)によれば、猫は死ぬ直前に妙な唸《うな》り声を挙げていたという。漱石は庭の片隅に猫の遺骸を埋めて四角な墓標を立て、墓標の表には「猫の墓」と書き、裏には「此《こ》の下《した》に稲妻起《いなずまおこ》る宵《よい》あらん」という俳句を認《したた》めた。

これだけならば、漱石は犬よりも猫が好きな猫派だったように思えるが、必ずしもそうではなかったようだ。夏目家では猫だけでなく、犬も飼っていた。この飼い犬のことは『硝子戸の中』に回想されている。ホメロスの『イリアッド』に出てくるトロイの勇士の名前にちなんでヘクトーと名づけられたその犬は、病院から一月《ひとつき》ぶりに帰宅した漱石を忘れてしまったかのように、「首も動かさず、尾も振らず、たゞ白い塊《かたまり》のまゝ垣根にこびり付いてる丈《だけ》」で、漱石に対して何の反応も示さなかったため、漱石は「微かな哀愁」を感じたという。

しかし、これはヘクトーが病気に罹っていたためで、漱石を忘れていたからではなかった。やがて病気が重くなり、涎を垂らすようになったヘクトーは、人知れず「姿を隠したぎり再び宅《うち》へ帰つて来なかつた」。一週間ほど経った後、ヘクトーが少し離れたある人の家の池のなかで死んでいたという知らせがもたらされた。ヘクトーの亡骸を引き取った漱石は、猫の時と同じように庭に埋葬し、「秋風の聞えぬ土に埋めてやりぬ」という俳句を書きつけた白木の小さな墓標を建てた。『硝子戸の中』の文章は次のように続いている。

彼の墓は猫の墓から東北に当つて、ほゞ一間《いっけん》ばかり離れてゐるが、私の書斎の、寒い日の照《てら》ない北側の縁に出て、硝子戸のうちから、霜に荒された裏庭を覗くと、二つとも能く見える。もう薄黒く朽ち掛けた猫のに比べると、ヘクトーのはまだ生々《なまなま》しく光つてゐる。然《しか》し間もなく二つとも同じ色に古びて、同じく人の眼に付かなくなるだらう。

飼い猫と飼い犬の死を哀惜する漱石の視線に厚薄の差はない。己の生を全うした飼い猫と飼い犬の墓に、同じように寂しくも優しい視線を注いでいる漱石には、犬派か猫派かというレッテル貼りは無用であろう。

IV 人生のいろどり

虫めづる殿様

「蟲冢」拓本

　大名のなかには和漢・硬軟の学藝に趣味を持つディレッタントが少なからず存在した。俳諧を能くした陸奥磐城平藩主内藤風虎《ふうこ》、古文辞派《こぶんじは》の詩を能くした伊勢神戸《かんべ》藩主本多《ほんだ》猗蘭《いらん》、俳諧や歌舞伎を愛好した大和郡山藩主柳沢信鴻《やなぎさわのぶとき》、蘭画を描いた出羽秋田藩主佐竹曙山《しょざん》、茶人として石州流不昧《ふまい》派の茶道を興した出雲松江藩主松平治郷《まつだいらはるさと》、愛書家として膨大な蔵書を有した豊後佐伯藩主毛利高標《たかすえ》、歌文を能くし古物の蒐集に熱意を示した老中・陸奥白河藩主松平定信、歌文を能くし『甲子夜話《かっしやわ》』という長大な随筆を残した肥前平戸藩主松浦《まつら》静山《せいざん》、仏学や地誌に詳しく学藝諸家と広く交遊した因幡《いなば》若桜《わかさ》藩主池田冠山《かんざん》、宋元版漢籍の蒐集家として知られ『花譜』という桜花帖を編んだ近江仁正寺藩主市橋長昭《ながあき》、詩・画・狂歌を能くし清元の作詞もしたという長門府中藩主毛利蘭斎《らんさい》、雪の結晶を研究し『雪華図説《せっかずせつ》』を出版した老中・下総古河《こが》藩主土井利位《としつら》、多作の詩人であった讃岐丸亀藩主京極琴峰《きんぽう》などはその錚々たる者であるが、伊勢長島藩主増山雪斎《ましやませっさい》(一七五四〜一八一九)もまたそのような文人大名の一人であった。

　増山雪斎は書画に堪能で、書を趙陶斎《ちょうとうさい》に学んで『松秀園書談《しょうしゅうえんしょだん》』(寛政五年刊)という本格的な書論を出版し、画は南蘋《なんぴん》風の花鳥画を学び、山水画や人物画も能くして多くの作品を残している。雪斎没後、その遺志を承けて文政四年（一八二一）七月、増山家の菩提寺である上野の勧善寺境内に「蟲冢《むしづか》」（虫塚）という石碑が建てられた（後に上野の寛永寺境内に移転された）。現在この虫塚は植栽に取り囲まれていて直接その碑文を読むのは難しいが、幸い福井久蔵『諸大名の學術と文藝の研究』（昭和十二年刊）に拓本の写真と碑文の翻刻が収められている。

漢文で書かれた碑文の撰者は当代の文章家として名高く、雪斎とも関係の深かった葛西因是《かさいいんぜ》である。碑文の前半部を書き下して以下に掲げてみよう。

その入るや括嚢小隠《かつのうしょういん》と号し、その出づるや石顚道人《せきてんどうじん》と号す。その名異《こと》なりて、その人は一人なり。

括嚢の日に当たれば、知音・故旧一切謝絶し、寂寞虚空、終日静黙たり。独り童子の傍らに侍する有り。童子をして庭際花間に就《つ》きて蝶蜂を捕へ使《し》む。獲るに随つて其の真を写す。春自《よ》り夏に徂《ゆ》き、夏自り秋に到る。三時の昆虫、写さざる所莫《な》し。蝶の属幾種、蜂の属幾種、蛾の属幾種、蜻蜓の属幾種、蟬の属幾種、綴りて一巻と成す。閑居すること多年、凡そ以て日月を消遣《しょうけん》する所は、唯だ是れ之に頼《よ》る。写し完《おわ》る毎《ごと》に其の遺蛻《いぜい》を収め、之を巾《きん》笥《し》に蔵《おさ》めて曰く、「是れ吾が友なり。之を糞壌《ふんじょう》に委《ゆだ》ぬるに忍びず。行《ゆ》く行《ゆ》く将《まさ》に閑散無用の地を卜《ぼく》し、之を瘞《うず》めんとす」と。

石顚の日に及べば、喜嗔笑罵《きしんしょうば》、必ず石に於《お》いてし、客来れば石を出して相示し、客去れば摩挲《まさ》して手を離さず。春日の玩花《がんか》、秋夜の対月《たいげつ》、琴棋書画《きんきしょが》、その目に乏しきこと無きも、桃源を異境に求めず、坐して天地を壺中《こちゅう》に占め、独往独来、介然《かいぜん》として自ら存し、人間《じんかん》の事は毫《ごう》も収採せず。今日の笑語は猶ほ昔日の括囊なり。

嗟呼《ああ》、糟糠《そうこう》の妻は堂より下《おろ》す可からず、従亡《じゅうぼう》の臣は顧みざることを得ず。披展《ひてん》の間、感慨、胸に満つ。必ず随分の地を得て其の遺蛻を瘞めんと欲す。然して未だ果さず。道人は早く已に造物者と無可《むか》有の郷《きょう》に游ぶ。琴書二童、哀叫《あいきょう》して措《お》くこと無し。既に道人を葬る。遂に道人の遺意を奉じ、昆虫の遺蛻洎《およ》び駈使する所の禿筆《とくひつ》幾枝《いくし》かを楊柳陰下《ようりゅういんか》莎草《さそう》深き処に埋む。山は東叡と曰ひ、丘は上野と曰ふ。

雪斎には括囊小隠と石顚道人という二つの号があり、括囊小隠は愛虫家としての号、石顚道人というのは愛石家としての号だという。虫塚の碑文であるから、愛石家の方は愛虫家としての雪斎を際立たせるため添物《そえもの》として持ち出されたもので、碑文の主題は括囊小隠こと愛虫家雪斎の姿を描くことである。

「括嚢」とは袋を括ること、すなわち捕獲した虫を袋の中に入れて袋の口を括るの意であろうが、同時に「括嚢」は『易経』坤為地の「六四、嚢を括る。咎もなく誉れもなし」を典拠に、口を閉じてものを言わないことの喩えでもある。雪斎が虫を相手にする日は、交遊関係を謝絶して独り静かに部屋に籠り、側仕えの子供に庭の蝶や蜂を捕えさせ、捕えるに随ってそれらを写生したという。雪斎は長年に及ぶ閑居の年月、春・夏・秋にはさまざまな昆虫を写生して日を過ごしていたが、写生し終わると、その虫の死骸は布張りの小箱に収蔵した。

雪斎は、「虫たちは吾が友である。その虫たちの遺骸を糞土に委ねるのは忍びない。将来的には閑静な場所を選んでこれを埋めたい」と言っていた。ところが、それが実現しないうちに雪斎は没してしまった。そこで、残された者が雪斎の遺志を実現し、虫の遺骸と虫の写生に用いた何本かの筆を一緒にして、上野の丘の楊柳の木陰の草深い処に埋めたというのである。つまり、この虫塚は虫と筆の供養塚であった。この文章に続いて、因是作の蜂・蝉・蝶・蟷螂・蚕・蛍などの虫を讃え弔《とむら》う誄詞《るいし》が、碑文の後半部として付されているが、ここでは省略しよう。

碑文中に「閑居すること多年」とあるのは、雪斎が享和元年(一八〇一)に四十八歳で藩主を引退し、江戸巣鴨の下屋敷で暮らすようになって以後のことをいう。その隠居生活中の文化元年(一八〇四)七月二日、雪斎は幕府から謹慎を命ぜられた。『文恭院殿御実紀』には、「この日増山備中守正寧《まさやす》父致仕雪斎常々不慎の義に相聞《あいきこえ》、不埒《ふらち》の事により急度《きっと》慎《つつしみ》あるよしを、大目付井上美濃守利恭して伝ふ」とある。何がこの謹慎の原因であったのか具体的には明らかでないが、「常々不慎の義」とあるから、隠居した大名には不似合いな自由奔放な日常生活を咎められたということであろうか。そのために巣鴨の下屋敷に蟄居せざるを得なくなったことが、雪斎が虫の写生に熱中する直接のきっかけになったのであろう。先に指摘した『易経』に典拠をもつ括嚢小隠という号は、蟄居謹慎の生活態度を表わすものでもあった。

そうした蟄居謹慎の生活のなかで雪斎は、「春自《よ》り夏に徂《ゆ》き、夏自り秋に到る。三時の昆虫、写さざる所莫《な》し。蝶の属幾種、蜂の属幾種、蛾の属幾種、蜻蜓の属幾種、蟬の属幾種、綴りて一巻と成」した。東京国立博物館蔵の増山雪斎自筆の『蟲豸帖《ちゅうちじょう》』四帖は、この碑文のいう春・夏・秋の虫の写生図に、それとは別の冬の部の写生図を付け足し、改めて四帖に装丁したものではないかと推測される。この四帖には、それぞれ表紙中央に「蟲豸帖　蝶　春」「蟲豸帖　蜻蜓　蟲螽　蟬　夏」「蟲豸帖　蛾　蜂蠆　蠋　甲蟲　秋」「蟲豸帖　蜘蛛　水蟲　江魚　冬」という題簽《だいせん》が貼られている。ちなみに「豸」とは、足のない虫類の総称である。

『蟲豸帖』四帖には、八十六面にわたってさまざまな虫や蛙・蛇・蜥蜴《とかげ》そして淡水魚・蝦《えび》などを写生した精緻な彩色図が貼り込まれている。各写生図には「丁卯六月七日写生」、「七月十五日写生」などという写生日が注記されているが、注記されている写生日でもっとも早いものは春帖の蝶の図に書き添えられている「丁卯三月十二日写生」（文化四年三月十二日）で、もっとも遅いものは秋帖の甲虫の図に書き添えられている「壬申五月写生、吉丁虫雌」（文化九年五月）である。写生の日付が月日だけで、年を表わす干支が記されていない場合も多いので、確定的なことは言えないが、雪斎が虫類を写生したのは雪斎五十四歳の文化四年（一八〇七）に始まり、五十九歳の文化九年（一八一二）に至っており、もっとも熱心に写生を試みたのは文化四〜五年頃であったことが分かる。文化九年には雪斎は江戸の文人たちとの交遊を再開している。おそらくこの頃には謹慎処分も解け、「括嚢」の必要もなくなっていたのであろう。

巣鴨の下屋敷に謹慎していた雪斎が写生した虫は、葛西因是の虫塚碑文にもあるように、下屋敷の庭で捕獲させたものが多かった。しかし、『蟲豸帖』の写生に付された注記には、「戊辰七月十二日写生勢州長島之産」「紺黒鳳蝶房州得之戊辰八月十三日写生」「武州岩付之産己巳五月十五日写生」というようなものも見られる。巣鴨の下屋敷から自由に外出できなかった雪斎は、国元伊勢国長島、あるいは安房国や武蔵国岩付（岩槻）などからも虫を取り寄せていたのである。

雪斎と親交のあった菊池《きくち》五山《ござん》の『五山堂詩話』巻七（文化十年刊）には、雪斎の詩三首が収録されている。そのうちの一首「八月十二日の作」には、「榻《とう》を移《うつ》して坐《ざ》して聴《き》く砌《みぎり》の虫《むし》の悲《かな》しむを」と石段のもとで鳴く秋の虫が詠まれている。秋の夜と寂しげな虫の鳴声というのは、取り合わせとしては一般的であって、この詩は特に虫の生態を写生的に表現したというような作品ではないが、『五山堂詩話』において漢詩人としての雪斎は次のように紹介されている。

　雪斎長島老侯、諱は選、字は君選、好みて奇石を蓄ふ。因つて又た石顛と号す。書画精絶、風流自任す。性は謙挹《けんゆう》（謙遜なさま）にして、疎《そ》交常賓《こうじょうひん》と雖も必ず霑接《てんせつ》（優待する）を加ふ。殆ど冶城公《やじょうこう》（晋の謝安）の風《ふう》有り。公の詩筆に於ける、別に一家の気魄を存す。竹居集《ちくきょしゅう》若干巻有り。余、目を寓するに与《あずか》る。

　五山は雪斎の愛石趣味には言及しているが、愛虫趣味には触れていない。五山が『五山堂詩話』巻七の原稿を執筆したのは文化九年である。先ほど見たように『蟲豸帖』に収められる虫の写生のもっとも遅い時期のものは文化九年五月であった。こうしたことから推測するに、雪斎の虫に対する関心は、謹慎処分がすでに解けていたと思われる文化九年頃にはかなり冷めていたように思われる。虫塚の碑文に「今日の笑語は猶ほ昔日の括嚢なり」とあったのは、「括嚢」すなわち虫の捕獲と写生に明け暮れていた謹慎生活は過去のものとなり、「笑語」すなわち愛石家と笑談交遊することへと、雪斎の興味の対象と生活の様相が大きく変化していたことが窺われるのである。書や画だけでなく、囲碁や煎茶などにも堪能だったという多才で多趣味な雪斎は、熱し易く冷め易い性格でもあった。写生のために犠牲にした虫たちの供養を志しながら、結局は放置したまま没したというのも、そうした性格によるところだったのであろう。

虫は漢詩の好題材だった。古くは『詩経』においても、螽斯《きりぎりす》、草虫《いなご》、阜螽《いなご》、莎雞《こおろぎ》、螟螣《ずいむし》、蟊《ねきりむし》、螟蛉《くわむし》、蜾蠃《じがばち》、蟋蟀《こおろぎ》、蜉蝣《かげろう》、青蠅《あおばえ》、蜩《せみ》、螗《せみ》、伊威《わらじむし》、蠨蛸《あしたかくも》などが詠まれている。漢詩において、虫が虫として写生的に詠まれることはもちろんあった。しかし、『大戴礼《だたいれい》』易本命に「裸虫三百六十にして、聖人は之が長為《おさた》り」、また『晋書』五行志・中に「夫《そ》れ裸虫は人の類にして、人は之が主為《あるじた》り」などとあるように、人もまた裸の虫と考えられたことから、虫の姿と人間の姿は往々にして重ね合わされることになった。『詩経』の六義にいう「比」（ある物を云うために他の物と比べる表現法）や「興」（ある物を述べて他の物を引き起こす表現法）という表現法に拠りながら、虫の性行は人間と結びつけられて詩に詠まれることが少なくなかった。唐の劉禹錫《りゅううしゃく》は「聚蚊謡《しゅうぶんよう》」を詠み、宋の欧陽脩《おうようしゅう》は「蒼蠅《あおばえ》を憎《にく》む賦《ふ》」を作り、それぞれ蚊や蠅の憎むべき性行を描くことによって、奸佞邪智《かんねいじゃち》な人間の姿を諷した。

江戸の蘭学系知識人の一人である司馬《しば》江漢《こうかん》も、その著『独笑妄言』の中に、次のような狂歌を書きつけて、人間もまた虫の一変種に過ぎないとした。

　　桃に生《はえ》る虫を桃むしと云、栗に生る虫を栗虫といふ、
　　地球に生る虫を人間といふ
　つるんでは喰《くい》てひりぬく世界むし上《かみ》貴人より下《しも》乞食まで

　江戸漢詩においても、比・興という表現法を用いて虫を詠み、世俗の人々を諷喩することは少なくなかった。江村北海は五言古詩「感有《かんあ》り」（『北海先生詩鈔』初編・巻上）において、小さな蟹（甲殻類も広義の虫）の営みを描いて人間のあくせくとした生き方を諷し、頼山陽は七言古詩「百虫図に題す」（『山陽遺稿』巻一）において、さまざまな虫の生態が描かれた画を観て、「省《せい》せず吾《われ》も亦《ま》た裸虫為《らちゅうた》るを」と自らもまた裸の虫であることを反省した。さらに梁川星巌《やながわせいがん》は五言古詩「雑詩十五首」（『星巌集』甲集・巻二）その一において、

　路有負版虫　　路《みち》に負《ふ》版《はん》の虫有《むしあ》り
　農夫就畎畝　　農夫《のうふ》は畎畝《けんぽ》に就《つ》き

商價喧衚衕
嗟余胡為者
亦在蠢蠢中

商價《しょうこ》は衚衕《ことう》に喧《かまびす》し
嗟《ああ》　余《われ》は胡為《なにす》る者《もの》ぞ
亦《ま》た蠢蠢《しゅんしゅん》の中《なか》に在《あ》り

と詠んで、自分もまた日々あくせくとして生活に追われる虫に過ぎないのだと嘆息した。そして、幕末に奥州列藩同盟に加担して獄に囚われた大槻磐渓《おおつきばんけい》は、己の出処進退を蝨《しらみ》・蒼蠅《あおばえ》・蛍《ほたる》・蠹魚《しみ》に仮託して、「戯れに四虫を詠む」（『寧静閣四集』巻二）と題する五言絶句四首を詠んだ。

しかし、虫の写生に熱中した増山雪斎が虫に向けた視線は、同時代の詩人たちの虫の詩のように、人間の営みを虫の姿に仮託するような「文学的」なものではなかった。『蟲豸帖』に収められる虫の写生には、時にその虫の生態などについての観察記録的な注記が漢文で付されている。そのいくつかを書き下して紹介しておこう。例えば赤トンボの写生には、

八月廿五日写生す。赤卒《せきそつ》（赤トンボ）二種有り。その皃《かたち》、大小稍《や》や異なるなり。その大なる者はその色深く、その小なる者はその色聊《いささ》か浅赤なり。その大なる者は群れず、その小なる者は晩秋に至つて数万群集して北に向ひて飛ぶ。

スズムシの写生には、

七月十四日写生す。金鐘児《きんしょうじ》。按ずるに、金鐘児と月鈴児《げつれいじ》は本《も》と是れ同種、互いに相変化する者は是れなり。近日、甕中《おうちゅう》に養ひて、一年を経る有り。便《すなわ》ち化生の者と為る。然して相互に変化す。顕らかにその證《しょう》する処《ところ》有り。その褐色に化する者は即ち金鐘児なり。黒色に化する者は即ち月鈴児なり。

ジョロウグモの写生には、

此の蜘蛛、網を結んで中央に在り。自ら八脚を集めて四脚の皃《かたち》の如し。その脚頭、別に潔白の糸を結び、宛《あたか》も絡《らく》の如し。蓋し絡新婦《らくしんぷ》(女郎蜘蛛の漢名)の名は此に于《お》いて名と為すか。七月廿五日写生す。絡新婦、房州の産。

雪斎が虫に向けた視線は、「文学的」というよりも、むしろ「博物学的」なものであった。

雪斎が親しく交わった文人の一人に木村蒹葭堂《きむらけんかどう》という人がいる。蒹葭堂は坪井屋吉右衛門と称した大坂の商人で、家は代々酒造業を営んでいた。儒学を片山北海に学んで詩文を能くし、片山北海の始めた詩社混沌社《こんとんしゃ》に参加した。画や書や篆刻にも堪能で、蔵書家としても知られた。なかでも本草学・博物学に詳しく、本草学・博物学関係の著作も少なからずあり、動植物の写生図を多く描き、図譜も残している。

そうした蒹葭堂と雪斎が初めて対面したのは雪斎二十九歳、蒹葭堂四十七歳の天明二年（一七八二）のことだった。雪斎は天明元年に大坂城加番《かばん》を命ぜられて大坂に赴任した。『蒹葭堂日記』によれば、天明二年三月二十七日に雪斎が蒹葭堂宅を訪れ、その後何度も蒹葭堂が大坂城内の雪斎の役宅を訪れているほか、雪斎は家臣を度々蒹葭堂のもとに遣わした。例えば『蒹葭堂日記』の天明三年八月二十六日には、「登城　早朝十時同伴　増山河内守邸へ行　中食　暮帰ル宅」、同年十二月十二日には「早朝ら　御城内増山河内守殿邸ニ行夜ニ入帰ル」とあり、蒹葭堂が大坂城内の雪斎の役宅を訪れ、長い時間を過ごしていたことが分かる。二人の談話は書画や博物学などの話題で大いに盛り上がったのであろう。

天明四年（一七八四）八月、大坂城加番の役が終わって雪斎が江戸に帰任する時、蒹葭堂は雪斎に陪従して江戸に遊んだ。蒹葭堂は一月《ひとつき》ほど江戸に滞在した後、九月十三日に江戸の長島藩邸で送別の宴を催してもらい大坂に帰った。この送別の際のものだと思われる雪斎の五言古詩「木世粛《ぼくせいしゅく》（蒹葭堂のこと）の浪華に帰るを送る」に、「手《て》を携《たずさ》へて東武《とうぶ》に遊《あそ》ぶ、秋風雅興多《しゅうふうがきょうおお》し、……摂城《せつじょう》と武城《ぶじょう》と、来往《らいおう》す故人《こじん》の情《じょう》」などと詠まれているように、雪斎と蒹葭堂との関係は身分や年齢を超えた昵懇なものになっていた。

蒹葭堂五十五歳の寛政二年（一七九〇）二月、蒹葭堂は家業の酒造の量が幕府の制限を超えるものであったとして処分を蒙った。坪井屋の実際の酒造りは支配人の差配に任せていたという。支配人には「大坂三郷払《さんごうばらい》、造酒酒株酒具不レ残闕所《けっしょ》被二召上一候」という厳罰が下り、監督責任を問われた蒹葭堂には町年寄役召放しという処罰が下った。蒹葭堂の処分は、「家屋敷町名前等在来之通にて、御構無レ之」ということだったので、蒹葭堂はそのまま大坂に居住することは許されたが、謹慎の意を表わすためか、しばらく大坂を離れる決断をした。この時、雪斎は蒹葭堂に手を差し伸べ、伊勢長島藩領内の川尻村に蒹葭堂を迎え入れた。蒹葭堂は二年余を川尻村で過ごし、寛政五年二月に大坂に戻った。

蒹葭堂には二万巻を超える蔵書があったという。そのなかには清やオランダの貿易船が長崎に舶載してきた貴重な本草書や博物学書も含まれており、それらの書物には細密な動植物図が描かれていた。画を能くした蒹葭堂はそれらの動植物図を模写したり、みずから実物を観察して写生したりした。また蒹葭堂のもとには奇石や貝類の標本も蓄えられており、蒹葭堂は特に貝類に興味を持って、自ら貝を精緻に写生し彩色した『奇貝図譜《きばいずふ》』を編んでいた。

書画を能くし多趣味の人であった雪斎は、蒹葭堂の本草学・博物学に関する広い知見や豊富な蔵書、さらには珍しい標本に強く惹きつけられたのであろう。先に見たように、蒹葭堂の雪斎役宅訪問の時間が長時間に及んでいたことや、雪斎がしばしば家臣を蒹葭堂に遣わしていたことが『蒹葭堂日記』から知られるが、おそらくそれは訪ねてきた蒹葭堂を雪斎が引き留めて本草学や博物学の話題に熱中したり、蒹葭堂と雪斎との間で頻繁に本草書や博物学書の貸借が行なわれていたことを意味していよう。

享和二年(一八〇二)一月二十五日、蒹葭堂は六十七歳で没した。その墓碑銘を撰したのは雪斎である。墓碑銘のなかで雪斎は長年接してきた蒹葭堂の姿を次のように回想している。

翁は質直にして忠信、博学にして多通、その志は寛優にして世人と交はらざる者莫《な》し。就中《なかんず》く博く山海所産の物を窮め、以てその楽しみと為す。傍ら書画を玩び、殊に山水を画くに妙たり。嘗《かつ》て他邦の客有りて、之を訪ふ。則ち晤言《ごげん》談論し、終日倦《う》まず。

そして、「余、夙《つと》に忘年の交はり有り。後に故有りて弊邑長洲《へいゆうながしま》に客居す。常に床を同じくして臥し、机を同じくして語る。此に於いてか能く翁を知るを得たり」と記して、雪斎は自分と蒹葭堂との関係が起居を共にするような親しいものだったことを強調した。

初めに述べたように、雪斎はこの墓碑銘を撰する前年の享和元年に家督を息子の正寧（号を雪園）に譲り、江戸巣鴨にあった長島藩の下屋敷に隠居した。雪斎が虫の写生に熱中したのは、それから五年ほど後のことである。捕獲した虫を観察し、その精緻な写生図を集成した『蟲豸帖』は、虫の生態に人間の姿を重ねるような「文学的」な視線ではなく、虫そのものの生態を客観的に捉えようとする雪斎の「博物学的」な視線によって成立したものであった。『蟲豸帖』を編んだ雪斎が虫に向けた視線は、貝の標本を集めて写生し『奇貝図譜』を編んだ蒹葭堂との交遊において触発され、獲得されたものであったのかもしれない。

菊池五山は『五山堂詩話』巻七に雪斎の詩を採録するに当たって、雪斎の詩稿『竹居集』から詩を抄録したという。雪斎のこの『竹居集』という詩稿が伝存していれば、雪斎がどのような思いを持って虫の写生に熱中したのか、雪斎において「博物学的」な視線と「文学的」な視線とは交錯していたのか、あるいはしていなかったのか、それは興味深い問題だが、この詩集が伝存不明では明らかにする手がかりがなく、どうにもしようがない。

IV

人生のいろどり

西施乳と太真乳

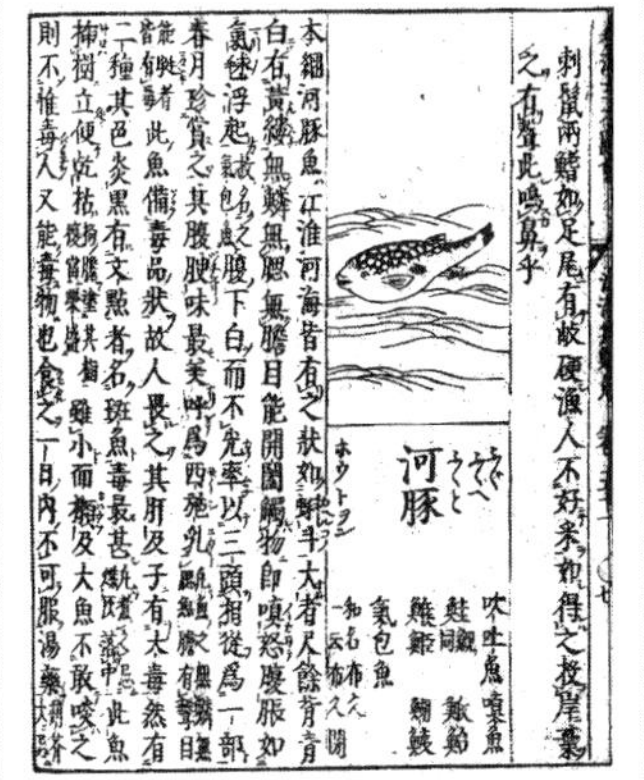
刺鬣両鰭如足尾有岐硬漁人不好柔軟得之投棄之有聲此鳴鼻乎

河豚 ふぐ ふくと

吹肚魚 嗔魚 鯸鮐 鯸鮧 鰗鮧 氣包魚

和名布久 一云布久閉

本綱河豚魚江淮河海皆有之状如蝌斗大者尺餘背青白有黄縷無鱗無腮無膽目能開闔觸物即嗔怒腹脹如氣毬浮起故名之腹下白而不光率以三頭相從爲一部春月珍貴之其腹腴味最美呼爲西施乳此魚備毒品状故人畏之其肝及子有大毒然有二種其色炎黒有文點者名斑魚毒最甚此魚拂樹立便枯雖小而殺及大魚不敢啖之則不惟毒人又能毒物也食之一日内不可服湯藥

寺島良安『和漢三才図会』巻五十一より「河豚」

フグ刺し、フグ鍋、フグの唐揚げ、生ガキ、カキ鍋、カキフライなど、フグ（河豚）とカキ（牡蠣・蠣房）は美味しい食材として人気が高い。江戸後期の漢詩人柏木如亭《かしわぎじょてい》（一七六三～一八一九）は漢文体の食べもの随筆『詩本草《しほんぞう》』（文政五年刊・一八二二）のなかで、「河豚《かとん》、美にして人を殺す。一に西施乳《せいしにゅう》と名づく。又た、猶ほこれ江瑶柱《こうようちゅう》の西施舌《せいしぜつ》と名づけ、蠣房《れいぼう》の太真乳《たいしんにゅう》と名づくるがごとし。皆な佳艶《かえん》の称なり」と記している。フグには西施の乳房、タイラギ貝（江瑶柱）には西施の舌、カキには太真の乳房という色っぽい呼称があるというのである。西施は春秋時代の越《えつ》の美女で、呉王夫差《ふさ》は越王勾践《こうせん》から献上された西施の色香に溺れて身を滅ぼした。太真は唐の美女楊太真すなわち楊貴妃《ようきひ》で、玄宗皇帝はその美貌の虜になって政治をおろそかにし、国を危うくした。河豚と牡蠣は中国四千年を代表する危険な美女である西施と楊貴妃の乳房に擬えられたのである。

フランスのブリア＝サヴァランは『美味礼讃《びみらいさん》』（一八二五年刊）のなかで、視覚・聴覚・嗅覚・味覚・触覚という五感に続く六番目の感覚として「生殖覚あるいは肉体愛」を付け加え、「個の保存を目的とする味覚が一つの感覚にちがいないとすれば、種の保存をその目的とする器官には、なおさらのこと感覚という称号を与えなければならない」と述べている。簡単に言えば、食欲と色欲とは近しい関係にあるということであろう。食欲をそそる美味しい食べものは、美女の色っぽさを想起させるのである。

フグの艶称としての西施乳については、早く三国時代呉《ご》の萬震《ばんしん》『海物异名記《かいぶついめいき》』に、「西施乳は河魨《ふぐ》の膏《こう》なり」と記されているという。「膏《こう》」は脂あるいは肥肉の意である。日本では、鳥飼洞斎の『改正月令博物筌《かいせいがつりょうはくぶつせん》』(文化五年刊)に、「西施乳といふは、その腹の柔らかなるを、美人の乳にたとへたるなり」などと記されている。河豚の白く滑らかな腹は、美女西施の乳房のようだということである。そして、「美にして人を殺す」河豚が西施の乳に擬えられたのは、西施がその美貌で呉王を溺れさせ、国を亡ぼした危険な美女であったように、河豚は腹中の猛毒によって人を害するからであった。

河豚の猛毒については明の李時珍《りじちん》の『本草綱目《ほんぞうこうもく》』が詳細に指摘し、江戸時代においても人見《ひとみ》必大《ひつだい》の『本朝食鑑《ほんちょうしょっかん》』(元禄十年刊)などの本草書や寺島良安の百科事典『和《わ》漢三才図《かんさんさいず》会《え》』(正徳五年跋刊)などがその毒性について警告を発している。江戸時代の俳諧や川柳そして随筆などには、例えば芭蕉に「あら何ともなやきのふは過ぎてふくと汁(河豚の味噌汁)」という句があるように、河豚の毒を警戒しながらも危険を冒して河豚を食べる句や、河豚の毒によって命を失った実話なども数多く残されており、新井白蛾《あらいはくが》の随筆『牛馬問《ぎゅうばもん》』（宝暦六年刊）には、「河豚は……腹中の脺《りつ》（脂肪）を西施乳といふ。是は西施が美にして国を乱るを、此魚の味ひ美にして毒あるに比するなるべし」と記されている。

漢詩においても、河豚の美味しさや危険性は美女西施と結びつけて詠まれた。唐・宋詩の選集である『聯珠詩格《れんじゅしかく》』の巻十八に宋の洪駒父《こうくふ》の「西施乳」と題する、次のような詩が収められている。

蔞蒿短短荻芽肥　　蔞蒿短短《ろうこうたんたん》として荻芽《てきが》肥《こ》ゆ
正是河豚欲上時　　正《まさ》に是《こ》れ　河豚《かとん》　上《のぼ》らんと欲《ほっ》する時《とき》
甘美遠勝西子乳　　甘美《かんび》　遠《とお》く西子《せいし》が乳《ちち》に勝《まさ》れり
呉王当日未曽知　　呉王《ごおう》　当日《とうじつ》　未《いま》だ曽《かつ》て知《し》らず

この詩には『聯珠詩格』の編者蔡正孫《さいせいそん》の、河豚と西施との取り合わせを解説する次のような評文が付されている。「甚だしき美は必ず甚だしき悪なり。河豚の味の美、呉人《ごひと》これを嗜みて其の軀《からだ》を喪《うしな》ふ。西施の色の美、呉王これを嗜みて其の国を亡ぼす。哀しいかな」と。ちなみにこの詩の前半二句は、日本では河豚の旬は冬であるのに対し、河豚の種類の異なる中国では旬の季節は春であることから、「蔞蒿」(よもぎ)や「荻芽」とともに詠まれたのである。
江戸時代前期の詩人秋山玉山《あきやまぎょくざん》に、「河豚行《かとんこう》、戯れに岡士騏《おかしき》に示す」(『玉山先生詩集』巻二)と題する、次のような古詩がある。

前有三尺魚
後有一坏土
達士由来帝県解
視死甜於西施乳
寒冬十月雪作花
虎斑豚魚味方美
酔将西施葬人腹
笑殺魚腹埋屈子
君不見呉王白日正酣歌
越来之渓為血水

前《まえ》に三尺《さんじゃく》の魚《うお》有《あ》り
後《うしろ》に一坏《いっぽう》の土《つち》有《あ》り
達士《たっし》は由来《ゆらい》　帝《てい》の県解《けんかい》
死《し》を視《み》ること　西施《せいし》の乳《ちち》より甜《あま》し
寒冬十月《かんとうじゅうがつ》　雪《ゆき》　花《はな》を作《な》し
虎斑《こはん》の豚魚《とんぎょ》　味《あじ》　方《まさ》に美《び》なり
酔《よ》ひて西施《せいし》を将《も》つて人腹《じんぷく》に葬《ほうむ》る
笑殺《しょうさつ》す　魚腹《ぎょふく》の屈子《くっし》を埋《うず》むることを
君見《きみみ》ずや　呉王《ごおう》　白日《はくじつ》　正《まさ》に酣歌《かんか》し
越来《えつらい》の渓《たに》　血水《けっすい》と為《な》る

又不見呉王三尺魚腸剣
血濡一縷人立死

又《ま》た見《み》ずや　呉王《ごおう》　三尺《さんじゃく》　魚腸《ぎょちょう》の剣《けん》
血《ち》　一縷《いちる》を濡《ぬら》せば　人《ひと》立《た》ちどころに死《し》するを

「三尺魚」とは河豚のことである。三尺とはいささか大きいが、後の句の「呉王三尺魚腸剣」というのに対応させたからであろう。「一坏土」は墓地をいう。「帝県解」は『荘子』養生主を典拠にして、生死を超越すること。「将西施葬人腹」は河豚を食べること。「屈子」は戦国時代の楚の政治家屈原《くつげん》。讒言《ざんげん》にあって遠ざけられ、汨羅《べきら》の淵に身を投げて死んだので「魚腹埋」なのである。「越来之渓」は西施が越からやって来た美女であることをいい、呉王夫差がその西施に溺れて身を滅し血を流したことを「為血水」と比喩したのである。「魚腸剣」は宝剣の名だが、ここは人を害する河豚の猛毒をいう。

河豚は安価だが危険なため、江戸時代の早い時期には命知らずの下層階級の人々が食べるものだった。しかし、食用にする人が次第に多くなって、一般の町人や武士なども口にするようになり、初めは一尾が銭十二文程度（今の二百五十円ほど）の下魚だったが、後には一尾が銭二、三百文（今の四千〜六千円ほど）にも高騰したという（三《み》田《た》村《むら》鳶魚《えんぎょ》「庶民の食物志」）。

そのうち河豚を好んで食べるような大名も現われた。香川修庵の医書『一本堂薬選《いっぽんどうやくせん》』続編

(元文三年序刊)には、河豚好きの大名とその主君に諫言した家臣の話が見えている。『一本堂薬選』ではこの大名が誰かは明かされていないが、西山拙斎《にしやませっさい》の『間窓瑣言《かんそうさげん》』では尾張侯のこととして、『一本堂薬選』の記事をリライトしている。リライトされた話の大筋は次のようなものである。

尾張名古屋藩の藩侯は河豚が好きだった。家臣たちは、主君がもし河豚にあたって死んでしまったならば、お家断絶になると心配して、主君に河豚を食べるのを止めるよう諫めていた。尾張侯は河豚に毒があるかどうかを確かめてから、河豚を食べるのを止めるか止めないかを決めることにしようと言った。そこで河豚に毒があるかどうかを試すために、河豚を食べても死ななければ無罪放免にしようと伝えて、死刑囚二人に河豚を食べさせることにした。家臣は河豚を食べた者が死ねば、主君も考えを改めるであろうと思い、腐敗した河豚の身を皮や血や内臓と一緒に煮て、死刑囚二人に食べさせた。ところが二人の死刑囚は死ななかった。家臣たちは目論見が外れてがっかりしたが、案に相違して、尾張侯は家臣に対して河豚を食べるのはもう止めると宣言した。その理由とは、河豚にはもともと毒は無く、食べた人が死ぬのは、腐敗した身を不適切に調理したからだと自分は思っていた。しかし、今回、腐敗した河豚を不適切な調理で食べさせたにもかかわらず、二人の死刑囚は死ななかった。そのことで、河豚には人に知られていない大毒があって、それが時に人を死に至らしめるのだということが分かった。たまたまその大毒にあたれば、自分も取り返しのつかないことになると気づいたので、河豚を食べるのを止めることにしたと言った。家臣たちは感涙に咽び、二人の死刑囚は約束通り無罪放免になったという。

もう一つ、大名と河豚についての話を紹介しておこう。平戸藩主松浦《まつら》静山《せいざん》の随筆『甲子夜話《かっしやわ》』巻五十九に書き留められた話である。ある藩の隠居した老侯が遊里に出かけて妓楼に上がり、河豚汁を所望した。妓楼の主人は河豚は下賤の食べ物で、毒の恐れもあるからと一旦は断ったが、どうしてもということなので、已むを得ず干し魚を河豚に紛うように調理して、老侯と家来衆に出したということだった。ところが実は老侯には本当の河豚を出し、家来衆には干し魚の河豚もどきを出していた。本当の河豚を老侯に出したのは、河豚汁は美味だったという老侯のお褒めに与りたいと思ったからであるが、家来衆に河豚もどきを出したのは、老侯が河豚毒にあたった時に、老侯にお出ししたのは家来衆と同じ河豚もどきだったのに、河豚の毒にあたったとは考えられないと言い逃れるためだったという。こうした妓楼の主人の奸計に対し、静山は憤慨の言葉を書き加えている。

ちなみに尾張名古屋藩に近い伊勢長島藩の増山正寧《ましやままさやす》侯（号は雪園、前話「虫めづる殿様」の増山雪斎《せっさい》の男《むすこ》）も河豚好きだったのか、侯の詠んだ次のような律詩が『五山堂詩話』巻七（文化十年刊）に収められている。

河豚歎
河豚雖有毒
人不復論銭
拚命無猶豫
争飧只要先
飽餘腸似火
酔後骨如綿
謚汝西施乳
此心非偶然

河豚《かとん》の歎《なげ》き
河豚《かとん》　毒有《どくあ》りと雖《いえど》も
人《ひと》は復《ま》た銭《ぜに》を論《ろん》ぜず
命《いのち》を拚《す》てて猶予《ゆうよ》無《な》く
飧《さん》を争《あらそ》ひて只《た》だ先《さき》んずることを要《よう》す
飽余《ほうよ》　腸《はらわた》は火《ひ》に似《に》て
酔後《すいご》　骨《ほね》は綿《わた》の如《ごと》し
汝《なんじ》に西施乳《せいしにゅう》と謚《おくりな》す
此《こ》の心《こころ》　偶然《ぐうぜん》に非《あら》ず

身分を問わず、大名でさえ河豚を口にする人が多くなり、年々河豚の毒によって命を落とす人が増えていった。そうした現実に対して、河豚で命を落とすというのは、親から貰った身体を粗末にするという親不孝の罪、主君のために役立てるべき命を無駄にするという不忠義の罪を犯すものとして、幕府や藩は時折り河豚の売買禁止や食用禁止のお触れを出した。河豚禁止令はとくに長門萩藩と尾張名古屋藩で厳しかったという。長門萩藩には河豚の本場の下関があり、河豚を食用にすることがとりわけ多かったからであろう。尾張名古屋藩が厳しかったというのは、先の『一本堂薬選』の話と関係するところがあるのかもしれない。

文政元年(一八一八)三月に下関に滞在した頼山陽は、「赤関《あかまがせき》の人は河豚を食らふ。婦人・小児と雖も皆な然り。旅客の敢えて食らはざるを視て、嗤《わら》ひて以て怯《きょう》(臆病)と為す。余、甘んじて嗤笑《ししょう》(あざ笑い)を受けて、食らはざるなり」(「赤関竹枝稿本の後に書す」)と記している。「赤関《あかまがせき》」は下関のことである。長門萩藩の藩医賀屋澹園《かやたんえん》は、「河豚は毒魚なり。食用に列すべきものに非ず」として、河豚の毒についての本草学的な知見をまとめ、その毒の恐ろしさと解毒法を解説する『河豚談《ふぐだん》』(文政十三年序刊)という専著を出版した。この書のなかにも、「西施乳と云は其腹腴《つちすり》を呼《よぶ》ことなれども、是亦《これまた》密淫の譬《たとえ》に近似せり」という記述が見られる。「腹腴《つちすり》」というのは、魚の腹の肥えたところをいう。

しかし、賀屋澹園の警告にもかかわらず、長門萩藩では幕末期になっても河豚は好んで食べられた。下関の豪商で尊王攘夷の志士たちを支援した白石正一郎の「日記」(『白石家文書』)には、

「ふくにて一酌」という記事がしばしば見られるほか、長門萩藩と豊前小倉藩との間が戦争状態になり、その後講和がなされた慶応三年(一八六七)一月十七日の記事には、「昼過より小くら藩ふくにて饗応」とある。戦後処理のため小倉藩からきた役人をフグ料理でもてなしたのである。但し、この饗応の「ふく」(下関では河豚は「ふぐ」と濁らず、「ふく」と発音した)がどのように調理されたものだったのかは明記されていない。

河豚の調理法については、江戸時代初期の『料理物語』に「ふくたう。汁・杉焼・でんがく・ひふく色色」と記されているように、幾つかの調理法があったが、芭蕉も句に詠んだように味噌仕立ての汁物にするのが一般的だった。これは幕末に至るまで河豚の食べ方の主流であり、生の刺身で食べるのは、少なくとも江戸や上方《かみがた》においては一般的ではなかった。ところが右の『河豚談』には、「凡そ其食法、鍋焼《なべやき》にするもあり、味噌羹《みそしる》にするもあり、或は鮮《せん》を撃《う》つ所もあり」という記述が見られる。「鮮《せん》を撃《う》つ」というのは生を刺身にすることである。長門国辺りでは、江戸時代後期になると河豚を刺身にして食べるところもあったということを示している。今ではフグ刺しはフグ料理の主役になっているが、フグ刺しを主役とするフグのフルコースが一般的になったのは案外に遅く、昭和も戦後になってからだという(青木義雄『ふぐの文化』)。

『詩本草』では「西施乳《せいしにゅう》」の次に、江瑶柱の艶称として「西施舌《せいしぜつ》」という呼称が挙げられている。江瑶柱については、『本朝食鑑』(元禄十年刊)、『本草綱目啓蒙』(享和三年〜文化三年刊)、『魚鑑《うおかがみ》』(天保二年刊)などはいずれもタイラギ貝を当て、炙《あぶ》っても、烹《に》ても、生《なま》でもどれも美味だとするが、西施舌という艶称についての記載はない。西施舌という艶称が見えるのは、宋の胡仔《こし》の『苕渓漁隠叢話《ちょうけいぎょいんそうわ》』後集・巻二十四・梅都官に、「詩説雋永《しせつせんえい》に云はく、福州嶺口に蛤の属有り。西施舌と号す。極めて甘脆《かんぜい》なり」、また清の李漁《りぎょ》の『間情偶寄《かんじょうぐうき》』巻十二・零星水族にも、「海錯《かいさく》の至美、人の艶羨《えんせん》する所にして食ふを得ざる者、閩《びん》の西施舌・江瑶柱の二種為り。西施舌は予既にこれを食ふ。独り江瑶柱は未だ一嘗を獲ず」などと見えている。『間情偶寄』では同じ貝類であっても西施舌と江瑶柱とは別物とし、『苕渓漁隠叢話』後集では西施舌は蛤の一種の呼称としており、一定しない。

蛤あるいはタイラギ貝の艶称としての西施舌は詩にも詠まれており、宋の呂本中《りょほんちゅう》には「西施舌」と題する七言絶句があり、同じく宋の王十朋《おうじゅうほう》の「呉宗教《ごそうきょう》に西施舌を恵まれ、戯れに三絶を成す」詩その二には、「珍庖自《ちんぽうおの》づから西施舌有《せいしぜつあ》り」という詩句が見られる。江戸時代の詩人では梁川星巌《やながわせいがん》の『星巌集』乙集・巻一に、ある日、料理人から「西施舌」と「太真乳」の二品を薦められてそれぞれを詩に詠んだとして、「西施舌」「太真乳」と題する七言古詩各一首を収めている。そして、その「西施舌」の詩には、「陳懋仁《ちんぼうじん》の泉南雑記《せんなんざっき》に、西施舌、殻《から》は蛤に似て長し。外色は氷蚌《ひょうぼう》の殻の若し。内色は孔翠《こうすい》の如し。肉は白くして乳に似、形は酷《はなは》だ舌に肖《に》たり。闊《ひろ》さは約《ほ》ぼ大指、長さは二寸に及ぶ。味は極めて鮮美なり。舌には本と数肉条有りて鬚の如し。是れは其の飲処《いんしょ》なり」という典拠に及ぶ注が付けられている。蛤あるいはタイラギ貝には毒はないので、西施舌という呼称はもっぱら色や形状やその美味しさによるものだったのであろう。

問題は牡蠣の艶称としての「太真乳」である。現在の生物学的な研究によれば、牡蠣は生涯において雄になったり雌になったり何度も性が換わり、時には雌雄同体の場合もあるという（キャロライン・ティリー『牡蠣の歴史』）が、ここでの問題はそのことには関わらない。気になるのは、如亭は何を典拠にして牡蠣に太真乳という艶称があるとしたのかということである。『詩本草』の文中にその典拠は示されていない。そこで、辞書、類書、索引、本草書などをあれこれと手当たり次第に調べてみたが、牡蠣を太真乳と称した例は見出せなかった。ただ、わずかに清代の長篇小説『紅楼夢』第五回に、「安禄山擲過傷了太真乳的木瓜」（安禄山《あんろくざん》が楊貴妃に投げつけてその乳を傷つけたという木瓜《ぼけ》の実）という例があったが、これは楊貴妃の乳房そのものを言っているのであって、牡蠣の艶称としての太真乳ではない。

実は江戸漢詩においても太真乳が詠まれた詩は、右に示した梁川星巌の「太真乳」以前には見出せない。この詩の中で星巌は「太真乳」を次のように詠んでいる。

君不見開元天子全盛日
日日後宮事嬉春
太真玉乳飽禄児
餘汁入海化不泯

君《きみ》見《み》ずや　開元《かいげん》の天子《てんし》　全盛《ぜんせい》の日《ひ》
日日《ひび》　後宮《こうきゅう》　嬉春《きしゅん》を事《こと》とす
太真《たいしん》の玉乳《ぎょくにゅう》　禄児《ろくじ》を飽《あ》かしむ
余汁《よじゅう》　海《うみ》に入《い》りて化《か》して泯《ほろ》びず

安禄山《あんろくざん》は唐の玄宗皇帝の寵妃楊貴妃（太真）の養子となり、赤ん坊の真似をしたので「禄児」と呼ばれた。その太真の「玉乳」のお蔭で、安禄山は皇帝に重用され権力を恣《ほしいまま》にしたが、その結果ついに乱を起こし、乱中に太真も命を失うことになった。その太真の「玉乳」の「余汁」が海に入って牡蠣に化したというのである。まさに牡蠣は海のミルクというわけだが、しかし、星巌の詩「太真乳」の注記には、太真乳という艶称の典拠は示されていない。「西施舌」の詩の注記には西施舌という艶称の典拠が示されているにもかかわらずである。

結論的に言えば、星巌が用いた太真乳という艶称の出どころは、『詩本草』の記事ではなかったかということである。『詩本草』の著者如亭は文政二年（一八一九）に没した。星巌は生前の如亭と親しく、如亭から遺稿の出版を託されていた。『詩本草』は遺稿として如亭没後三年の文政五年に出版された。その原稿を整理・校定し、出版のために奔走したのは星巌だった。星巌の「西施舌」「太真乳」の記述は一字一句、星巌の頭の中に入っていてもおかしくなかった。『詩本草』の記述は一字一句、星巌の頭の中に入っていてもおかしくなかった。星巌の「西施舌」「太真乳」の二詩は詩集中の排列からして、おそらく文政五年すなわち『詩本草』出版の時と相前後して詠まれたと推測される。星巌は『詩本草』出版に向けて如亭の草稿を整理していた時に、初めて牡蠣の艶称としての「太真乳」という言葉に出会ったのではあるまいか。

不徹底な調査と乏しい知見に基づく推測によるものなので甚だ心許ないが、牡蠣に与えられた太真乳という艶称は、もともと知られていた河豚の西施乳、蛤あるいはタイラギ貝の西施舌という艶称に触発された如亭が、『詩本草』執筆中に新たに思いついて書き加えたものだったのではないだろうか。もしそうであるならば、太真乳という牡蠣の艶称が『詩本草』以前には遡らないことも納得できるのである。太真乳という牡蠣に与えられた艶称は、「色食《しきしょく》は性《せい》と成《な》る」（葛西因是《かさいいんぜ》「柏山人碑」）と評され、食欲と色欲との相関性に人一倍敏感だった詩人柏木如亭ならではの戯れだったのではあるまいか。

Ⅳ　人生のいろどり

牛鍋以前

歌川広重『名所江戸百景』「びくにはし雪中」

「士農工商老若男女、賢愚貧福おしなべて、牛鍋食《うしなべくわ》ねば開化不進奴《ひらけぬやつ》」というのは、仮名垣魯文作『安愚楽鍋《あぐらなべ》』（明治四〜五年刊）の有名な一節である。牛鍋は西洋的な文明開化を象徴する新たな食として、明治初期に大いに流行した。同書に「火鉢の鍋のうちは、正肉《しょうみ》は喰《くい》つくし、五分切《ごぶぎり》の葱《ねぎ》がたれ味噌と合併《がっぺい》して、かなへに沸《にえ》る」とあるように、牛鍋は味噌だれで牛の生肉と葱を煮て食べるというのが基本だったようだが、「生《なま》の最上《さいじょう》をすき焼《やき》だねにして、四人《よにん》まへ、……すき焼《やき》を食《しめ》たあとで、葱《ねぎ》の湯《ゆ》どふしをあがツてごらうじろ、極西洋《ごくせいよう》でござへスからサ」や「ヲイ〳〵、あねへ、親方にラウスを、大切《おおぎり》にして、焼鍋《やきなべ》を一枚《いちまい》、あつらへてくんな。そして、此お客は煮たのが、いゝと云から、タレ抜《ぬき》のスウプへ、みりんと醬油《しょうゆ》をおとして、よく煮てくんな」というような場面も描かれているので、調理法にはいくつかのバリエーションもあったと推測される。注目されるのは、その一つを「すき焼《やき》」と言っていることである。従来、関東では牛鍋、関西ではすき焼きといったとされているが、牛鍋とすき焼きを地域的な呼称の違いと考えてよいのかどうか、一考を要するところかもしれない。

ともあれ、「此牛肉チウ物は、高味《こうみ》極まるのみならず、開化滋養の食料《しょくりょう》でござるテ」ということで、「煮焼《にやき》て一鍋《ひとなべ》三百銅《どう》」という一般庶民にはかなり高価な料理であったにもかかわらず、従来の「鰻の蒲焼・骨《ほね》抜きどぜう柳川流《やながわりゅう》の出来《でき》合店《あいみせ》」までが相次いで牛鍋屋に商売替えするほどの流行を見た。それでは、牛鍋が流行した文明開化以前の日本人の牛肉食の実態はどのようなものだったのであろうか。江戸時代において、牛肉食も含めて広く獣肉食の実態はどうであったのか、関係史料を探索してみたいと思う。

『安愚楽鍋』に登場する西洋かぶれの中年男は次のように捲《まく》し立てている。

追々我国も、文明開化と号《い》ツて、ひらけてきやしたから、我々までが、喰ふやうになつたのは、実《じつ》にありがたいわけでゴス。それを未だに、野蛮の弊習と云ツて子《ね》、ひらけねへ奴等が、肉食をすりやア、神仏《しんぶつ》へ手が合されねへの、ヤレ穢《けが》れるのと、わからねへ野暮《やぼ》をいふのは、窮理学《きゅうりがく》を弁《わきま》へねへからの、ことでげス。

明治維新以前、日本では肉食をすると「穢《けが》れる」という禁忌の観念が強かった。原田信男は、「日本における食肉の禁忌はその萌芽が弥生時代後期に見られ、やがて律令国家の時代から、稲作との関連で肉食を忌む傾向が強まった」とし、「中世という時代を通じて肉を穢れとする意識が徐々に浸透」し、その観念は江戸時代に至って「最高潮に達した」と展望している（『江戸の食生活』）。

古代日本における獣肉食の禁忌を法令化したものとして名高いのが、『日本書紀』に載る天武四年（六七五）四月十七日に諸国に出された、次のような殺生禁断・肉食禁止の詔《みことのり》である。

> 今《いま》より以後《のち》、諸《もろもろ》の漁猟者《すなどりかりするひと》を制《いさ》めて、檻穽《おりしあな》を造《つく》り、機槍《ふみはなち》の等《ごと》き類《たぐい》を施《お》くこと莫《まな》。亦《また》四月《うづき》の朔《ついたちのひ》より以後《のち》、九月三十日《ながつきのみそかのひ》より以前《さき》に、比彌沙伎理《ひみさきり》・梁《やな》を置《お》くこと莫《まな》。且《また》牛《うし》・馬《うま》・犬《いぬ》・猨《さる》・鶏《にわとり》の宍《しし》を食《くら》ふこと莫《まな》。以外《そのほか》は禁《いさめ》の例《かぎり》に在《あ》らず。若《も》し犯《おか》すこと有《あ》らば罪《つみ》せむ。

その後、仏教が社会に浸透するようになって、仏教の殺生禁断の教えは、日本における獣肉食禁忌の観念をいっそう強化することになった。しかし、獣肉食が根絶したわけではない。江戸時代においても野生の獣や野鳥を捕獲して食べることは、広範囲に行なわれていた。江戸時代の料理本の先駆けともいうべき寛永二十年（一六四三）刊の『料理物語』第五獣之部には、鹿、狸、猪、兎、川うそ、熊、犬の調理法が記されており、いわゆるジビエの料理は必ずしも珍しいものではなかった。狩猟で捕獲された野生の獣や野鳥を売買し、それらを食べさせる店も江戸時代には各地に存在していた。

貞享三年（一六八六）刊の『雍州府志《ようしゅうふし》』巻六・土産門《どさんもん》上・魚鳥部に、「鹿猪幷兎　一条堀河の西に屠人《とじん》有り。冬に至りて麋鹿《びろく》幷に野猪、家猪、狼、兎、の類を屠《ほふ》りて、之を販《ひさ》ぐ。故に是の処を鹿屋《ししや》町と謂ふ」とあって、当時京都の市中に獣店があったことが分かる。また、『嬉遊笑覧《きゆうしょうらん》』巻十上・飲食には、かなり曖昧な書き方だが、延宝・天和（一六七三〜一六八四）頃には、江戸の四谷に獣市が立ったという。その後、享保三年（一七一八）には江戸の両国に豊田屋という屋号の獣肉料理店ができたといわれ、また江戸市中の麹町平河町に甲州屋、さらには神田松下町などにも獣肉を供する店ができて、それらは「山奥屋」とか「ももんじ屋」とか呼ばれるようになった。そのような店で供された獣肉は、従来からの獣肉食の禁忌を意識して、表向きには滋養強壮のための特別な薬喰《くすりぐ》いとされた。

江戸時代後期から幕末期にかけて、獣肉食はいっそうの広がりを見せるようになった。『守《もり》貞謾稿《さだまんこう》』の「山鯨《やまくじら》」の項は、次のように記されている。

今世、獣肉割烹の店、招牌《かんばん》の行燈《あんどん》等には必ず山鯨と記す事、三都然り。蓋《けだし》獣肉、上古皆食レ之、……大略天保以来漸《ようや》くに昌《さか》ん也。余幼年の時は、大坂本町橋西辺に、黄昏より橋辺に草莚《くさむしろ》をしき、猪鹿の肉および股を並べ売レ之者、必小穢多也。天保以来、簀張《よしずばり》店等にて烹二売之一也。今世、京坂とも端街に専ら売レ之。今は葭簀張店のみに非ず、小店にて烹売する由也。江戸は特に多く売レ之。三都ともに葱を加へ鍋煮也。

そして、獣肉を供する店の天保期の繁昌を活写するのが、寺門静軒『江戸繁昌記』初篇(天保三年刊)「山鯨」である。もともとこれは漢文体の作品であるが、その一部を書き下しで紹介しておこう。

凡そ肉は葱《ねぎ》に宜《よろ》し。一客一鍋《いっか》。火盆《ヒバチ》を連ねて供具《きょうぐ》す。大戸《ゼウゴ》は酒を以てし、小戸《ゲコ》は飯を以てす。火活して肉沸く。漸《ようや》く佳境に入る。正に是れ樊噲《はんかい》肉を貪《むさぼ》りて、死も亦《また》辞せず。花和尚《おしょう》酔へり。争論大いに起こる。鍋の値約《あたいおおむ》ね三等あり。小なる者は五十銭、中にして百銭、大は則ち二百。近歳、肉の価《あたい》漸く高し。略《ほぼ》鰻鱺《ウナギ》と頡頏《けっこう》す。然れども其の味は甘脆《かんぜい》。且つ功験の速《すみ》やかなる、人孰《いず》れか値を論ぜん。其の獣は則ち猪・鹿・狐・兎・水狗《カハオソ》・毛狗《オオカミ》・子《ク》路《マ》・九尾羊《カモシカ》等の物、倚畳《いじょう》してあり。

このような店で獣肉鍋を食べて気炎を上げたのは、樊噲や花和尚(魯智深)のようなアウトロー的な乱暴者たちであり、猪や鹿や兎などの野生の獣が供され、家畜として飼われて農耕や運搬の役に使われていた牛や馬の肉は、あまり供されることはなかったようである。しかし、こうした獣肉店で取り扱った野生の獣肉を牛肉に置き換えれば、その食べ方といい、店の雰囲気といい、文明開化の象徴とされた牛鍋屋とそれほど変わるところはない。

それでは、江戸時代には野生の獣肉を食べることはあっても、牛肉や豚肉という家畜の肉を食べることはなかったのか。あったとしても、それはたいへん特殊な場合だったのであろうか。浜田義一郎先生の『江戸たべもの歳時記』によれば、『柳多留《やなぎだる》』初編(明和二年刊)に「外科殿の豚は死に身で飼はれてる」という句があるのは、研究熱心な医者が解剖用に豚を飼っていたからだとされているが、解剖後の豚が食用に供されたかどうかは分からない。ただ、佐藤信淵の『経済要録』(文政十年刊)に、薩摩藩邸では豚を飼育していたと記されているのは、食用に供されたからであろう。平戸藩の老侯松浦静山《まつらせいざん》の随筆『甲子夜話《かっしやわ》』巻五十六に、静山の友人であった大学頭《だいがくのかみ》林述斎が、薩摩藩の老侯島津斉宣から江戸高輪の藩邸に招かれた時の饗応の菜単(メニュー)が書き写されている。その中に「第三碗　筋豚《スヂブタ》」というのが見えている。豚の細切り肉の料理だったのであろうか。

近世における豚肉食についての早い時期の記録としては、水戸藩に招かれて水戸光圀の儒学の師となった、明国からの亡命帰化人朱舜水《しゅしゅんすい》が大村加卜《かぼく》に宛てた次のような漢文書簡「大村加卜に与ふ」(『朱舜水全集』巻十二)がある。書き下して紹介しよう。

太牢《たいろう》の滋味、以て藜《あかざ》を羹《あつもの》にし糗《ほしいい》を飯《めし》とするの腹を果す。誠懼《せいく》、相称《あいかな》はず。且つ聞く、滌《でき》の時に在りては、豢養備《かんようつぶさ》に至り、薬餌兼ねて施すは、王武子《おうぶし》の豚なりと。止《ただ》に生芻《せいすう》一束のみに非ず、此の似《ごと》き佳品、貺《たま》ふに一臠《いちれん》を以てす。深く厚愛を銘ず。

「太牢《たいろう》」とは、儒教の釈奠《せきてん》の祭祀の時などに供えられる犠牲《いけにえ》の牛・羊・豚をいい、特に牛を指すこともあるが、後に「王武子《おうぶし》の豚」と記されているので、ここは豚肉であろう。「藜《あかざ》を羹《あつもの》にし糗《ほしいい》を飯《めし》とするの腹」とは、粗食に慣れている腹。「滌《でき》」とは、犠牲の動物を養い育てること。「豢養《かんよう》」は、家畜を養う。「王武子《おうぶし》の豚」というのは、晋の王済(武子は字《あざな》)が馬を飼うのに立派な馬場を作ったという故事(『蒙求』武子金埒)を踏まえて、立派な施設で育てた豚をいうのであろう。「生芻《せいすう》一束」は、『詩経』小雅・白駒を踏まえて、新鮮な野菜一束をいう。「一臠《いちれん》」は、一切れの肉。朱舜水は天和二年(一六八二)に八十三歳で没するが、その舜水が豚肉を贈られて書いた礼状である。

幕末期の江戸で豚が普通に食べられていたことは、紀州藩江戸藩邸の勤番侍による万延元年(一八六〇)の日記『酒井伴四郎日記』によって知られる。この年二十七歳の伴四郎は、八月二十五日に平川天神参詣の帰途、風邪気味なので薬代わりに酒を一杯呑もうと豚の生肉を百文買ったことが記されている。さらに十月二十五日にも、参詣に出かけた「黒田之天神」の社前の店で、「どぜう・ぶた鍋」で酒二合を呑んでいる。この「どぜう・ぶた鍋」というものがどのような料理か詳しくは分からないが、豚肉の入った鍋ものを提供する食べもの屋があったということを示している。『守貞謾稿』には「其招牌《かんばん》たる行燈《あんどん》に墨書して白琉球鍋、又獣肉としやも鶏と兼《かね》て売る者もあり」と記されていて、江戸の市中には「琉球鍋」と称して豚鍋を供する店があった。ちなみに江戸幕府最後の将軍に就任する一橋慶喜は豚肉を好んだことから、陰で「豚一様《ぶたいち》」と呼ばれたという。

同じ家畜の肉でも、牛肉の場合はどうだったのであろうか。江戸時代初期における牛肉食の具体例が記されている史料に『国史館日録』がある。幕府の修史事業であった『本朝通鑑《ほんちょうつがん》』編集のため、林家二代目の当主で編集総裁となった林鵞峰《はやしがほう》は寛文四年に上野忍岡《うえのしのぶがおか》に国史館を創設した。その編集総裁鵞峰の口述を門人が筆記した漢文体の編集日記が『国史館日録』である。

これに見られる牛肉食の記事については、小菅桂子『水戸黄門の食卓』にすでに紹介されているが、もう少し詳しく見ておきたい。『本朝通鑑』の編集が大詰めに入った寛文九年(一六六九)十二月十三日に、次のような記事がある。

水戸相公、牛肉一器を賜ふ。村顧言《そんこげん》、使者為《た》り。……今夜、顧言、『左伝』を読む。戌《いぬ》の刻に及び二十葉に至る。暫く休む。春常《しゅんじょう》と牛羹《ぎゅうこう》を喫し、顧言伴食《ばんしょく》す。……又牛羹詩を作り、顧言に授く。

水戸相公は水戸光圀。彰考館を設置して『大日本史』編纂に着手していた光圀は、『本朝通鑑』の編集に携わっていた林鵞峰と親しかった。『本朝通鑑』の編集作業を労って、光圀が林家の門人中村顧言(「村」は姓の中村を一字にしたいわゆる修姓)を介して「牛肉一器」を贈ってくれた。「戌《いぬ》の刻」すなわち午後八時頃、鵞峰は貰った牛肉で牛の羹《あつもの》(スープ)を作らせて息子の春常(号を鳳岡《ほうこう》)と賞味し、顧言にも相伴させた。そして、「牛羹詩」を作って顧言に与えたというのである。

さらに、『国史館日録』にはその後数日にわたって牛羹の記事が見られる。

十四日「牛羹を喫し、安成《あんせい》伴食す。」
十五日「今夜は節分。清隆、豆を打つこと例の如し。戌の刻、春常と牛羹を吃《きっ》す。」
十六日「是に於いて牛を喫し伴食す。此間、龍泉《りゅうせん》、坐に在り。故有りて牛羹を喫すること能はず、殆ど大嚼《たいしゃく》するに至り、以て一笑を催す。」
十九日「晩炊、春常と牛羹を喫し、安成を召して伴食せしむ。水戸君の賜ふ所の牛肉、今に至り七日にして尽く。」

安成、清隆、龍泉はいずれも林家の門人である。龍泉が牛羹を喫することができず、殆ど大嚼していたというのは、牛肉を嚼むばかりで呑み込むことができなかったというのであろうか。龍泉には牛肉に対する禁忌の意識が強くあって、呑み込むことができなかったということかもしれない。

ここにいう牛肉を喫した鵞峰が顧言に与えた「牛羹詩」というのは、おそらく『鵞峰林学士詩集』巻八十四に収める次の七言絶句のことである。

喫牛羹示顧言
遮莫斉桓盟歃血
何論漢祖罵分羹
牢珍一味悦吾口
欲把経書理義評

牛羹《ぎゅうこう》を喫《きっ》して顧言《こげん》に示《しめ》す
遮莫《さもあらば》あれ　斉桓《せいかん》の盟《ちか》ひて血《ち》を歃《すす》るを
何《なん》ぞ論《ろん》ぜん　漢祖《かんそ》の罵《ののし》りて羹《あつもの》を分《わ》かつを
牢珍一味《ろうちんいちみ》　吾《わ》が口《くち》を悦《よろこ》ばしむ
経書《けいしょ》の理義《りぎ》を把《と》りて評《ひょう》せんと欲《ほっ》す

起句は、春秋時代斉の桓公が諸侯と葵丘《ききゅう》に会盟して覇者となり、盟約のしるしに犠牲の牛の血を歃《すす》ったことをいう。また承句は、前漢の高祖劉邦がまだ漢王だった頃、広武で楚王の項羽と対峙した時のこと、項羽の陣では食料が乏しくなったので、項羽は人質に取っていた劉邦の父を烹《に》て食料にするぞと劉邦に告げて降服を迫った。すると劉邦は、あなたと私は義兄弟の契りを結んでいるので、自分の父はあなたの父でもある。あなたが自分の父を烹て食べるというのなら、私にも「一桮《いっぱい》の羹《あつもの》」を分けてくれと返答したという故事をいう。転句と結句では、そんな歴史上のことはどうでもよいから、私の口を悦ばせた「牢珍《ろうちん》」(牛肉の珍味)を、儒書のいう義理の観点から品評してみたいと、いかにも朱子学者らしい冗談にしたのである。

元禄十年(一六九七)刊の『本朝食鑑』獣畜部の「牛」の項に、「気を補ひ、血を益《ま》し、筋骨を壮んにし、腰脚を強くし、人をして肥健なら令《し》め、諸虚百損《しょきょひゃくそん》、之を用ひざること無し。大に腸胃を補ひ、以て停痰積血《ていたんせきけつ》を消逐《しょうちく》して、周流《しゅうりゅう》せずといふこと無し。最も畜中の上品なり」とあり、牛肉は薬喰いとしてはもっとも効能のあるものとされていた。林家においても表向きは厳冬を乗り切る養生食として牛肉を口にしたのであろうが、「吾《わ》が口《くち》を悦《よろこ》ばしむ」と詩に詠んでいるように、やはり美味しい食べものとして認識されていたのである。

先に触れたように、儒教の祭祀である釈奠《せきてん》の時には、太牢（牛・羊・豚の犠牲）を供え、祭祀の後にはそれらを共食した。牛は儒教の祭祀のお供え物だったこともあって、儒者たちには牛肉に対する禁忌の観念は稀薄だったので、すでに江戸時代の早い時期に、水戸光圀が林鵞峰に牛肉を贈り、林家ではそれを賞味して詩に詠むというような事態が起こっていたのである。また、大名家と牛肉との関係でよく知られているのは、彦根藩では牛肉を味噌漬けや粕漬けあるいは干し肉などに調製し、それらを薬用として将軍家に献上したり、付き合いのあった松平定信や水戸の徳川斉昭など諸大名への贈り物にしていたことである。

このほか、松尾雄二「文献にみる江戸時代の牛肉食について」（『畜産の研究』六十八巻二号）を参照し、そこに漏れた記事を補いながら、江戸時代における牛肉食の広がりを概観することにしたい。

まず、延宝三年(一六七五)刊の俳諧集『談林十百韻《だんりんとっぴゃくいん》』に、次のような付合《つけあい》の句が見られる。

肉食《にくじき》に牛も命やおしからん　　一朝

はるかあつちの人の世中《よのなか》　　一鉄

薬喰いという建前で牛肉を口にした日本人と違って、「はるかあつちの人」すなわち遥か遠方に住む紅毛人たちは牛肉を常食しているので、牛もよほど命が惜しかろうというのである。

江戸漢詩の作品では、『江戸漢詩選』にも収めた、大坂の葛子琴《かっしきん》(一七三九〜一七八四)の「小《こ》山伯鳳《やまはくほう》、牛肉一臠《ぎゅうにくいちれん》を恵《めぐ》まれ、係《か》くるに詩《し》を以《もっ》てす。此《これ》を賦《ふ》して酬《むく》ひ謝《しゃ》す」と題する七言律詩がある。葛子琴が友人の小山伯鳳から牛肉を贈られた時のお礼の詩であるが、伯鳳は薬種商を営んでいたので、薬種として入手した牛肉の一部を、子琴に贈ったのであろう。詩中に「孺子《じゅし》は分《わか》つに善《よ》しと称《しょう》し、細君《さいくん》は遺《のこ》して仁《じん》を得《え》たり」という一聯がある。子供は到来物の牛肉に大喜びをし、妻は恐らく禁忌の意識があって気味悪く思ったからであろう、牛肉を食べ残して子供に回し、美味しい牛肉を子供に譲った優しいお母さんという評判を得たというのである。

葛子琴と大坂の混沌社《こんとんしゃ》で親交した広島藩儒頼春水の『春水日記』天明八年三月二十四日に、

次のような記事がある。

岡田清助殿・中神九郎右衛門殿出餞、赤崎・石井・鈴木・宮原、終日劇談。赤崎、薩州・琉球・紅毛之酒、牛豕鹿之肉、少計宛併持参。

この年、春水は江戸藩邸勤務を終えて四月十一日に広島に帰藩することになり、儒者仲間によって獣肉を肴に送別の宴が催されたのである。岡田清助とは、旗本の二男で、翌年寛政元年に幕府儒者に登用される岡田寒泉。各種の酒や「牛豕鹿之肉」を持参した赤崎とは、鹿児島藩儒で江戸藩邸に詰めていた赤崎海門である。

なお同じ『春水日記』寛政元年七月十日には、「対州牛肉丸」なるものを貰ったという記事が見られる。これは対馬産の牛肉を用いた丸薬であろうか。

ちなみに、葛子琴や頼春水と同じく混沌社に参加していた木村蒹葭堂《きむらけんかどう》に、京都相国寺の大典《だいてん》禅師が宛てた手紙には、蒹葭堂のところで製造している「牛酪《ぎゅうらく》」を至急送ってほしいという依頼が記されているという(肥田皓三『再見なにわ文化』「木村蒹葭堂」)。「牛酪《ぎゅうらく》」というのはバターを指していると思われるが、大典は自分の体力が維持できているのはこれのお蔭だと述べている。

大坂に長く住み、晩年は京都で過ごした上田秋成に、『胆大小心録《たんだいしょうしんろく》』（文化五年成）という回想記的な随筆がある。そのなかで秋成は、画家の池大雅とその妻玉蘭（玉瀾）の貧乏生活について次のように記している。

何やらしれぬ物かいてやるにも、礼物が一まい百文づゝ。大牢の滋味かはしらねど、芋やら餅やら、鰒《ふぐ》やら牛肉やらで、「玉蘭子《ぎょくらんし》なされぬか」と、杯を持ながら、玉子《ぎょくし》も猿のやうな顔で、書初に玉蘭夫人。生前にはたんと礼せいでも手に入たのに、……

貧乏生活をしていた大雅とその妻玉蘭は、芋や餅、河豚《ふぐ》や牛肉などという食べものを謝礼に貰いながら画を描いていたというのである。その謝礼の食品の中に、当時は危険で下賤の者の好む食べものとされていた河豚と並んで牛肉が挙げられているのが注目される。

長崎は海外貿易の港としてオランダ人や中国人が来航し居住もしていたので、牛肉食の習慣はより身近なものだった。天明八年（一七八八）に江戸を発って西遊し、長崎に滞在した蘭学者司馬江漢《しばこうかん》の『江漢西遊日記』天明八年十月二十六日には、「宿へ帰りて牛の生肉《せいにく》を食ふ。味ひ鴨《かも》の如し」とあり、また十一月五日に「此の浦上と云ふ処は、羊《やぎ》、豕《ぶた》、鶏《にわとり》を飼ひ売るなり」、翌六日には「朝起き、勝手の方を見るに、皆何もかも阿蘭陀風なり。夫れより二階に登り、倚《い》子《す》に凭《よ》り、羊《やぎ》、小鳥《ことり》を焼きて、ボウトルを付け食ふ。飯《めし》の菜《さい》、羊《やぎ》に醬油《しょうゆ》を付け焼く」という記事があって、長崎では牛肉だけでなく獣肉食が一般化していたことが窺われる。「ボウトル」はバターである。

江漢よりもやや年代が下るが、長崎奉行所の勘定方として一年ほど長崎に住んだ大田南畝《おおたなんぽ》(蜀山人)の狂歌文集『放歌集』(文化十四年刊の『千紅万紫』にも)に、文化八年作と思われる次のような狂歌が収められている。

一元大武《いちげんたいぶ》の肉を得て秋一無冬《しゅういちむとう》の禁もわするべく
牛くふて水をますかはしら太夫《だゆう》一石六斗《いっこくろくと》二升八合《にしょうはちごう》

「一元大武《いちげんたいぶ》」は牛の異称で、犠牲に供する牛を特にこう呼んだ。「秋一無冬《しゅういちむとう》」は「春三夏六秋一無冬」の略で、貝原益軒の『養生訓』が説いた、季節による一日の房事の回数の限度をいう。「水をます」は、精水を増すの意。「しら太夫《だゆう》」は、「知らない」と「白太夫」を掛けている。

「白太夫」は、菅原道真（天神）の召使いの名で、牛は天神さまの使いである。「一石六斗《いっこくろくと》二升八《にしょうはち》合《ごう》」は、牛を褒めるときにいう「天角地眼一黒鹿頭耳小歯違」という言葉の一部「一黒鹿頭耳《いっこくろくとうじ》小歯違《しょうはちごう》」の語呂合わせで、牛肉を食べた効果で、精水が一石六斗二升八合も増えたという、強精のための薬喰いとしての牛肉食を詠んだ狂歌になっている。

　蜀山人こと大田南畝も度々訪れた江戸を代表する料亭に八百善《やおぜん》があった。その八百善の料理書として出版された『料理通』四編（天保六年刊）に、煎海鼠《いりこ》（乾しナマコ）を材料にした「牛肉もどき」という料理のレシピが収められている。乾しナマコを細切りにして油で揚げ、ゴボウを味醂《みりん》出汁《だし》で煮たものと一緒にして白味噌であえるという料理である。美味しいとされる牛肉を食べてみたいとは思うものの、禁忌のために牛肉そのものを食べるのを躊躇《ためら》った人々のために考案されたレシピであろう。

　大名家の贈答に用いられた近江牛は、江戸時代後期になると一般人の間でも贈答に用いられるようになった。江戸の詩人大窪詩仏《おおくぼしぶつ》の詩集『詩聖堂詩集』二集・巻四に次のような詩が収められている。詩仏四十九歳の文化十二年（一八一五）の作である。

彦根犬塚子乾送牛肉

彦根《ひこね》の犬塚子《いぬづかし》乾《けん》、牛肉《ぎゅうにく》弁《なら》びに

弁詩次韻謝之
病軀本自度冬難
獣炭貂皮不禦寒
忽得故人朻櫟賜
老父薬餌勝金丹

詩《し》を送《おく》る、次韻《じいん》して之《これ》に謝《しゃ》す
病軀《びょうく》　本《もと》自《よ》り冬《ふゆ》を度《わた》り難《がた》し
獣炭貂皮《じゅうたんちょうひ》　寒《かん》を禦《ふせ》がず
忽《たちま》ち得《え》たり　故人《こじん》朻櫟《きゅうれき》の賜《し》
老父《ろうふ》の薬餌《やくじ》　金丹《きんたん》に勝《まさ》る

「獣炭貂皮」は、獣骨を焼いた炭と貂の皮で作った衣で、どちらも防寒のためのもの。「故人」は、昔からの知人。「朻櫟」は、郭朻《かくきゅう》と丁櫟《ていれき》の略で、ともに牛をいう。「薬餌」は薬用の食べもので、ここは牛肉のこと。「金丹」は、不老不死の薬。犬塚子乾は彦根藩士で、花月と号して詩を能くした。犬塚子乾が病気見舞いとして詩仏に彦根藩の特産である近江牛を詩と一緒に送ってきた。そのお礼に詩仏は子乾の詩に次韻し、頂戴した牛肉は不老不死の薬にも勝るというこの詩を作って、感謝の気持を表わしたのである。

詩仏とも親交のあった頼山陽は、文政十三年（一八三〇）一月六日付け歌人香川景樹《かがわかげき》宛の書簡に、「雲華《うんげ》師より何角《なにかと》御聞被レ下候通之樸園扁字《ぼくえんのへんじ》、潤筆御達被レ下承知仕候。牛肉・浅草海苔、皆皆珍品、忝奉レ存候。牛肉は薩より参候よし」（『頼山陽全伝』）と記している。山陽は「樸園《ぼくえん》」

という扁額の字を書いた謝礼として、浅草海苔と薩摩産の牛肉を貰ったと報告し、「賞味佐《たすけ》二一杯一可レ申候」と続けている。晩酌の肴に牛肉を賞味したいと言うのである。他に山陽の久米牀山《しょうざん》宛の書簡(年次未詳)に、「牛肉めづらしく拝戴、早速賞味可レ仕候」とある。久米牀山は彦根の医者なので、これも近江牛であろう。

詩仏や山陽と同じ頃、江戸で昌平黌《しょうへいこう》出身の儒者として名高かった松崎慊堂《まつざきこうどう》の日記『慊堂日暦』にも、牛肉を含めて獣肉食の記事が少なからず見られる。原文は漢文であるが東洋文庫版の山田琢の訓読によって列挙してみよう。

文政七年(一八二四)八月二十九日「鹿肉、牛肉。石川勝助託す。訪うべし。」
文政九年十二月十一日「夜、長塩留守宅に入り鹿肉を食す。甚だ美。」
文政十年九月七日「芳洲公子と介弟の牛丞と来り、始めて鹿肉を食す。」
文政十年十一月二十七日「諸生は豕《いのこ》肉を饋《おく》る。飯を進めてすなわち臥す。」
文政十一年一月十八日「午前、渡辺崋山《かざん》は孫杕《そんてい》の朱竹ならびに臨せる三幅をおくられ、菱剣酒一斗を饋《おく》る。ともに飲む。旧によって醜面《しゅうめん》(自分の顔を謙遜していう)を写す。日晡《じつほ》、豚肉を作って酒をすすむ。」

文政十一年二月八日「棭斎《えきさい》来り、その度量衡考《どりょうこうこう》を示す。極めて精し。対読しおわり、豚肉を煮て酒を進む。」

文政十二年十月二日「大津にて憩い、始めて鹿肉を食す。」

文政十二年十月十五日「主人は猨肉《さるにく》を享す。余は食うに忍びざるなり。」（木曽福島滞在中）

文政十二年十月二十四日「二里にて八王子駅、頗る繁盛、繭糸を売る者街に満つ。肉舗（三河屋）に就き野豕（猪肉）を食す。」

文政十三年一月二十一日「林長公（檉宇《ていう》）は豚饌一盤・魚醢《ぎょかい》（一名を酒賊と曰う、未だ何物なるかを審《つまびらか》にせず）を饋《おく》る。」

天保二年（一八三一）三月二十二日「一柳生は塩鹿肉を餽《おく》る、極めて淡。」

天保二年十二月二十七日「林長公よりの手書あり、博多酒・牛肉を賜う。」

天保三年閏十一月二十八日「林長公より手書あり、鹿肉葱白を餽《おく》る。」

天保四年十月十五日「禺（午前十時）を過ぎて辞去せんとすれば、鹿肉を煮て酒をすすめ、また河豚《ふぐ》をすすむ。」（狩谷棭斎宅を訪問）

天保四年十一月二十日「榛村生は猪肉を携えて来る。為めに酒を設け、飯後に講に赴く。」

天保六年三月七日「岡為吉来り、笠原生が饋《おく》りしところの膃肭臍《おっとせい》肉二片を致す。」

天保七年四月十四日「玉屋にて官製の白牛酪《ぎゅうらく》一両を買う。」
天保八年一月十一日「渡辺崋山は石窓に託して牛肉を餽《おく》る。」(石窓は海野石窓)
天保八年十月二十五日「晩飧に鹿肉を食す。殊に美なり。」

鹿肉を「始めて食す」という記事が二度見えるのはご愛敬だが、単なる物忘れか、それともその年に初めての意だろうか。鹿肉のほか牛肉、豚肉、猪肉、猴肉、膃肭臍肉など登場する獣肉のバラエティも豊かである。獣肉ではないが官製の白牛酪(バター)を購入しているのも注目される。幕府製造のバターを販売していた玉屋という店は日本橋にあった。一両は重さで四匁～五匁(約十五～十九グラム)ほどにあたる。

ちなみに幕府が牛酪を製造していたのは安房国嶺岡《みねおか》(現、千葉県鴨川市・南房総市)の牧場で、八代将軍吉宗がインドから献上された三頭の白牛を放牧したのが始まりで、後には七十余頭に及んだという(『甲子夜話』巻四十九)。また白牛酪の効能を謳う出版物が吉宗の命によって出されており、それには「精血を生じ、血の枯れたるを潤し、虚損を補ひ、肌膚を沢す。胸中の熱を除き、肺痿労欬《はいいろうがい》を治し、喝を止め、吐血を止む。……何《いず》れも温酒にて用るをよしとす。白湯、亦塩湯にてよし。食遠に用ひて功験あり」と記され、用法については「一両目一廻に用ゆ。持薬に用ゆれば、二廻。病により五日程にも用ゆ。何れも食前一日三度用ゆ」と記されている(『甲子夜話』続編巻十六)。バターもまた薬として用いられたのである。

右の『慊堂日暦』の獣肉食関係記事のなかには、渡辺崋山の名前が二箇所に見えている。後に渡辺崋山は蘭学弾圧のために仕組まれた蛮社の獄に坐することになるが、崋山を救命しようとして慊堂が奔走したことはよく知られている。それ以前に崋山は慊堂のもとに出入りし、慊堂の肖像画を描いていた。文政十一年一月十八日の「旧によって醜面《しゅうめん》を写す」というのはその肖像画作製のことをいうが、この日、肖像画作製の仕事が一段落した後、慊堂と崋山は豚肉を肴に酒を酌み交わしたのである。また、天保八年一月十一日には崋山は慊堂に牛肉を贈っている。慊堂のような儒者や崋山のような蘭学者にとって、牛肉食や豚肉食が禁忌の対象として意識されることはあまりなかったのであろう。

幕末の関西では、和歌山藩の藩校学習館の督学をつとめた藩儒川合梅所《かわいばいしょ》の妻小梅の『小梅日記』嘉永二年(一八四九)十一月二十八日に、「酒井省安より牛肉よこす。寒み廻也」という記事が見られる。また、福沢諭吉は大坂の緒方洪庵《おがたこうあん》の適塾《てきじゅく》で蘭学を学んでいた安政四年(一八五七)当時のことを、『福翁自伝』に次のように回想している。

先度々《まずたびたび》行《ゆ》くのは鶏肉屋《とりや》、夫れよりモット便利なのは牛肉屋だ。その時大阪中で牛鍋《うしなべ》を喰わせる処は唯《ただ》二軒ある。一軒は難波橋《なにわばし》の南詰《みなみづめ》、一軒は新町《しんまち》の廓《くるわ》の側《そば》にあって、最下等の店だから、凡《およ》そ人間らしい人で出入《でいり》する者は決してない。文身《ほりもの》だらけの町の破落戸《ごろつき》と緒方の書生ばかりが得意の定客《じょうきゃく》だ。何処《どこ》から取寄せた肉だか、殺した牛やら、病死した牛やら、そんな事には頓着《とんじゃく》なし、一人前《ひとりまえ》百五十文ばかりで牛肉と酒と飯と十分の飲食であったが、牛は随分硬くて臭かった。

このような記事から推測されるのは、幕末期の関西においても、牛肉食に対して禁忌がなかったのは、儒者と蘭学書生と無法なごろつきだったということである。また、牛鍋という食べ方も、三田村鳶魚《みたむらえんぎょ》の「江戸ッ子」(『三田村鳶魚全集』第七巻)に、「牛鍋よりほかにうまいものはないように心得ている人がある。一体鍋へじかに箸を突っ込んで食うなどというのは、下司《げす》な話でお話にならない。鍋などというものは以下物《いかもの》といって、武家でも町人でも、主人の前へは出さないはずのものである」というように、一般的には下品な食べ方とされていた。

明治維新以前、幕末期の江戸において牛鍋屋がすでに営業されていたことは、斎藤月岑《げっしん》の『武江《ぶこう》年表』慶応二年(一八六六)に、「牛を屠《ほふ》りて羹《あつもの》とし商ふ家所々に出来たり。又西洋料理と号する貨食舗《たべものや》所々に出来て、家作西洋の風を模擬せるものあり」とあることによって分かる。この記事からは、牛肉と西洋料理との関係が意識され始めたことが窺われるが、幕末期において、江戸に先んじて牛鍋屋が開かれたのは横浜だった。石井研堂『明治事物起原』に拠れば、開国によって外国人居留地ができた横浜では、肉食をする外国人の風俗が日本人にも及ぶようになり、文久二年(一八六二)に横浜の「いまの住吉町五丁目か入江町の入り江の土手」にあった伊勢熊《いせくま》という居酒屋が牛鍋屋を開業し、大いに繁昌したという。

それが、明治維新になって西洋流の近代化が目ざされるようになると、牛肉食の禁忌は、儒者や蘭学者や無鉄砲な連中だけでなく、一般の人々においても否定されるようになり、限定的であった幕末期の牛肉食を引き継ぐ形で、牛鍋という形で広く流行するようになったものと考えてよいであろう。文明開化の風潮が高まりを見せていた明治四年(一八七一)十二月、宮中において古代に定められた肉食禁止令(天武四年の詔をいう)が解かれた。これによって、「乃ち内《ない》膳司《ぜんし》に令して牛羊の肉は平常これを供進せしめ、豕・鹿・兎の肉は時々少量を御膳に上せしむ」(『明治天皇紀』)ということになった。『明治事物起原』に拠れば、翌年明治五年一月二十四日、天皇に初めて西洋風の「肉饌《にくせん》」が勧められたという。

図版出典一覧

一頁　富岡鉄斎「山碧水明処図」『没後百五十年　頼山陽展』図録（頼山陽旧跡保存会・日本経済新聞社、一九八二年）

一九頁　葛飾北斎『富嶽三十六景』「江都駿河町三井見世略図」『葛飾北斎画　冨嶽三十六景』（荻原星文館、一九四〇年）

三三頁　詩仙堂　123RF

四九頁　『習文録』（著者架蔵）

六五頁　石原正明『江戸職人歌合』「医者」（国立国会図書館デジタルコレクション）

七九頁　平沢旭山『辛丑日録』（天理図書館蔵）

九七頁　一枚刷「流行諸名家唐紙半切並短冊類價附」（著者架蔵）

一一五頁　仙厓「老人六哥仙」（出光美術館蔵）『日本の美・発見V　大雅・蕪村・玉堂と仙厓——「笑」のこころ』（出光美術館、二〇一一年）

一三五頁　「林読耕斎肖像」『先哲像伝　影印版（全）』（文化書房博文社、一九八〇年）

一五一頁　川路聖謨・高子夫妻墓石（台東区池之端、大正寺）　川田貞夫『川路聖謨』（人物叢書新装版、吉川弘文館、一九九七年）

一七三頁　円山応挙「朝顔狗子図杉戸」　日本美術絵画全集第二二巻『応挙／呉春』（集英社、一九七七年）

一八九頁　「蟲冢」拓本　福井久蔵『諸大名の學術と文藝の研究』（厚生閣、一九三七年）

二〇五頁　寺島良安『和漢三才図会』巻五一より「河豚」　影印版『和漢三才図会』（東京美術、一九七三年）

図版出典一覧

二三一頁　歌川広重『名所江戸百景』「びくにはし雪中」　ヘンリー・スミス著、生活史研究所監訳『広重　名所江戸百景』（岩波書店、一九九二年）

あとがき

私利私欲や俗意俗情を超越して生きるのは、俗事に取り囲まれて日々を過ごさねばならない私たち凡人には難しいことである。しかし、凡人といえども四六時中それらに縛られ続けるのは息苦しいし、なんだか情けなくもある。そうした時、江戸時代の人々は「風雅」という言葉を思い浮かべた。芭蕉の「予が風雅は夏炉《かろ》冬扇《とうせん》のごとし。衆にさかひて用ふる所なし」(「許六離別詞」)であり、祇園南海《ぎおんなんかい》の「詩ハ風雅ノ器ナリ。俗用ノ物ニ非ズ」(『詩学逢原《しがくほうげん》』)であり、浄瑠璃の「風雅でもなく、洒落《しゃれ》でもなく、しやう事なしの山科《やましな》に、由良助《ゆらのすけ》が侘住居《わびすまい》」(『仮名手本忠臣蔵』九段目)の「風雅」である。

風雅という言葉が日常の卑俗さとは対極にある何ものかを指しているのは確かだが、しかし、風雅とは何かと正面切って問われても、さまざまなニュアンスで用いられており、要領よく答えるのは簡単ではない。

風雅という言葉の源が、中国の古代歌謡集『詩経』に収められる詩の分類としての「風」と

「雅」であることはよく知られている。「風」とは古代中国各地の民謡をいい、「雅」とは古代中国の宮廷で歌われた歌謡をいう。『詩経』の詩には他に神明の徳を賛美する「頌」という分類もあるが、「風」と「雅」を組み合わせた「風雅」が、やがて『詩経』の詩全体を指すようになった。そして、『詩経』が儒教の主要な経典の一つとされたことから、風雅は『詩経』の詩全体の呼称であるにとどまらず、儒教的な解釈によって、『詩経』の詩が具えている文学的な価値をも表わすようになった。

風雅という言葉が意味する文学的な価値の一つは、『詩経』の「毛詩大序」に、「得失を正《ただ》し、天地を動かし、鬼神を感ぜしむるは、詩より近きは莫《な》し。先王《せんのう》是れを以て夫婦を経《おさ》め、孝敬を成し、人倫を厚くし、教化を美《うるわ》しくし、風俗を移す」という形で言及されている。つまり、『詩経』の詩には政治や社会に対する賛美や譏《き》刺《し》の意図が内包されており、それらは政治や社会のあり方に影響を及ぼす力を有している。そうした風教的な価値こそが『詩経』の詩すなわち風雅の文学的な価値だというのである。こうした文学的価値観が継承されて、政治や社会に対する思いを表現する述志の文学としての漢詩が形成されていった。

風雅という言葉が有するもう一つの文学的な価値は、『論語』為成《いせい》の「子《し》曰《のたま》はく、詩三百、一言《いちごん》以て之を蔽《おお》へば、曰《い》はく思ひ邪《よこしま》無し」、『論語』八佾《はちいつ》の「子曰はく、関雎《かんしょ》は楽しみて淫《いん》せず、哀しみて傷《やぶ》らず」、『礼記』の「温柔敦厚《おんじゅうとんこう》なるは詩の教へなり」などという文章に表われている。「詩三百」というのは『詩経』に収められる詩の概数、「関雎《かんしょ》」というのは『詩経』国風の巻頭詩である。つまり、『詩経』の詩の文学的な価値は、偏ることのない中正な感情に基づく温柔敦厚さ（穏やかで柔軟な奥深い温かさ）にあるというのである。こうした文学的な価値観を継承したその後の漢詩人たちは、心を中正な状態に保ち、穏やかで誠実な感情を詩に表現することによって、優れた人格の形成が図られると考えた。

外に対しては政治や社会を諷喩してそのあるべき姿を求め、内に向けては中正な感情を保持する温柔敦厚な人格を作り上げること、それが風雅という文学的な価値を実現しようとした後代の漢詩人たちの目標となり、私利私欲や俗意俗情に動かされがちな日常から解き放たれるための手段にもなった。

もっとも、太平の世が続き、漢詩が政治を担当する士大夫階級の専有物ではなく、庶民のものとして大衆化していった江戸時代にあっては、心のあり方を主要な課題の一つとした朱子学の流行と相まって、風雅は政治や社会への批判という風教的な価値よりも、理想的な心のあり方から生まれる文学的な価値を表わす言葉として理解されることが多くなったが、幕末の動乱期になると、改めて風雅の風教的な価値が復活し、漢詩は述志の文学としての側面を回復するようになったと言えるかもしれない。

ここ数年、私はそうした風雅という観念と深く関わる江戸漢詩の選集を編むために、詩を選び、選んだ詩に注を付け、現代語訳を施すという作業に集中してきた。そのために、おのずから外出する機会は減っていったが、編集作業のまとめに入る頃には新型コロナの感染流行が始まり、ほとんど家に閉じこもり切りの生活になってしまった。編集作業そのものは『江戸漢詩選』上・下二冊(岩波文庫、二〇二一年一月・三月刊)という形で先ごろ実を結んだが、その後も新型コロナの感染流行が収まらないため、閉塞的な生活は継続している。

鬱陶しいといえばまことに鬱陶しい日々である。しかし、この油断のならない感染症の流行によって命を落としたり、感染の後遺症に苦しむようになったり、職を失って困窮に追いやられたりと、思いがけない不幸に見舞われた人々も少なからずいる。それを思えば軽々しいことは口にすべきではないが、私個人に限って言えば、悪いことばかりではなかった。閉塞的な生活の中で、江戸時代の漢詩文集やさまざまな関連書物の中を日々彷徨《さまよ》い歩き続けるうちに、江戸時代の人々と思いがけない出会いをし、日常の卑俗さに絡め取られながらも風雅であろうとした、その姿に共感しつつ対話を重ねることができたからである。それはこの間の長きにわたる孤立的で不如意な生活の慰めになった。兼好法師のいう、「ひとり灯《ともしび》の下《もと》にて文《ふみ》を広げて、見ぬ世の人を友とする、こよなう慰むわざなり」(『徒然草』第十三段)であった。

そのような「見ぬ世の友」である江戸の漢詩人たちの姿の観察記録がこの小著である。本書の全十四章のうち、かつて『日本文学研究ジャーナル』第四号(二〇一七年十二月)に掲載した「十七世紀日本のジキル博士とハイド氏」以外の章は、「見ぬ世の友」の印象が色褪せてしまわないうちにと思い、『江戸漢詩選』刊行後半年ほどの間に成稿した。現代に生きる私たちとは無縁に思われがちな江戸漢詩が生まれた現場はどのような世界だったのか、はるか昔にローマの皇帝マルクス・アウレーリウスが、「現存するものはことごとく以前にも存在したということを絶えず考えよ。またこれらのものは未来においても同様に存在するであろうことを考えよ」(『自省録』第十巻)と述懐したように、江戸の漢詩人たちの生きた世界は、思った以上に身近なものだった。

本書の苗代としての役割を果たした『江戸漢詩選』の編集出版に行き届いた配慮をしてくださった文庫編集部の古川義子さん、そして本書出版への道筋をつけてくださった新書編集部の吉田裕さん、ありがとうございました。厚くお礼申し上げます。


三年越しの新型コロナの感染流行がいまだ終息しない二〇二二年五月

著　者　識

揖斐 高

1946年生まれ．1976年東京大学大学院文学研究科博士課程修了．日本近世文学専攻．
成蹊大学名誉教授．日本学士院会員．
著書・編著書に
『江戸詩歌論』(汲古書院，1998年)，『遊人の抒情 柏木如亭』(岩波書店，2000年)，『江戸の詩壇ジャーナリズム──『五山堂詩話』の世界』(角川叢書，2001年)，『近世文学の境界──個我と表現の変容』(岩波書店，2009年)，『頼山陽詩選』(訳注，岩波文庫，2012年)，『江戸幕府と儒学者──林羅山・鵞峰・鳳岡三代の闘い』(中公新書，2014年)，『柏木如亭詩集』1・2(訳注，東洋文庫，平凡社，2017年)，『蕪村──故郷を喪失した「仮名書きの詩人」』(笠間書院，2019年)，『江戸漢詩選』上・下(編訳，岩波文庫，2021年)，ほか多数．

江戸漢詩の情景──風雅と日常　　岩波新書(新赤版)1940

2022年8月19日　第1刷発行

著　者　揖《い》斐《び》 高《たかし》

発行者　坂本政謙

発行所　株式会社 岩波書店
〒101-8002 東京都千代田区一ツ橋2-5-5
案内 03-5210-4000　営業部 03-5210-4111
https://www.iwanami.co.jp/

新書編集部 03-5210-4054
https://www.iwanami.co.jp/sin/

印刷・精興社　カバー・半七印刷　製本・中永製本

© Takashi Ibi 2022
ISBN 978-4-00-431940-5　　Printed in Japan

岩波新書新赤版一〇〇〇点に際して

ひとつの時代が終わったと言われて久しい。だが、その先にいかなる時代を展望するのか、私たちはその輪郭すら描きえていない。二〇世紀から持ち越した課題の多くは、未だ解決の緒を見つけることのできないままであり、二一世紀が新たに招きよせた問題も少なくない。グローバル資本主義の浸透、憎悪の連鎖、暴力の応酬――世界は混沌として深い不安の只中にある。

現代社会においては変化が常態となり、速さと新しさに絶対的な価値が与えられた。消費社会の深化と情報技術の革命は、種々の境界を無くし、人々の生活やコミュニケーションの様式を根底から変容させてきた。ライフスタイルは多様化し、一面では個人の生き方をそれぞれが選びとる時代が始まっている。同時に、新たな格差が生まれ、様々な次元での亀裂や分断が深まっている。社会や歴史に対する意識が揺らぎ、普遍的な理念に対する根本的な懐疑や、現実を変えることへの無力感がひそかに根を張りつつある。そして生きることに誰もが困難を覚える時代が到来している。

しかし、日常生活のそれぞれの場で、自由と民主主義を獲得し実践することを通じて、私たち自身がそうした閉塞を乗り超え、希望の時代の幕開けを告げてゆくことは不可能ではあるまい。そのために、いま求められていること――それは、個と個の間で開かれた対話を積み重ねながら、人間らしく生きることの条件について一人ひとりが粘り強く思考することではないか。その営みの糧となるものが、教養に外ならないと私たちは考える。歴史とは何か、よく生きるとはいかなることか、世界そして人間はどこへ向かうべきなのか――こうした根源的な問いとの格闘が、文化と知の厚みを作り出し、個人と社会を支える基盤としての教養となった。まさにそのような教養への道案内こそ、岩波新書が創刊以来、追求してきたことである。

岩波新書は、日中戦争下の一九三八年一一月に赤版として創刊された。創刊の辞は、道義の精神に則らない日本の行動を憂慮し、批判的精神と良心的行動の欠如を戒めつつ、現代人の現代的教養を刊行の目的とする、と謳っている。以後、青版、黄版、新赤版と装いを改めながら、合計二五〇〇点余りを世に問うてきた。そして、いままた新赤版が一〇〇〇点を迎えたのを機に、人間の理性と良心への信頼を再確認し、それに裏打ちされた文化を培っていく決意を込めて、新しい装丁のもとに再出発したいと思う。一冊一冊から吹き出す新風が一人でも多くの読者の許に届くこと、そして希望ある時代への想像力を豊かにかき立てることを切に願う。

（二〇〇六年四月）

哲学・思想

死者と霊性　末木文美士編
道教思想10講　神塚淑子
マックス・ヴェーバー　今野　元
新実存主義　マルクス・ガブリエル　廣瀬　覚訳
日本思想史　末木文美士
ミシェル・フーコー　慎改康之
ヴァルター・ベンヤミン　柿木伸之
モンテーニュ　人生を旅するための7章　宮下志朗
マキァヴェッリ　鹿子生浩輝
世界史の実験　柄谷行人
ルイ・アルチュセール　市田良彦
異端の時代　森本あんり
ジョン・ロック　加藤　節
インド哲学10講　赤松明彦
マルクス　資本論の哲学　熊野純彦
日本文化をよむ　5つのキーワード　藤田正勝

中国近代の思想文化史　坂元ひろ子
憲法の無意識　柄谷行人
ホッブズ　リヴァイアサンの哲学者　田中　浩
プラトンとの哲学　対話篇をよむ　納富信留
〈運ぶヒト〉の人類学　川田順造
哲学の使い方　鷲田清一
ヘーゲルとその時代　権左武志
人類哲学序説　梅原　猛
加藤周一　海老坂武
哲学のヒント　藤田正勝
空海と日本思想◆　篠原資明
論語入門　井波律子
トクヴィル　現代へのまなざし　富永茂樹
和辻哲郎　熊野純彦
現代思想の断層　徳永　恂
宮本武蔵　魚住孝至
西田幾多郎　藤田正勝
丸山眞男　苅部　直

西洋哲学史　近代から現代へ　熊野純彦
西洋哲学史　古代から中世へ　熊野純彦
世界共和国へ　柄谷行人
悪について　中島義道
神、この人間的なもの◆　なだいなだ
偶然性と運命　木田　元
近代の労働観　今村仁司
プラトンの哲学　藤沢令夫
術語集Ⅱ　中村雄二郎
マックス・ヴェーバー入門　山之内靖
ハイデガーの思想　木田　元
臨床の知とは何か　中村雄二郎
新哲学入門　廣松　渉
「文明論之概略」を読む　上・中・下　丸山真男
術語集　中村雄二郎
死の思索　松浪信三郎
戦後思想を考える◆　日高六郎
イスラーム哲学の原像　井筒俊彦

岩波新書より

言語

英語独習法　今井むつみ
『広辞苑』をよむ　今野真二
60歳からの外国語修行　メキシコに学ぶ　青山南
やさしい日本語　庵功雄
世界の名前　岩波書店辞典編集部編
英語学習は早いほど良いのか　バトラー後藤裕子
ものの言いかた西東　小林隆・澤村美幸
日本語スケッチ帳　田中章夫
日本語の考古学　今野真二
辞書の仕事◆　増井元
実践 日本人の英語　マーク・ピーターセン
ことばの力学　白井恭弘
百年前の日本語◆　今野真二
女ことばと日本語　中村桃子
テレビの日本語　加藤昌男
日本語雑記帳　田中章夫
英語で話すヒント◆　小松達也
仏教漢語50話　興膳宏
語感トレーニング　中村明
曲り角の日本語　水谷静夫
日本語の古典　山口仲美
ことばと思考　今井むつみ
漢文と東アジア　金文京
外国語学習の科学　白井恭弘
日本語の源流を求めて　大野晋
英文の読み方　行方昭夫
ことば遊びの楽しみ　阿刀田高
日本語の歴史　山口仲美
日本の漢字　笹原宏之
ことばの由来　堀井令以知
コミュニケーション力　齋藤孝
漢字と中国人　大島正二
日本語の教室　大野晋
伝わる英語表現法　長部三郎
日本人はなぜ英語ができないか　鈴木孝夫
心にとどく英語　マーク・ピーターセン
日本語練習帳　大野晋
翻訳と日本の近代　丸山真男・加藤周一
日本語ウォッチング　井上史雄
教養としての言語学　鈴木孝夫
日本語の起源〔新版〕　大野晋
日本人の英語 続　マーク・ピーターセン
日本語と外国語　鈴木孝夫
日本人の英語　マーク・ピーターセン
日本語〔新版〕上・下　金田一春彦
ことばの道草　岩波書店辞典編集部編
日本語の構造　中島文雄
ことばとイメージ　川本茂雄
外国語上達法　千野栄一
記号論への招待　池上嘉彦
翻訳語成立事情　柳父章
ことばと国家　田中克彦
日本語の文法を考える　大野晋
ヨーロッパの言語　泉井久之助

(2021.10)　◆は品切，電子書籍版あり．(K1)

教育

岩波新書より

日本史

上杉鷹山 「富国安民」の政治　小関悠一郎
藤原定家『明月記』の世界　村井康彦
性からよむ江戸時代　沢山美果子
景観からよむ日本の歴史　金田章裕
律令国家と隋唐文明　大津透
伊勢神宮と斎宮　西宮秀紀
百姓一揆　若尾政希
給食の歴史　藤原辰史
大化改新を考える　吉村武彦
江戸東京の明治維新　横山百合子
戦国大名と分国法　清水克行
東大寺のなりたち　森本公誠
武士の日本史　髙橋昌明
五日市憲法　新井勝紘
後醍醐天皇　兵藤裕己
茶と琉球人　武井弘一

近代日本一五〇年　山本義隆
語る歴史、聞く歴史　大門正克
義経伝説と為朝伝説 日本史の北と南　原田信男
出羽三山 山岳信仰の歴史を歩く　岩鼻通明
日本の歴史を旅する　五味文彦
一茶の相続争い　高橋敏
鏡が語る古代史　岡村秀典
日本の近代とは何であったか　三谷太一郎
戦国と宗教　神田千里
古代出雲を歩く　平野芳英
自由民権運動 〈デモクラシー〉の夢と挫折　松沢裕作
風土記の世界　三浦佑之
京都の歴史を歩く　小林丈広・高木博志・三枝暁子
蘇我氏の古代　吉村武彦
昭和史のかたち　保阪正康
「昭和天皇実録」を読む　原武史
生きて帰ってきた男　小熊英二

遺骨 戦没者三一〇万人の戦後史　栗原俊雄
在日朝鮮人 歴史と現在　水野直樹・文京洙
京都〈千年の都〉の歴史　髙橋昌明
唐物の文化史◆　河添房江
小林一茶 時代を詠んだ俳諧師　青木美智男
信長の城　千田嘉博
出雲と大和　村井康彦
女帝の古代日本　吉村武彦
秀吉の朝鮮侵略と民衆　北島万次
コロニアリズムと文化財　荒井信一
特高警察　荻野富士夫
朝鮮人強制連行　外村大
古代国家はいつ成立したか　都出比呂志
渋沢栄一 社会企業家の先駆者　島田昌和
漆の文化史　四柳嘉章
平家の群像 物語から史実へ　高橋昌明
シベリア抑留　栗原俊雄

(2021.10)　◆は品切，電子書籍版あり．(N1)

岩波新書より

アマテラスの誕生　溝口睦子
遣唐使　東野治之
戦艦大和 生還者たちの証言から　栗原俊雄
中世日本の予言書　小峯和明
歴史のなかの天皇◆　吉田孝
沖縄現代史〔新版〕　新崎盛暉
刀狩り　藤木久志
戦後史　中村政則
明治デモクラシー　坂野潤治
環境考古学への招待　松井章
源義経　五味文彦
明治維新と西洋文明　田中彰
奈良の寺　奈良文化財研究所編
西園寺公望　岩井忠熊
日本の軍隊　吉田裕
聖徳太子　吉村武彦
東西／南北考　赤坂憲雄
江戸の見世物　川添裕
日本文化の歴史　尾藤正英

熊野古道◆　小山靖憲
日本の神々　谷川健一
南京事件　笠原十九司
日本社会の歴史 上・中・下　網野善彦
神仏習合　義江彰夫
従軍慰安婦　吉見義明
中世に生きる女たち　脇田晴子
考古学の散歩道　田中琢・佐原真
武家と天皇　今谷明
中世倭人伝　村井章介
琉球王国　高良倉吉
昭和天皇の終戦史　吉田裕
幻の声 NHK広島8月6日　白井久夫
西郷隆盛　猪飼隆明
象徴天皇制への道　中村政則
正倉院　東野治之
軍国美談と教科書　中内敏夫
日中アヘン戦争　江口圭一

青鞜の時代　堀場清子
子どもたちの太平洋戦争　山中恒
江戸名物評判記案内　中野三敏
国防婦人会　藤井忠俊
日本文化史〔第二版〕　家永三郎
平将門の乱　福田豊彦
日本中世の民衆像◆　網野善彦
神々の明治維新　安丸良夫
戒厳令　大江志乃夫
漂海民　羽原又吉
真珠湾・リスボン・東京　森島守人
陰謀・暗殺・軍刀　森島守人
東京大空襲　早乙女勝元
兵役を拒否した日本人　稲垣真美
演歌の明治大正史　添田知道
天保の義民　松好貞夫
太平洋海戦史〔改訂版〕　高木惣吉
太平洋戦争陸戦概史　林三郎
近衛文麿　岡義武

(2021.10)　◆は品切，電子書籍版あり．　(N2)

岩波新書より

- 昭和史〔新版〕　遠山茂樹・今井清一・藤原彰
- 管野すが　絲屋寿雄
- 山県有朋◆　岡義武
- 明治維新の舞台裏〔第二版〕　石井孝
- 革命思想の先駆者　家永三郎
- 福沢諭吉　小泉信三
- 吉田松陰　奈良本辰也
- 「おかげまいり」と「ええじゃないか」　藤谷俊雄
- 人身売買　牧英正
- 犯科帳　森永種夫
- 大岡越前守忠相　大石慎三郎
- 江戸時代　北島正元
- 大坂城　岡本良一
- 織田信長　鈴木良一
- 応仁の乱　鈴木良一
- 歌舞伎以前　林屋辰三郎
- 源頼朝　永原慶二
- 京都　林屋辰三郎

- 奈良　直木孝次郎
- 日本国家の起源　井上光貞
- 日本神話◆　上田正昭
- 沖縄のこころ　大田昌秀
- ひとり暮しの戦後史　塩沢美代子・島田とみ子
- 日本精神と平和国家　矢内原忠雄
- 日露陸戦新史　沼田多稼蔵
- 伝説　柳田国男
- 岩波新書で「戦後」をよむ　小森陽一・成田龍一・本田由紀
- 岩波新書の歴史 付・総目録1938-2006　鹿野政直

シリーズ 日本近世史

- 戦国乱世から太平の世へ　藤井讓治
- 村 百姓たちの近世　水本邦彦
- 天下泰平の時代　高埜利彦
- 都市 江戸に生きる　吉田伸之
- 幕末から維新へ　藤田覚

シリーズ 日本古代史

- 農耕社会の成立　石川日出志
- ヤマト王権　吉村武彦
- 飛鳥の都　吉川真司
- 平城京の時代　坂上康俊
- 平安京遷都　川尻秋生
- 摂関政治　古瀬奈津子

シリーズ 日本近現代史

- 幕末・維新　井上勝生
- 民権と憲法　牧原憲夫
- 日清・日露戦争　原田敬一
- 大正デモクラシー　成田龍一
- 満州事変から日中戦争へ　加藤陽子
- アジア・太平洋戦争　吉田裕
- 占領と改革　雨宮昭一
- 高度成長　武田晴人
- ポスト戦後社会　吉見俊哉
- 日本の近現代史をどう見るか　岩波新書編集部編

(2021.10)　◆は品切，電子書籍版あり．(N3)

岩波新書より

文学

万葉集に出会う　大谷雅夫
大岡信　架橋する詩人　大井浩一
源氏物語を読む　高木和子
『失われた時を求めて』への招待　吉川一義
三島由紀夫　悲劇への欲動　佐藤秀明
有島武郎　荒木優太
ジョージ・オーウェル　川端康雄
大岡信『折々のうた』選　詩と歌謡　蜂飼耳編
大岡信『折々のうた』選　短歌(一)・(二)　水原紫苑編
大岡信『折々のうた』選　俳句(一)・(二)　長谷川櫂編
日曜俳句入門　吉竹純
短篇小説講義〔増補版〕　筒井康隆
日本の同時代小説　斎藤美奈子
武蔵野をよむ　赤坂憲雄
中原中也　沈黙の音楽　佐々木幹郎

戦争をよむ　70冊の小説案内　中川成美
夏目漱石と西田幾多郎　小林敏明
『レ・ミゼラブル』の世界　西永良成
北原白秋　言葉の魔術師　今野真二
漱石のこころ　赤木昭夫
夏目漱石　十川信介
村上春樹は、むずかしい　加藤典洋
「私」をつくる　近代小説の試み　安藤宏
現代秀歌　永田和宏
言葉と歩く日記　多和田葉子
近代秀歌　永田和宏
杜甫　川合康三
古典力　齋藤孝
食べるギリシア人　丹下和彦
和本のすすめ　中野三敏
老いの歌　小高賢
魯迅◆　藤井省三
ラテンアメリカ十大小説　木村榮一

正岡子規　言葉と生きる　坪内稔典
ヴァレリー　清水徹
白楽天　川合康三
ぼくらの言葉塾　ねじめ正一
季語の誕生　宮坂静生
和歌とは何か　渡部泰明
小林多喜二　ノーマ・フィールド
いくさ物語の世界　日下力
漱石　母に愛されなかった子　三浦雅士
中国名文選　興膳宏
アラビアンナイト　西尾哲夫
小説の読み書き　佐藤正午
季語集◆　坪内稔典
学力を育てる　志水宏吉
森鷗外　文化の翻訳者　長島要一
英語でよむ万葉集　リービ英雄
源氏物語の世界　日向一雅
花のある暮らし　栗田勇
読書力　齋藤孝

岩波新書より

一億三千万人のための 小説教室	高橋源一郎
花を旅する	栗田　勇
一葉の四季	森まゆみ
西遊記	中野美代子
中国文章家列伝	井波律子
太宰治	細谷　博
隅田川の文学	久保田淳
ジェイムズ・ジョイスの謎を解く	柳瀬尚紀
戦後文学を問う	川村　湊
三国志演義	井波律子
短歌をよむ	俵　万智
新しい文学のために	大江健三郎
歌い来しかた わが短歌戦後史	近藤芳美
四谷怪談 悪意と笑い	廣末　保
万葉群像	北山茂夫
折々のうた	大岡　信
詩への架橋	大岡　信
アメリカ感情旅行	安岡章太郎

読書論	小泉信三
黄表紙・洒落本の世界	水野　稔
詩の中にめざめる日本	真壁　仁編
日本の現代小説	中村光夫
日本の近代小説	中村光夫
平家物語◆	石母田正
源氏物語◆	秋山　虔
古事記の世界◆	西郷信綱
日本文学の古典〔第二版〕	西郷信綱 永積安明 広末　保
李白	A・ウェイリー 小川環樹 栗山　稔 訳
新唐詩選	吉川幸次郎 三好達治
中国文学講話	倉石武四郎
ギリシア神話◆	高津春繁
文学入門	桑原武夫
万葉秀歌 上・下	斎藤茂吉

岩波新書より

随筆

- 知的文章術入門　黒木登志夫
- 人生の1冊の絵本　柳田邦男
- レバノンから来た能楽師の妻　梅若マドレーヌ　竹内要江 訳
- 二度読んだ本を三度読む　柳　広司
- 原民喜 死と愛と孤独の肖像　梯久美子
- 声優 声の職人　森川智之
- 生と死のことば 中国の名言を読む　川合康三
- 正岡子規 人生のことば　復本一郎
- 作家的覚書　髙村　薫
- 落語と歩く　田中　敦
- 文庫解説ワンダーランド　斎藤美奈子
- 俳句世がたり　小沢信男
- 日本の一文 30選　中村　明
- ナグネ 中国朝鮮族の友と日本　最相葉月
- 子どもと本　松岡享子

- 医学探偵の歴史事件簿 ファイル2　小長谷正明
- 里の時間　芥川　仁　阿部直美
- 閉じる幸せ　残間里江子
- 女の一生　伊藤比呂美
- 仕事道楽 新版 スタジオジブリの現場　鈴木敏夫
- 医学探偵の歴史事件簿　小長谷正明
- もっと面白い本　成毛　眞
- 99歳一日一言　むのたけじ
- 土と生きる 循環農場から　小泉英政
- なつかしい時間　長田　弘
- ラジオのこちら側で◆　ピーター・バラカン
- 面白い本　成毛　眞
- 百年の手紙　梯久美子
- 本へのとびら　宮崎　駿
- ぼんやりの時間◆　辰濃和男
- 思い出袋　鶴見俊輔
- 活字たんけん隊　椎名　誠
- 道楽三昧　小沢昭一　神崎宣武 聞き手

- 文章のみがき方　辰濃和男
- 悪あがきのすすめ　辛　淑玉
- 水の道具誌　山口昌伴
- スローライフ　筑紫哲也
- 森の紳士録◆　池内　紀
- 沖縄生活誌◆　高良　勉
- シナリオ人生◆　新藤兼人
- 怒りの方法　辛　淑玉
- 伝言　永　六輔
- 活字の海に寝ころんで　椎名　誠
- 四国遍路　辰濃和男
- 嫁と姑　永　六輔
- 老人読書日記　新藤兼人
- 親と子　永　六輔
- 夫と妻　永　六輔
- 活字博物誌　椎名　誠
- 商(あきんど)人　永　六輔
- 芸人　永　六輔
- 現代人の作法　中野孝次
- 職人　永　六輔

岩波新書より

二度目の大往生	永 六輔
あいまいな日本の私	大江健三郎
大往生	永 六輔
文章の書き方	辰濃和男
命こそ宝 沖縄反戦の心	阿波根昌鴻
白球礼讃 ベースボールよ永遠に	平出 隆
ラグビー 荒ぶる魂	大西鉄之祐
活字のサーカス	椎名 誠
新つけもの考	前田安彦
プロ野球審判の眼	島 秀之助
マンボウ雑学記	北 杜夫
東西書肆街考	脇村義太郎
アメリカ遊学記	都留重人
ヒマラヤ登攀史〔第二版〕	深田久弥
続 羊の歌 わが回想	加藤周一
羊の歌 わが回想	加藤周一
知的生産の技術	梅棹忠夫
論文の書き方	清水幾太郎
本の中の世界	湯川秀樹
私の読書法	大内兵衛 茅誠司 他
一日一言 人類の知恵	桑原武夫編
続 私の信条	恒藤恭 大内兵衛 鈴木大拙
私の信条	安倍能成 志賀直哉 小泉信三
書物を焼くの記	鄭振鐸 安藤彦太郎 斎藤秋男 訳
モゴール族探検記	梅棹忠夫
インドで考えたこと	堀田善衛
ヒロシマ・ノート	大江健三郎
追われゆく坑夫たち	上野英信
地の底の笑い話	上野英信
ものいわぬ農民	大牟羅良
抵抗の文学	加藤周一
北極飛行	ヴォドピヤーノフ 米川正夫訳
余の尊敬する人物	矢内原忠雄

(2021.10) ◆は品切，電子書籍版あり． (Q2)

岩波新書より

芸術

水墨画入門　島尾新
酒井抱一　俳諧と絵画の織りなす抒情　井田太郎
平成の藝談　歌舞伎の真髄にふれる　犬丸治
K-POP　新感覚のメディア　金成玟
ベラスケス　宮廷のなかの革命者　大髙保二郎
ヴェネツィア　美の都の一千年　宮下規久朗
丹下健三　戦後日本の構想者　豊川斎赫
学校で教えてくれない音楽　◆大友良英
中国絵画入門　宇佐美文理
瞽女うた　ジェラルド・グローマー
東北を聴く　佐々木幹郎
黙示録　岡田温司
ボブ・ディラン　ロックの精霊　湯浅学
仏像の顔　清水眞澄
ヘタウマ文化論　山藤章二
小さな建築　隈研吾
デスマスク　岡田温司
コルトレーン　ジャズの殉教者　藤岡靖洋
雅楽を聴く　寺内直子
歌謡曲　高護
琵琶法師　兵藤裕己
歌舞伎の愉しみ方　山川静夫
自然な建築　隈研吾
肖像写真　多木浩二
東京遺産　森まゆみ
絵のある人生　安野光雅
日本の色を染める　吉岡幸雄
プラハを歩く　田中充子
コーラスは楽しい　関屋晋
日本絵画のあそび　榊原悟
ぼくのマンガ人生　手塚治虫
日本の近代建築　上・下　藤森照信
ゲルニカ物語　荒井信一
千利休　無言の前衛　赤瀬川原平
やきもの文化史　三杉隆敏
色彩の科学　金子隆芳
歌右衛門の六十年　中村歌右衛門・山川静夫
フルトヴェングラー　脇圭平・芦津丈夫
楽譜の風景　岩城宏之
明治大正の民衆娯楽　倉田喜弘
茶の文化史　村井康彦
日本の耳　小倉朗
日本の子どもの歌　園部三郎・山住正己
二十世紀の音楽　吉田秀和
水墨画　矢代幸雄
絵を描く子供たち　北川民次
名画を見る眼　正・続　高階秀爾
ギリシアの美術　澤柳大五郎
音楽の基礎　芥川也寸志
日本刀　本間順治
日本美の再発見〔増補改訳版〕　ブルーノ・タウト　篠田英雄訳
ミケルアンヂェロ　羽仁五郎

(2021.10)　◆は品切，電子書籍版あり．(R)

岩波新書/最新刊から

1918 シリーズ 歴史総合を学ぶ② 歴史像を伝える ―「歴史叙述」と「歴史実践」― 成田龍一 著

私たちの「世界史の考え方」は、一つの歴史像によって具体化される。歴史家の歴史叙述や授業での歴史実践での歴史像を吟味する。

1931 中国のデジタルイノベーション ―大学で孵化する起業家たち― 小池政就 著

「創業・創新」の中核を担う清華大学に籍を置く著者が、豊富な事例をもとにその現状と課題を掘り下げ、日本が学ぶべき点を提示。

1932 読書会という幸福 向井和美 著

三十年余続く、全員が同じ作品を読んで語り合う読書会。その豊饒な「魂の交流の場」への想いをやわらかな文章で綴る名エッセイ。

1933 空海 松長有慶 著

空海の先駆的な思想を、密教研究の第一人者で高野山に暮らす著者が書物や手紙から解き明かす。『密教』『高野山』に続く第三弾。

1934 応援消費 ―社会を動かす力― 水越康介 著

「食べて応援」、ふるさと納税、推しのアイドル……新しい「お金の使い方」が体現する新時代のマーケティング思考のメカニズム。

1935 哲人たちの人生談義 ストア哲学をよむ 國方栄二 著

「幸福とは何か」という問いに身をもって対峙したエピクテトス、セネカ、マルクス・アウレリウスらストア派の哲学を解読。

1936 曾国藩 「英雄」と中国史 岡本隆司 著

太平天国の乱を平定した、地味でマジメな秀才。激動の一九世紀にめぐりあわせた男を、中国史が作り出した「英雄」像とともに描く。

1937 森鷗外 学芸の散歩者 中島国彦 著

多芸な小説家、旺盛な翻訳家、エリート軍医、優しいパッパ。様々な顔をもつ鷗外の人生と仕事を、同時代の証言と共に辿る決定版評伝。

(2022.8)